"一带一路"国家当代文学精品译库
主 编 郑体武

中亚与高加索系列

永恒的悲歌

Вечная элегия

〔哈萨克斯坦〕若尔泰·茹马特-阿尔马舒雷/著
唐丁仪/译

上海外语教育出版社

图书在版编目(CIP)数据

永恒的悲歌/(哈)若尔泰·茹马特-阿尔马舒雷著；唐丁仪译. -- 上海：上海外语教育出版社，2023
("一带一路"国家当代文学精品译库/郑体武主编)
ISBN 978-7-5446-7888-9

Ⅰ.①永… Ⅱ.①若…②唐… Ⅲ.①短篇小说—小说集—哈萨克斯坦—现代 Ⅳ.①I361.45

中国国家版本馆CIP数据核字(2023)第169597号

© Zholtay Almashuly

This Chinese edition is published by arrangement with the Author.
Licensed for sale in the People's Republic of China.

本中文翻译版由作者授权上海外语教育出版社有限公司出版。
仅供在中华人民共和国境内销售。

图字：09-2020-874

出版发行：**上海外语教育出版社**
（上海外国语大学内） 邮编：200083
电　　话：021-65425300 (总机)
电子邮箱：bookinfo@sflep.com.cn
网　　址：http://www.sflep.com
责任编辑：陈妍宏

印　　刷：上海中华商务联合印刷有限公司
开　　本：890×1240　1/32　印张 10.25　字数 256千字
版　　次：2023年12月第1版　2023年12月第1次印刷

书　　号：ISBN 978-7-5446-7888-9
定　　价：**55.00**元

本版图书如有印装质量问题，可向本社调换
质量服务热线：4008-213-263

"一带一路"国家当代文学精品译库

顾　问：
姜　锋　上海外国语大学
李岩松　上海外国语大学

主　编：
郑体武　上海外国语大学

编委会（以姓氏拼音为序）：
陈众议　中国社会科学院外国文学研究所
高　兴　《世界文学》杂志
刘文飞　首都师范大学
宋炳辉　上海外国语大学
吴晓都　中国社会科学院外国文学研究所
张和龙　上海外国语大学
郑体武　上海外国语大学
周　敏　上海外国语大学

"中亚与高加索系列"编委（以姓氏拼音为序）：
阿尔伯特·纳尔班吉扬　《文学亚美尼亚》杂志
贝文力　华东师范大学
吴晓都　中国社会科学院外国文学研究所
谢尔盖·纳杰耶夫　《民族友谊》杂志
谢　周　西南大学
杨　可　广东外语外贸大学
郑体武　上海外国语大学

总序

自习近平主席2013年访问哈萨克斯坦和印度尼西亚时提出共同建设"丝绸之路经济带"与"21世纪海上丝绸之路"（简称"一带一路"）以来，这一倡议日益得到国际社会的广泛理解和支持，也得到了越来越多国家的积极响应。到目前为止，中国已经与100多个国家和国际组织签署了共建合作文件，各个领域都取得了重大进展和积极成果，极大地促进了我国和相关国家之间的政治、经济、文化的交流与合作。

"一带一路"的建设，势必会促进国家之间的人文交流与合作，同时，国家之间的政治经济交流与合作也需要人文交流作基础和后盾。也就是说，在"一带一路"的建设中，人文交流举足轻重，不可或缺。常言道，国之交在于民相亲，民相亲在于心相通。文学是心灵的窗口，是民族性格、文化传统乃至国家精神的生动写照，一个民族和一个国家的历史经验和现实关切，总是会在相当程度上，以艺术的方式，通过重大事件的书写和日常生活的描绘，具体而微地在文学作品中得到反映。因此，要了解一个人、一个民族、一个国家的精神世界，走进其心灵，最好的途径莫过于文学。必须承认，同经贸合作的突飞猛进相比，我们与"一带一路"沿线国家的人文交往还明显落后，而对其中许多国家的文学，我们更是要么所知甚少，要么一无所知。这个空白亟待弥补。

正是本着"民相亲，心相通"的宗旨，同时也是为我国外国文学知识体系中的盲点和薄弱环节提供新知，我们策划、组织翻译出版了这套《"一带一路"国家当代文学精品译库》。

本《译库》根据语言文化和地缘因素，将"一带一路"沿线国家分成若干区域，并以此区域为基础，形成相应的若干系列，如"中亚与高加索系列""斯拉夫东欧系列""中东阿拉伯系列""中欧与北欧系列""东南亚与南亚系列"等。关于入选作品，原则上每个国家限选一部，要求是近二十年出版的新作，题材上反映当代生活，体裁上以小说尤其是长篇小说为主，艺术上有较高水准，在该国有一定的代表性。

由于"一带一路"沿线涉及的国家和区域众多，语言和文化具有多样性和复杂性，而我们对其中大多数国家的文学缺乏了解，再加上作品甄选、版权谈判乃至译者物色颇费周折，使得本《译库》在组织翻译出版过程中遇到的困难远超预想，缺点和遗憾也在所难免，诚望业内专家和广大读者提出批评和建议，以便我们在后续工作中不断改进。

本《译库》得到上海外国语大学重大课题立项和上海外语教育出版社重点图书出版支持，在此一并致以诚挚谢意。

郑体武

2019年7月22日

目录

永恒的悲歌

Sam 和 Samiha /003

海明威 克里姆拜 心之煎熬 /022

美痴 /032

产房里的波洛涅兹 /044

人老心不老 /072

永恒的悲歌 /080

政治与啤酒 /120

吹牛 /140

庸俗 /145

好心没好报 /157

奥莉加与"伏尔加" /167

哈萨克有梅塞纳斯吗? /176

作文 /185

老板的司机 /195

丹特士之死 /199

我是你的儿子 /205

自然的欢歌

循迹老猎人 /215

羚羊的孩子也是孩子 /215

库迈与狼 /217

"阿凡提"老头儿 /220

兽行 /224

别拿心脏开玩笑 /228

羚羊的荣誉 /231

神枪手与鹰 /234

婴儿与蝮蛇 /238

蛇的复仇 /241

变成鸟的妻子 /244

卡拉套山的传说 /247

叼羊手的性情　/249

云雀去哪儿了？　/253

系铃铛的狼　/256

青蛙雨　/259

食人鱼　/261

马之泪　/263

狡猾的松鸡　/266

森林的觉醒　/268

鸡冠鸟　/270

机警的骆驼　/272

巴尔萨克　/275

白骆驼　/282

狼群　/289

布谷鸟为什么哭泣？　/292

羚羊母亲　/295

布拉拜诗话 /299

顽皮的松鼠 /299

鸟医生 /300

鱼卫士 /301

长寿松 /302

湖之泪 /304

高傲的鹿 /305

陷入沼泽的骏马 /306

松树姑娘 /308

译后记 /311

永恒的悲歌

Sam 和 Samiha

I

通常来说，巍峨的群山总给人高傲、神气、峭拔之感，此刻，它却显得亲切、和蔼、温婉。阳光耀眼而不灼人，只是散发着热量，轻柔地爱抚着姑娘，让她感到心安。姑娘仿佛置身于宇宙中心，芬芳的自然像母亲一样将她拥入温软的怀抱，安放在起伏的胸脯上，哼唱起美妙的旋律，静静地哄她入睡。

然而陌生的幸福感令姑娘惶恐不已，她心脏狂跳，几乎跳出胸腔。排山倒海的情感将她填满，好似潋滟江水涌上心灵的边缘。她感到难以置信，恍如美梦，一场不愿醒来回到残酷现实的美梦。可如何能不信呢，要是这一切恰恰发生在她身上，要是那温热至今的情话是她亲耳所闻？真挚的情感自姑娘心底流溢，她身体的每一个细胞都发出甜蜜的回响，令她意乱情迷。如果连这都不信，那还能相信什么样的爱情表白呢？……

在此之前，姑娘从未经历过这种事情，即便是在隐秘的梦境中，她也不曾幻想过这种可能性，不曾体会过强烈的情感所带来的难以言表的欢愉。她现在的状态像极了刚读完言情小说的读者，她将自己想象成美丽的女主人公，时而在火上烤，时而在冰上溜。并且她还是头一遭经历这些。难道这是她的错，怪她从未体验过这种幸福？一切都是命中注定。有些人的小幸福会比他们所期望的迟来很久。也好，迟到就迟到吧，来了就好。可如果它就是不肯出现呢？毕竟很多人终其一生都没有品尝过幸福的甜甜滋味。

姑娘沉醉在甜蜜的幻想中，神思游离之际，她感觉自己处在半醒半梦的玄妙之境。平常幽暗冰冷的房间今天显得格外舒适，像家一样亲切、明亮、仙乐袅袅。愉快的旋律令姑娘心神荡漾……

她回忆起了母亲，母亲经常有意无意地教育她："女儿呐，你要爱惜自己的贞操，守身如玉，不要变成轻佻的女人。荡妇迟早不幸，纯洁的姑娘却总能觅得如意郎君。"循规蹈矩的她不愿忤逆母亲。可结果如何呢？多少年来，她画地为牢，将自己困在发霉的小房间里。连最难看、最讨嫌的男人也不曾多瞧她一眼，更别提高大伟岸的美男子。她像笼中鸟儿一样在昏暗的陋室里数日子，过着千篇一律的生活。

可话又说回来……迟到总比不到好。若世事不尽如人意，若那一星半点儿的希望破灭，能怪谁呢？是她自己试图抓住幸福这只变幻莫测的小鸟，却让生活横生枝节，能怪谁呢？毕竟没有人卡住她的脖子对她说："你要这样，你要那样！"没有人强迫她来大城市。没有人劝说她，让她背井离乡到异地改变命运。所有这一切都怨她自己。

她曾经幼稚地相信，只要留在城市，一切自然都会好起来，安定下来，正如他们所说，她的梦想就会成真。然而，没有人关心她，支持她，严肃地问过她："你为什么这样做？"她隐约还记得很早就离世的父亲。母亲好不容易把她拉扯大后也撒手人寰。那个可怜的女人为了将自己的骨肉抚养成人，拼尽了全力，付出了所有。弥留之际，虚弱的病人连一句临终遗言都没来得及留下……姑娘为母亲的逝去伤心流泪，而当她环顾四周，却清楚而惶恐地发现，身边再也没有安慰她、关心她的人了。她不得不振作起来。"人死了，生活还要继续。"

母亲如是说。"人要活下去,就得拿出青蛙捕食的力气。"这也是母亲的口头禅。"有阳光的地方,就有生灵为生存而战。"母亲还说过……

萨帕尔古丽想通了,不读书,她将寸步难行。所以,该去学习,该去城市。她带着这个日益强烈的愿望踏上了征程。

就这样,萨帕尔古丽在大城市已经生活了将近八年。要在这里站稳脚跟,需要巨大的勇气和顽强的意志。可以说,她拟定的很多计划都已成功实现。她圆满完成了学业,获得了珍贵的学位,凭借专业找到了工作。虽然住在宿舍,但好歹有了自己的窝。生活似乎无可挑剔。可还是……有一个隐秘的愿望不时浮现在她心底,扰乱她的心,折磨她的心。"孤独只能装点真主安拉的神圣与美丽。"妈妈喜欢唠叨。"成双成对的天鹅才尤为动人。"她也经常这样说。

"说这些矫情的话有什么用?劝别人总是轻巧。就让强者去试着实现他自己的愿望吧。然而世事不会尽如人意。许多事远不是人可以决定的。各人有各人的命。"姑娘苦涩地想。

"或许人们说得对,孤独终老总好过凑合一生。更何况人都有羞耻心与道德观。因此不会无视、违背自己的本心。"萨帕尔古丽哀怨道,"究竟是我倒霉,没有人喜欢,还是他们中间没有我中意的人?我犯了什么错,真主为什么不眷顾我?我就这样不值得被爱、不应该去爱?"

如果说工作可以让她在白天暂时忘却烦恼,那每当夜晚形影相吊之时,她便哀思如潮,直到她终于遇见那个多年来梦寐以求的人。一天,一位衣着考究、面孔黝黑、留着精致小胡子的年轻人向她走来,他不浪费时间恭维,不绕圈子客套,他盯着她,一字一顿地对她说:"我喜欢你!"萨帕尔古丽始料未及,感觉头晕目眩,内心百感交集。她不由得心想,她遇见了真正想携手一生的人。就这样……她对这位刚毅的美男子一见倾心,义无反顾地爱上了他,对他俯首帖耳。

婚礼的日子临近了。

难道这般际遇还不能让一颗为了幸福宁愿被撕成碎片、已经疲惫不堪的少女心欢呼雀跃?! 前所未有的幸福感不仅扰乱了她的心,也震颤了她整个人。期盼已久、梦想成真的时刻即将来临。明天就是婚礼。她要嫁人了。然后……然后就要开始童话般的生活。童话……

II

她的心上人名叫萨特姆赛。但他对自己的名字并不满意,为此伤透了脑筋:"我们哈萨克人真是有趣,竟想出这样的名字! 一点儿都不现代。土里土气的。老掉牙了。"萨特姆赛的父亲振振有词地解释道:"从前,我们有一位祖先就叫这个名字。我给你取名萨特姆赛,是为了纪念他,希望你成长为像他那样勇敢、受人尊敬的巴图鲁[1]。"

"就算他是巴图鲁又怎样?"萨特姆赛生气地说。

"问题的关键不在于此。难道每一个以他名字命名的人都能成为巴图鲁……不不,我不喜欢这个名字。萨特姆赛……有点像乡下人的名字……这不妥! 总之,从现在起,请叫我 Sam。我是 Sam! ……"固执的萨特姆赛毅然宣布。所以,现在所有人都把她心爱的丈夫叫作 Sam。而且不光是兄弟、朋友、熟人,就连亲生父亲也不例外。

当萨帕尔古丽从偏远山村来到大都市的时候,她没有想过自己的命运会与留着小胡子的帅气小伙儿联系在一起,并成为他的未婚妻。这就叫命中注定:缘分虽然姗姗来迟,但他们终究相遇了。他们彼此倾慕,互诉衷肠,坦诚以待。老实说,Sam 不是一个能说会道的人,

---

[1] 突厥文化中的"勇士"称号。——译注

他不喜欢废话。所以他们的交谈很简短。当 Sam 经过短暂的思考、突然问道"你愿意嫁给我吗"的时候，芳心暗许的萨帕尔古丽差点儿没晕过去。她的舌头仿佛被粘住了，一句话也说不出来，她只涨红了脸，微微颔首。

新郎的父母为他们举办了隆重的婚礼。他的父亲是这座城市里鼎鼎有名的人物。他们全家自然过着富足的生活。父母对小两口也不吝啬。财大气粗的父亲送了儿子一套房子和一辆轿车，更别提为他们舒适的小家配置了豪华家具和必备家居用品这等小事。萨帕尔古丽神奇般地瞬间从简陋的宿舍来到了童话王国，很长一段时间，她都分不清梦境与现实。

她虽然生长在乡村，却也见识了都市人的日常，但还是难以想象如此奢华的生活。不过，最让人惊奇的是什么呢？一来，生活在这种环境中，你只能知足常乐，并且认为自己很幸福；二来，直到生命的最后一天，你都可以享用慷慨的命运之神馈赠给你的包括钱财在内的意想不到的礼物。泼天的富贵就这样猝不及防地落到了萨帕尔古丽头上。像百万彩票从天而降。可如果她不是耐心等待属于自己的幸福，而是疯狂逐爱、急于求成，她真的能够承受得起如此极致的幸福吗？不见得。当她历尽磨难，饱尝苦楚——快乐之神终于冲她露出了微笑，这是何其幸运！这甚至无关乎钱财。重要的是，她找到了喜欢的人。不管他叫萨特姆赛，还是 Sam，他喜欢就好。对她而言，名字没有任何意义。Sam！……好吧，Sam 就 Sam……妻子可以按照丈夫的意愿称呼他。谁会在意这种事情呢？更何况，一半哈萨克人都效仿西方人的生活方式。即便如此，又有什么不好呢？难道外国的东西就一无是处？国外本来就有不少有趣又有益的东西。我们周围就有很多文明大国！很多举世闻名的城邦！难道以自身成就让世界惊叹的民族还少吗？要多少有多少！跟 Sam 这个名字没什么好纠结的。按说，这个名字完全可以走进哈萨克人的日常生活。难道我们非得使用"库希克巴耶夫""伊特巴耶夫"这样的丑名不成？[1]这不是名字，而是侮辱性绰号。你真的能以此为傲吗？不，我们也应该融入文明社会。我们这一辈正为此而奋斗。只有我们……

"Sam 这个名字非常适合你。"萨帕尔古丽不无献媚地称赞丈夫。

"真的吗？你没有开玩笑？"他喜不自禁，神情一亮。

"真的。"她肯定地说。

"就是你的名字我不太喜欢。"Sam 叹了口气。

"为什么？"萨帕尔古丽急忙询问。

"实在是太过时了：萨帕尔古丽，萨帕尔古丽……萨奇卡！不，不合适。谢尼娅……也不合适。怎么都不合适。啊哈，想到了！你就叫——Samiha！"

"好哇！"她爽朗地笑起来，"你真是想得出来！……好吧，我同意，就按你说的——Samiha……不太寻常，挺有意思，想必，我会慢慢习惯的。"

"你会习惯的。你当然会习惯的！"Sam 兴奋地高呼，"不知道比萨帕尔古丽好听多少倍……"

这对小夫妻迅速、果断、坦诚、友好地克服了婚后出现的所有问题。沉浸在幸福中的年轻妻子对 Sam 言听计从，满足他的一切怪癖。Sam 毕竟在大城市长大，受过良好的教育，熟悉当代文化。他待人接物的本领让人称羡不已。无论老少，他都以礼相待。他善于找到开启别人心扉的钥匙。与父亲的好友打交道时，他表现得落落大方。而那些学识渊博的知识分子、社会名士圈层的长辈也从不掩饰他们对 Sam

---

[1] 在哈萨克语中，"库希克巴耶夫"（Кушикбаев）和"伊特巴耶夫"（Итбаев）很容易让人联想到两个关于狗的词根 кушик、ит，都暗含贬义。——译注

的才智、学问和眼界的赞赏,并且对他寄予厚望。现在,父亲的朋友们都赞叹小伙子找到了登对的人生伴侣,作出了正确的选择。他们也乐意不把她叫作萨帕尔古丽,而叫作 Samiha。长辈们常常兴致勃勃地说,Samiha 融入了新家庭,继承了这个家庭的优良传统。虽然无论他们说什么,她都无所谓。但她还是会为辞别时听见的暖心话而高兴,为他们的关注而欣喜。

在外人看来,Sam 是一个谦和、善良、有分寸、有节制的小伙儿。他的品行无可指摘。Samiha 看着丈夫的样子,也决定告别旧式的哈萨克做派,尽其所能成为配得上丈夫的新式妻子。渐渐地,她改变了姿态,尽量表现得自在从容,像同龄的都市女孩儿那样,她甚至改变了说话风格,在说哈萨克语的时候,不时插入俄语单词。Samiha 坚信,这样一来,她会变得时髦,不输给现在的年轻人。Sam 喜欢她的改变,喜欢她的新风格,喜欢她说话时拽俄文。

确实应该摒弃一切形式的矫揉造作。恭谦温雅与拘谨沉默不是一回事。温文有礼的同时,也可以据理力争,捍卫自尊。Sam 经常这样教导她。

起初,她没有深入理解这些话的意思,渐渐地,她开始思考。的确,这里谁需要乡下人的老实呢?谁会看重它、理解它?!相反,别人见你越老实,就会对你越无耻。她有什么可顾忌的?她哪里不如那些身穿紧身裤、迷你裙,被称为"半个嬉皮士"的姑娘?她也可以同她们一样。然后咱们再瞧瞧谁更厉害!如果这是 Sam 喜欢的,如果她的丈夫认为这是正确的,她何必死心眼儿?

"只要你喜欢。你所期望的,我都会照做。"她温顺地跟 Sam 撒娇。

可是她的心上人一天比一天花样百出,她甚至闻所未闻,因此忐忑不安。尤其是每天晚上在床上的时候……就在昨晚,他还偏要与她做一些不可思议的事。他一边与她做爱,一边津津有味地谈论国外年轻人的玩法与花样。Samiha 感到难为情，试图以沉默蒙混过去，却没能如愿。

"关于性爱你知道什么？"他转而直截了当地问。

"？！"

"干吗不说话？夫妻之间不应该有秘密。把你心里的想法说出来。夫妻本是一体。要知无不言，言无不尽。"

"说什么？……你想问什么？"她反问道。

"哎，比方说，关于性爱你知道什么？或许，你知道我所不知道的？"

"不，不，"Samiha 大惊失色，"你是我的师父。我的一切都是你教给我的。其他的，我……我一概不知。"她吓得不知所措。

Sam 当即怒火中烧。Samiha 感到莫名其妙，不知自己哪句话触怒了他。

"你……你在嘲讽我吗？你不可能什么都不知道。在这方面，现在的姑娘比小伙儿在行。不过……我明白了，记得我第一次跟你过夜的时候。原来，你在我之前没有与别人睡过。就是说……"

Samiha 感到有点儿窘迫，她不知所措，因为她的丈夫嘲笑她没有与别人睡过。

"这是什么意思？我哪里对不起你？你凭什么贬低我？"她噙着泪，声音颤抖地低喃道。

而丈夫却继续发火，同时高傲地解释给一头雾水的妻子听。

"如今时代大不相同了。"他说教道。

"为自己的贞洁而自豪，为没和人睡过而沾沾自喜——真是可笑又幼稚。我可以告诉你，在与我们年龄相仿的朋友中，没有人会因此欣喜若狂……如果他们听说你这些年除了我没和人睡过，会嘲笑你的。罢了，我们再别提及此事了。让它成为我们之间的……"

Samiha 神情沮丧，脑门全是汗。"我是不是傻？真想知道，我的青春究竟遇上了什么时代?!"她绝望地想，"难道 Sam 这样的人不是我的同辈人？为什么我不能明白他们轻而易举、理所当然、不经受任何良心谴责就能接受的事？莫非是我落伍了？"

她心烦意乱。年纪轻轻但恋爱经验丰富的丈夫到底用意何在？"关于性爱你知道什么？"我应该知道什么？我知道，男人和女人，两情相悦，心心相依，理应组建家庭。然后……行床笫之事。罢了，不想了。有必要在男女暧昧之事的问题上纠缠不休吗？还不如谈谈今后的生活。新一代已经在社会上崭露头角，我们也应该学会与爱共存，与世界和睦相处……这才是夫妻间的话题。真的可以那样肆无忌惮地羞辱高尚的感情吗？唉，多么迷幻而矛盾的奇异世界！

那一夜，她一点儿也看不透她的 Sam。他白天是那样殷勤周到、彬彬有礼、不矜不盈。可晚上干的都是什么事儿！……如果他只在自己妻子面前，在心爱的人面前那样表现，倒也罢了。这还能忍受。可更糟糕的是，他为什么担心朋友们知道他的妻子在婚前没和别人睡过、私通过后会嘲笑他？啊，可怕！这到底有什么可笑、可害臊的？为什么好笑?！让他们笑吧……

Samiha 瞬间怒不可遏，全身颤抖。她无论如何也平静不下来，只觉血液疯狂翻腾上涌，然后歇斯底里症发作。

III

"Samiha！"

"唔……唔……"

"Samiha，"丈夫不依不饶，"你赶紧醒醒！快起来！"

011

"怎么了?今天是休息日。你着急去哪儿?"

"我们去山里的别墅。"Sam 高兴地说,"我昨天和朋友们说好了。我约了两对夫妇去呼吸新鲜空气。真正地放松一下……"

"哎呀,Sam……你为什么不提前告诉我?我昨天就可以准备好一些食物。"

"得了吧,"Sam 不耐烦地说,"操这些心干吗?他们全都准备好了。我们去山里烧烤。喝点儿伏特加、葡萄酒、啤酒……好好休息休息,解解闷……"

Samiha 搂住丈夫,亲热地撒娇,疯狂亲吻他。亢奋的 Sam 一把抓住她的纤腰,按向自己。

两个人开始匆忙收拾,准备出门。在他们打包一应必需用品时,两辆小车驶近,窗外传来催促的鸣笛声。

他们乘坐三辆小车离开。每家都有自己的私家车。

热乔尔和阿比利是 Sam 的至交好友。自然,热乔尔很久以前就把自己叫作 John,阿比利叫作 Ashot。John 身边像柳条一样娇嫩柔软的姑娘是 Iris,Ashot 旁边的是 Angelina。Samiha 甚至不想知道她们的本名是什么。

汽车在盘山公路上疾驰,绕过一个个急转弯后,终于抵达了一座两层楼的私宅。这栋别墅就是 Sam 的父亲避开大众视线、暗地里修建的"灰色房子"。毋庸置疑,这处宅邸庄重气派。门、窗、地板都由名贵木材制成。Samiha 一想到在这座豪宅中投入的巨额款项就头大。满头的发丝都不够数吧!而这栋别墅如今的主人就是 Sam。

"伙计们!"兴奋的 Iris 和 Angelina 呼喊起来。

"我们终于顺利抵达了空气宜人的林中宝地,不来干一杯吗?"

"好极了!正有此意!"男人们欣然附和,一眨眼工夫,他们就开了几瓶酒,把酒杯斟满。

"敬大家！"

"干杯哦！干杯！"

Samiha 不想在大家面前显得格格不入，也一饮而尽。酒太烈了！当然，她以前不是没尝过烈酒，但像今天这样一干到底，还不曾有过。这样喝酒……太可怕了！如果丈夫放任妻子如此喝下去，她以后会变成醉鬼，并且失去人样。谁敢保证不会发生这种事呢？Samiha 想了想，觉得还是算了，今天就让这些道理烂在肚子里吧。毕竟他们抽身进山是为了呼吸新鲜空气，放松一下。况且在座的都是 Sam 的好友。如果不跟他们一起玩乐，Sam 会生气。房子是我们的。那么这些人就是我们的客人。让大道理都见鬼去吧！我们喝喝酒，吃点儿东西，唱唱歌，高兴高兴。人生苦短……只要 Sam 满意就好。

宴饮在大自然的怀抱中拉开帷幕。大伙儿围坐在一起说笑、唱歌、逗趣儿，尽情把酒言欢。酒过三巡，男男女女喝得酩酊大醉。但接下来发生的事，Samiha 无论如何也理解不了。

大家轮番举杯祝酒的时候，Samiha 以为不会有人发现，于是设法把酒杯挪到了一边。但是她的小心思被 Iris 瞧见了，Iris 气极。

"什么意思啊，Sam！你心疼自己的娇妻，一心维护她，却不怜惜我们，一个劲儿地劝我们喝酒。我很好奇，这个 Samiha 到底哪里比我们好？"两个女人你一言我一语，差点儿没把舌根嚼烂。

Sam 闻言冷漠而鄙夷地瞥了一眼妻子。

"你怎么回事？你来这儿是为了给我丢脸吗？" Sam 咬牙切齿地挤出两句话。他面色铁青，目光冷峻逼人。

Samiha 感到难堪。

"你为什么这样说话？我一颗心都系在你身上，我非常爱你，为你患得患失。只不过……我今天心里有点儿抗拒，不想喝酒。"她难为情地轻声说道，内心委屈得不住地颤抖。

"喝！你如果不喝，我们就灌你喝！"小伙儿们起身，盛气凌人地吼道。他们的妻子也开始幸灾乐祸地胁迫她。Samiha 意识到自己避无可避，便一把抓起酒杯，猛喝一口，一饮而尽。

"这才对嘛！"如愿以偿的 Iris 和 Angelina 拍手叫好。

不过这还是小意思。接下来上演的好戏才让初来乍到的 Samiha 难以置信。亢奋的 John 突然提出，他想和在座的所有女士接吻。Samiha 迅速瞟了一眼他的妻子 Iris，想看看她的反应。不料 Iris 竟为这个提议感到欣喜若狂，这让 Samiha 大跌眼镜。

"去吧，亲爱的，去做你想做的事！"她满心欢喜地鼓励他说。John 精神一振，站了起来，将 Angelina 紧紧搂入怀中，开始疯狂吮吸她的双唇。佳人根本不想反抗，甚至不觉得难为情。备受鼓舞的 John 打起了 Samiha 的主意。她吓得六神无主，想要逃离，于是向丈夫投去求救的目光。可那位根本顾不上她。他黏在 Iris 身上，兴致勃勃地与她说着悄悄话。John 不顾 Samiha 的拼命反抗，抓住她细嫩的脖子，狠狠将她拉入怀中，掰过她的脸，迫不及待地刺探她的樱桃小嘴。

Samiha 被这种不知廉耻的行为震惊了。这可不是幼稚的玩笑。不料醉醺醺的 John 竟忘记了体面，打算继续下去？

Ashot 两眼发直，从座位上跳起来，兴高采烈地招呼大家。

"兄弟们！"他扯着嗓门说道，"我觉得，我们彼此之间没什么可遮掩、可尴尬的，也没必要瞻前顾后，扭扭捏捏。既然如此，我有一个非常新鲜、绝妙、理智的提议。我们暂时交换一下妻子吧。你们觉得呢？我想，我们的女士们也不会反对这个有趣的提议，你们将不再按照自己熟悉的方式做爱，你们将与另一个人一起去体验别样的云雨之感。"说完，Ashot 淫荡地大笑起来。

他的话令 Samiha 感到窒息，她恶心得浑身发抖。这个下流胚是在开玩笑吗，还是真的打算干出这等无耻之事？那可是不折不扣的淫乱啊！与朋友交换的不是某样物品，不是其他，而是妻子……天呐，多么羞耻啊！不，不，千万不要！就让这等肮脏的想法永远停留在酒后的呓语中吧！

但是，这样想的竟然只有她一个人：Iris 和 Angelina 满面笑容，双颊绯红，眼里的淫欲蠢蠢欲动。

"如果这是我们的男人所想，如果这是你们喜欢的，我们不会违背你们的心愿，做你们认为该做的事吧。"她们相互交换了眼色，娇媚地同意了。

这时，默默忍受着所有无礼举动的 Samiha 忍无可忍。屈辱和愤怒将她吞没，她站起来，绝望地叫喊道：

"这算什么？难道这就是你们所称道的自由与开放？！姑娘们，你们怎么了？你们的良心呢，荣誉呢，骄傲呢？难道你们不是为了捍卫名节可以献出生命的哈萨克姑娘？……"

"你发什么脾气？哈萨克姑娘哪儿不如别的姑娘？"Iris 吼道。

"扯什么名节不名节的？用国际眼光来看，连个蛋壳都不值。真是奇了怪了，难道我们是妓女吗？不是！难道我们像某些背着丈夫满足自己性欲的洋妞儿那样，给自己心爱的丈夫戴绿帽子了吗？……没有！难道这个交换妻子的主意是我们想出来的吗？是我们的丈夫想出来的……我可以告诉你，这叫作'开放式关系'。是一种新型的婚恋观……时代新潮流……去了解了解吧，如果你不明白的话！"

"你……这……拜托你不要再自作聪明、假装正经了，不要在我们面前展现你的乡巴佬做派！如果你用你那些陈旧的观念无法理解这些充满生机的新事物，就管住自己的舌头，给我闭嘴，这样你才不会显得愚不可及。"Angelina 放连珠炮似的嘲讽道。

平日里通情达理、沉着稳重的 Sam 气得脸色发紫，他拼命克制怒火，以防自己扑上去把妻子撕成碎片。Ashot 也阴阳怪气地加入口角：

"Sam，记得吗，你准备结婚的时候，我是怎么告诫你的？但你当时没听我的劝告，一意孤行。看吧，这就是后果。"

"我也劝过，不是吗？"怒气冲冲的 John 附和道。Sam 气急败坏，打算向朋友们公开那个本该留在他与萨帕尔古丽之间的秘密，他鄙夷地注视着缩成一团的妻子，高声宣布：

"哎，其实你们什么都不知道！我保守着这个秘密，没有告诉你们。想象一下吧，在我之前，竟然没有一个男人正眼瞧过她、觊觎过她。她活到这把年纪，还没跟人睡过！这能想象吗？！"

"这样啊！"Iris 冷笑一声，"就是说，男人们都避开她，没有一个人喜欢她……有趣！噢，可怜的 Sam……只有你这个笨蛋，选了这个没人要的处女。天呐！"

"不，我不能相信！这不可能！Sam，你一定是在开玩笑吧？如果真如你所说，那么你的 Samiha……就是不折不扣的……"Angelina 哈哈大笑。

Samiha 感觉自己没有理由继续留下，她猛然起身，快速收拾东西，慌不择路地冲了出去。再多看一眼身后那群无用、无耻、低俗、下流、卑鄙、可恶的人，她都感到恶心。

IV

"Samiha，你昨天晚上的行为是什么意思？"

"正好，我也想问你同样的问题……"

"为何？！我可没像你那样将自己的野蛮脾性暴露无遗。我没有破坏好友间的小聚与欢饮。而你……表现得没文化,不尊重我的朋友。"

"没文化?竟变成了我——没文化?哈哈哈!你什么意思,奚落我吗?可见,你没有明白,是他们在侮辱我的人格,蔑视我的思想?噢,太可怕了!我们变成什么人了?!"

"你为什么说'我们变成什么人了'?莫非发生什么不雅观、不体面的事了吗?难道亲吻同学、朋友有罪吗?好吧,他们提议交换妻子的时候……你可以不同意。或许,这让你觉得异乎寻常,违背常理。可这对于他们来说……都是老生常谈,不值一提。顺便说一句,现在很多人都这么认为,我们圈子也不例外。所以我也不能反对什么,不能显得格格不入。不然他们会对我有看法,会取笑我。你呢,没头没脑地犟脾气发作,显得浅陋、没教养。"

"没教养?你说什么?!难道礼仪规范、行为准则、道德标准、基本教养不是所有哈萨克人,甚至全人类都应该遵守的吗?你知道'人性''道德'这些观念吗?首先,这都始于无愧于心,始于自尊自重。我对你们发明的那些奇特的行为规范深为不齿。不过是费尽心机地赋予淫荡无耻和道德败坏超凡脱俗的新含义罢了。"

"喂,喂,不要激动!你的妄自尊大已经表现得淋漓尽致了!首先,请你回想一下,是谁把你领进了体面人的圈子?是谁竭尽所能约束你的性子,让你一个无依无靠的人知道自己的斤两,不至于带着一身乡巴佬习气跻身名流?!"

"我在说人的品行,说交际素养,没说乡巴佬习气,我不像你一样高傲自大。不过,很明显,我就不该试图跟你解释这些简单的道理,像你这样的人,未必能明白……"

"啊哈,原来只有你聪明懂事,而我们,如此说来,都是些不可理喻、没长脑子的蠢货。我的朋友们,可见,也不例外。那么,没什么可说的了。请便吧！门开着。你爱去哪儿去哪儿！没有人会挽留你……"

"你说的这是什么话！既然如此，我们刚认识的时候你对我的热情算什么？我可没强行拽你去民政局。那些心动、那些你满怀热忱与激情跟我示爱的甜言蜜语，都不作数了吗？难道这一切都是虚情和假意吗？"她哽咽着问他。

"没有任何虚情和假意。都是真的。只不过万事万物都有时限……没错，我爱过你，但现在这份爱已经冷却，我的内心不再坚定，有了其他想法。"Sam 垂下头。

"好了，懂了。我都明白了。"萨帕尔古丽沮丧地低声说道，嗓音里透着苦涩，眼里含着泪水。

V

Sam 和 Samiha 离婚了。

她回到了从前的宿舍，决心忘记那段屈辱的爱情和失败的婚姻，把它当作一场噩梦，决心埋头工作，回到久违的熟悉的节奏中，不去回想痛苦的经历。起初，她做到了。可日子一天天过去，她的内心却越来越煎熬。夜夜噩梦萦绕，人变得喜怒无常。其间，她会莫名其妙地心跳加速，呼吸困难。

类似的情况以前从未发生过。她感觉疲惫不堪，身体不听使唤，喉咙呼吸不畅，糟糕的身体状况令她情绪低落、心神抑郁。

"那段莫名其妙、昏暗混乱的时间究竟发生了什么？！"她试图厘清事情的来龙去脉，悲伤地说，"我生活在什么时代？和谁在一起，周围是什么人？我又是哪个时代的人？今天的道德标准是什么？……

已故的母亲常说：'良心是人的一面镜子。'难不成这个简单的道理如今被生活抛弃了？！我们年轻人该效仿谁，该追求什么？"

还有一个想法在她脑海里萦绕不去，使她不得安宁："难道哈萨克人有新旧之分吗？区别在哪里？如果今天的哈萨克人狂妄地摒弃了自己的根基、风俗、传统，而且是临近的父辈祖辈的根基、风俗、传统，而非遥远的先祖的根基、风俗、传统，未来等待我们的会是什么？如果我们舍弃了自己的民族特性，向西方的生活方式看齐，肆意妄为，我们会变成什么人？难道信奉了千百年的价值观已一文不值，而今盛行不知廉耻与为所欲为？难道还能以此自夸？这才可耻啊！"

萨帕尔古丽完全没有了工作热情。以前，为了愉快地开始自己喜欢的事业，她天一亮就起床，匆匆用完早餐，比其他人早先一步出门，而现在，这一切让她感到腻烦与厌恶。她对任何事物都漠不关心，提不起兴趣。曾让萨帕尔古丽全情投入、殚精竭虑并在过往给她带来满足的日常工作，现在也失去了吸引力，变得枯燥、烦琐、无意义，一周的五个工作日变成了煎熬，是她为了掩饰生活的真相而做的无谓挣扎与自我欺骗，而这一切本就是一场虚空！是时候睁开双眼了："现实与梦想有着天壤之别。万一像 Sam 那样的人过的才是真真切切且多姿多彩的生活呢？他们根本不用为吃饱穿暖而发愁。他们什么都有，应有尽有。他们的生活无忧无虑，逍遥自在，富裕安康。或许，这才是人存在的意义？只是有一点她想不通，在他们试图跟随世界文明的步伐时，为何拼命想砍掉哈萨克的根，还反复诵念，是时候抛弃一切旧事物了，即抛弃所谓的腐朽、古板、被他们讥讽为'粗鄙的哈萨克主义'的旧事物……人们为年轻一代举杯称颂，郑重地把他们视为新时代的代言人。夸张地认为，他们就是百分百符合新时代精神与新时代风尚的新青年。但是，如果他们一味狂妄自大，反而会因此失去很多，牺牲很多，让自己蒙受损失。而自己却未必知晓。不过看样子，他们是不想知晓。就没有一个智慧、良善之人站出来制止、劝诫这群厚颜无耻、任性妄为的家伙吗？"

类似的想法在萨帕尔古丽的脑海里翻涌，叫她合不拢眼，心情沮丧，意志消沉，度过了许多个不眠之夜。而且不知道还需要扛着精神的折磨经历多少个惨淡的白天与晦暗的黑夜……

就连崭新的早晨也没能给她带来向往的轻松，沉重的思想依旧撕扯着她的心，把痛苦的沉淀留在心坎儿上。萨帕尔古丽不堪忍受没日没夜的自怨自艾。但她也看不见亮光。

"都他妈见鬼去吧！难道这一切都是我的错？为什么我不能在自己的国土上像他们一样自由自在、无拘无束地生活，而不觉得屈辱与孤苦？我哪儿不如那些人？就算我来自穷乡僻壤，我也接受了良好的教育，并且不缺少头脑与智慧。我羞愧什么？如果说他们很好地掌握了俄语，我则完全通晓哈萨克语。在他们面前，我甚至更优秀，我跟他们不一样，我精通这两门语言。所以那些自命不凡、自高自大的人没有资格指责我。可当涉及贞洁与尊严的问题时，情况就完全不同了。我的观点、我的道德观念与人格认知是在乡村逐步形成的。自幼受到父母、亲友的正面影响。'良心是人的一面镜子。'母亲这样教导我。也是她耳提面命地跟我强调姑娘家的贞洁与荣辱。这有什么可笑、可见不得人的？这究竟是什么偏见？！这难道不是道德的基石吗？既然如此，失去理智的到底是谁，是遵守道德规范的人，还是这个时代？……归根到底，究竟是谁？……是谁？……"

萨帕尔古丽心乱如麻，从床上惊坐起，走到阳台上。太阳已经悄悄爬上了正午的天空，可不久前，它好像还明晃晃地挂在天陲呢。阳光慷慨地用自己的热量润养着大地。她极目远眺，只见巍峨的阿拉套山雪峰也高傲地望着她。炫目的阳光在山巅恣意玩闹，熠熠生辉的雪峰好似一柄柄剑刃。萨帕尔古丽生出一种错觉，仿佛那鬼斧神工的巨影正自鸣得意地说道:"你见过比我还高峻、雄壮、宏伟的山吗?"那一瞬间,她觉得连山都在讥笑她、嘲讽她……

蹂躏人心的哀思之泉依旧没有枯竭。"'牛羊祭了人的五脏庙,人祭了良心这尊神。'要知道,哈萨克人自古以来就这么说。难道我错在乖顺听取了一切教诲,盲目相信了所有灌输?那么,我是否还错在认为自己有义务保持贞节,爱惜贞操,守护天使般纯洁的心灵?"

一股莫名的蛮力狠狠压在她的胸口上,使得她忐忑不安,惶惶度日。阴郁愁苦的思绪愈演愈浓,仿佛电闪雷鸣前的乌云压顶。萨帕尔古丽感觉到了自己的弱小、无助与不幸,她失去了生活的依靠,对周遭的一切毫无兴趣,不仅弄丢了自己的幸福,还失去了曾经帮助她克服万难的精神支柱。

紧绷的神经终于崩溃了。萨帕尔古丽发出撕心裂肺的哀号,歇斯底里地吼道:

"神啊,我犯了什么错?你为什么这样惩罚我?为什么把我逼至绝境?出路究竟在哪里?主啊,你仁慈一些吧,告诉我,我该怎么办,给我指条明路吧!我到底是谁?……谁还需要我?!"她万念俱灰地号叫,泣不成声。

萨帕尔古丽不介意有谁听见她的哭喊。她抬起头,怒不可遏地将所有犹如千斤重担压在她无依无靠、战战兢兢心灵上的积怨与绝望倾倒而出。生活冷酷而残忍地向她露出了凶狠的爪牙。

她不想活了……

海明威　克里姆拜　心之煎熬

海明威——举世闻名的作家。他的名字跻身于最有影响力的文学大师之列,享誉文明世界的每一个角落。

克里姆拜同样偏爱作家这一行,也崇尚高雅艺术,搞创作,写诗。尽管他的名字很普通,也不著名,但在家乡却是无人不知,无人不晓。

海明威酷爱打猎。他觉得,打猎与艺术本质上相通。克里姆拜也这样认为。他也是村民中最狂热的狩猎爱好者。他像神枪手一样百发百中,能一击即中羚羊的眼睛。

他还收藏了许多关于海明威生平和作品的书籍,他知道,这位伟大的作家是一个真正的男子汉,与他同时代的女性没有一个能对他不动心。克里姆拜也是如此。毋庸置疑,他是一位勇猛的草原汉子。没有美女能逃过他的手掌心。据说,海明威有好几任妻子。在这方面,克里姆拜也不逊色。这个最最最英姿勃发、积极进取的哈萨克男人结了三次婚。

研究海明威的专家证实,海明威的确以铁拳著称。顺便提一下,克里姆拜在力量方面也不输海明威,他在这一带也是出了名的不好惹。能招架住他拳头的人还没出现呢。

总之,海明威和克里姆拜之间有某些相似之处。诚然,这位美国作家还是个善钓者,而克里姆拜却不能以此自夸。不过,这仅仅是因为克里姆拜的村子远离海洋，且周围连个小小的湖泊都没有。很难理解他们之间种种不可思议的巧合，他们一个是著名作家，降生在遥远的美国，一个是名不见经传的乡民，出生在突厥斯坦的草原附近，却像双胞胎一样相似。戏剧性的巧合甚至还表现在他们结束生命的方式上……关于这一点，我们晚些时候再说。读者们，请耐心一点儿！

* * *

呵呵呵！……有时候，你仿佛觉得你的人生要什么有什么。可当你仔细一想，就会发现，人生不如意事十之八九。自你来到世上的那一刻，刚刚开智，你就开始明白，开始抱怨生命中的未知事物远多于已知事物。也正是那些未知的、莫名的事物扰乱了你的安宁，破坏了你的心境，狂风般侵入你的内心，像凌汛一样大肆毁灭。克里姆拜周遭的人感到困惑不解：他还有什么不满足的？但克里姆拜无暇顾及这些闲言碎语，他有很多自己感兴趣的事情要做。或许，令他烦恼与困扰的是：他拥有充沛的精力和源源不断的干劲儿，却始终没能成为世界著名的拳击手或摔跤手，抑或其他哪项运动的健将？……不，这不是唯一的原因。或许，他心有不甘是因为他可以敏锐地射中羚羊的眼睛，却只能作为猎人在小小的村庄享有盛名？……谁知道呢！也许答案根本不在于此。这个被遗忘在草原深处的偏远村庄的乡民，被赋予了感性的诗意灵魂、悲悯情怀与崇高理想的克里姆拜，会不会感觉自己是怀才不遇的倒霉蛋，于是迫不得已偷安于穷乡僻壤，得过且过？他不为此懊丧吗？我们不得而知。

无论如何，这个让全村人引以为傲的克里姆拜最近性情大变。他自己也搞不清楚他溃乱的内心发生了什么。

莫非问题出在普天下的人，哪怕是最普通的人，都无一例外地有所求而无所得？为什么人心难以抚平？为什么可怜的人无法安慰自己？……

诸如此类的想法令高尚、勇敢、充满力量与勇气的克里姆拜心绪激荡，蠢蠢欲动。他是不可能满足现状的。他想掌控一切，想亲眼见识广阔的天地。有什么办法呢？他就是这样的人，克里姆拜——一个躁动不安的灵魂，命运促使他发自内心地不安于现状。

老实说，这位平日里波澜不惊的草原汉子不久前才开始被这些想法所困扰，但他的性情显然已经发生了翻天覆地的变化。如上文所述，克里姆拜变了。证据就是——他开始没日没夜地琢磨那位美国作家海明威，而且每次都寻思良久。

海明威……他与海明威其人有什么关系？海明威是谁，他又是谁？

很久以前，在自己还年轻时，克里姆拜曾细细品读了海明威的作品，对中篇小说《老人与海》赞叹不已，对长篇小说《永别了，武器！》也十分钟爱。对了，他还读遍了这些年我们出版的所有关于海明威的书籍。

海明威占据了他的思想与梦想。作家笔下的主人公个个都是勇敢、无畏的硬汉。克里姆拜喜欢他们坚忍不拔的性格和忠实可靠的品格。他的心也因此与海明威的书和海明威其人亲近起来，萌生了亲人般的感情。克里姆拜开始梦见海明威，并与他互诉衷肠。在梦里，他们甚至还一起去打猎，一起去钓鱼。好笑的是，还一起去勾搭漂亮女人……

就这样过了一段时间。或许是克里姆拜厌倦了海明威，或许是海明威厌倦了克里姆拜，也或许是他们腻烦了彼此，最终，克里姆拜温柔而决绝地合上了文学巨匠的书。他想："我为何不将注意力投向哈萨克民族文学呢？再这样下去，我很难有所建树：我不好好钻研我们

海明威　克里姆拜　心之煎熬

自己的阿乌埃佐夫[1]，却被一个外国作家迷得晕头转向。就算我拜倒在神一样的他面前，我又算什么呢?！我感觉自己正在沦为海明威的狂热信徒。我还没有达到先贤阿拜[2]那样的高度，却差点儿匍匐在一个美国人脚下。"他在心里蔑视自己……

克里姆拜悄悄迷上了诗歌。他背上双筒猎枪，终日行走于辽阔的草原，一边走，一边轻轻吟诵阿拜的诗歌，背诵马格让[3]、伊利亚斯[4]、卡森姆[5]、托列根[6]、穆卡加利[7]等人的作品……后来，他试图探寻自身的诗意灵魂，想用诗行表达内心的情思。有时，他写得还不错，有时，就不太……不错，克里姆拜的抒情兴致时常被草丛中突然窜出的兔子打断。而他总能迅速作出反应，不慌不忙地给猎物致命一击。然后像小男孩一样发出胜利的欢呼。常常有灰蓝色的野鸭"嘎嘎"惊叫着，自小河沟旁的灌木丛中扑腾而出，紧接着就被狩猎狂魔一枪打死，栽倒在石头上。

说真的，在这个村子里，还没有猎人能与克里姆拜一较高下。那

1　Мухтар Омарханович Ауэзов（1897—1961），苏联、哈萨克作家，剧作家，学者，曾担任哈萨克斯坦作协主席，其长篇小说《阿拜之路》被视为哈萨克文学史上里程碑式的著作。——译注
2　Абай Кунанбаев（1845—1904），哈萨克伟大的思想家、哲学家、民主主义诗人。——译注
3　Магжан Жумабаев（1893—1938），苏联、哈萨克作家，哈萨克新文学的奠基人，出版了以自己名字命名的诗集。——译注
4　Ильяс Джансугуров（1894—1938），苏联诗人、剧作家、记者，哈萨克经典作家，代表作有《孩子的礼物》(《Подарок детям》，1926）等。——译注
5　Касым Кайсенов（1918—2006），苏联、哈萨克斯坦作家，曾获法杰耶夫文学奖，代表作有《少年游击队》(《Юные партизаны》，1954）等。——译注
6　Толеген Айбергенов（1937—1967），苏联、哈萨克作家，诗人，文学家，历史学家，主要作品有《梦想之路》(《Путь мечты》，1963）、《生命之旅》(《Путешествие в жизнь》，1965）等。——译注
7　Мукагали Макатаев（1931—1976），苏联、哈萨克作家，诗人，翻译家，出版了诗集《你好，朋友》(《Привет, друзья》，1966）、《我的心》(《Сердце мое》，1972）等，翻译了莎士比亚、但丁的作品。——译注

诗人呢？……说起来，至今为止，这里还没有诗人出生。运动员嘛，白天的时候，打着灯笼也找不着。一次，克里姆拜莫名其妙地跟自己置气，冲全村大喊大嚷。他宣布，他要把屋里所有的陈设、院里所有的牲口通通送给那个能打倒他的人……可是没有人有勇气接受这个疯狂的挑战。后来……后来由于他的无理取闹没有得到满足，他又宣布，如果有勇士愿意跟他一道去打猎且猎得的猎物比他多，他就匍匐在这位勇士的脚下，无条件完成他提出的任何要求。但他还是没能觅得对手。没人敢与克里姆拜一争高低。

自那以后，这位无所畏惧的斗士、神枪手不再对乡亲们抱有任何希望。他认为，他们都是胆小鬼，在他们身上看不到一点儿草原汉子的气魄。

但这不是他性情大变的原因。虽然乡亲们让克里姆拜失望透顶，但他没有在这件事情上纠结太久。找不到可敬的对手——强壮的草原好汉或顶级猎人，闲不住的克里姆拜又潜下心来钻研诗歌。对了，他从未想过发表自己的作品。他认为，他自己认可自己是一位杰出的诗人就够了。他对功名利禄毫无兴趣。他写诗是为了自己。别人会不会读他的诗，会不会背他的诗，他全然不放在心上。

就这样，克里姆拜作为一个诗人、一个勇士、一个猎人，过得还算相当不错。更何况，与他同在一个屋檐下生活的还是这十里八村最漂亮的女人。如前文所述，我们彪悍的主人公曾不止一次和别人建立了家庭关系。而且他每次与前任真命天女分手，都表现得无比洒脱。而那些关于他私德的闲言碎语也传不到他耳朵里。难以想象克里姆拜今后的生活会是什么样子。大概会和普通人一样，在某个命运注定的时刻走向终点，要不是海明威以最不可思议的方式再次介入他的生活……

一次，克里姆拜有幸去到大城市，在神圣、古老的突厥斯坦待了一阵。当他沿街溜达之时，一位衣着华丽的稀世美女闯入他的视线。她身穿漂亮的羊驼毛大衣，大衣上有一片厚厚的毛领，头上戴着貂皮帽子。美人走在前面，克里姆拜着了魔似的跟在后面，他望着她曼妙的身姿，再次感叹俗语的精妙："果真是'人靠衣装，佛靠金装'啊！"

突然，两个贼一样的年轻人从拐角处冒出来，堂而皇之地扑向美人。看外表，他俩完全不像是抢匪，可眼下，他们撕扯美女衣服的意图显而易见，这让惊魂未定的克里姆拜进退两难。

"你个没良心的女人！"其中一人呵斥道，"看你华丽的衣着就知道，你对动物没有同情心……"

另一人愤怒地附和道：

"自以为是的女人，说说你身上穿的这身皮草到底耗费了多少只可怜羊驼的外皮，牺牲了多少只不幸水貂的皮毛！……哦哟，不知廉耻的女人！"

"就是你们这些没心没肺的畜生破坏了生态环境。"第一个人咬牙切齿地说。

身强力壮的克里姆拜谨慎地向他们靠近，他有点儿慌乱，不知该不该为美人出头。他脑子里一片混乱。"没良心的人，残忍的生态破坏者……这些街头小混混想干吗，他们想怎样？……"

女人吓得魂不附体，尖叫起来，向克里姆拜投去乞求的目光：

"这位市民，您虽然外表是一位不折不扣的男子汉，内心却是一个可鄙的懦夫。您倒是救救我啊！"

克里姆拜头都大了。"残忍地对待大自然……生态环境最凶恶的敌人……这些男孩精神正常吗？……或许，他们真的精神有问题？"

美女见克里姆拜目瞪口呆地愣在原地，扯着嗓门大叫道：

"救救我！帮帮我，把我从这些蠢货手里救出去！……"

"蠢货……谁是蠢货？……是这两个流氓，还是……"克里姆拜一头雾水。

"喂，这位市民！你是不是男人？……与其做个软弱无能的懦夫，还不如裹上头巾去当个娘们儿。让这些二流子住手，让他们住手！"

是啊，女人的话尖酸又刻薄！像一把尖刀插入他的心脏。

克里姆拜终于回过神来，气势汹汹地奔着小伙儿们走去，欲把他们揍得鼻青脸肿，满地找牙。不过为时已晚。两个流氓见他一脸坚决，瞬间兵分两路逃跑。可美女却不依不饶。

"原来，您是反应慢，还笨手笨脚的。您好歹抓住一个呀，当着我的面，惩罚他……脓包，不是男人……"她挖苦道。

被人如此戳着心窝子说，克里姆拜只得去追赶其中一个无赖。

那人跑得飞快，但克里姆拜不愧是克里姆拜，一溜烟儿功夫就追上了流氓，一把揪住他的衣领。

"好汉！"年轻的俘虏感受到强有力的手劲儿，尖叫着说，"不要打我！我不像您想的那样，我不是在街头打劫的那伙人。"

"哎哟，那你说吧，你到底是什么人？"克里姆拜以讽刺的口吻问道。

"我……我是生态保护者。最近一段时间，我们的城市里出现了很多生态破坏者。这不，我们想让他们消停下来……"

他的辩白勾起了克里姆拜的兴趣。他想听小伙儿把话讲完。

"好吧，我放了你！那么……你说说，谁是生态环境的敌人？"

"噢，那样的人比你头上的发丝还多。"小伙儿又活了过来。

"比方说，单单在我们突厥斯坦就有成千上万这样的女人。您看：她们没有一个愿意穿戴朴素。人人都衣着奢华：羊驼毛、水貂皮、麝鼠皮……可以说，凡是自然界带珍贵毛皮的动物都无一幸免。这就叫冷酷无情！难道不是吗？"

"嗯——没错，"克里姆拜若有所思地答道，"你的想法很有趣。就是说，在你看来，人类不应该穿衣服？你想让所有人都光溜溜地走来走去？……"

"随便他们怎么穿！"小伙儿激忿填膺地回答，"但有人造皮货，人造皮货一点儿不比真皮货差。为什么要残害无辜的动物？这就是野蛮，是不折不扣的丧心病狂！简直惨无人道！如果继续这样下去，将来就只剩我们自己了，只剩头脑空空的两条腿人类了。好好想想吧：事实上，已经有大量野生动物、兽类和鸟类从地表消失了。如此下去，很快我们就会失去剩下的物种。这就是我害怕的地方……"

克里姆拜无言以对。显然，他放弃了原先的念头，不打算揪着小伙儿的鼻子，把他拽到女人面前，逼他道歉了。他突然放开猎物，蓦然转身离去，冲小伙儿挥挥手，让他走自己的路……

但小伙儿的话扰乱了克里姆拜的心，新的思想给他带来了精神的痛苦。"生态环境最凶恶的敌人……可见，猎人野蛮地对待了生灵万物，戕害了野兽和飞禽。渔夫也残忍地迫害了水族居民，滥杀了鱼类。甚至，坦白讲，每个男人都在作恶，哪怕是对女人，对自然美景、美好世界、无辜生物……这是无可回避的事实……"

克里姆拜仿佛陷入了无尽的黑暗中。他那颗波澜不惊、天真质朴的心生平第一次感受到了难以忍受的痛楚。他本是一个如钢铁般坚韧的人。他从未遭受过深刻的打击。本该……

回到故乡，克里姆拜仍然无法从纷乱的思绪中解脱出来。奇怪的是，自那之后，他再也不抬手握枪，不悠闲地出门打猎了。他的状态发展到就连生气时也不会对第三任娇妻说一句粗话的地步。他开始……无节制地酗酒，用酗酒来取代往常的消遣方式。他常常喝醉，然后沉浸在抑郁中。他大颗大颗的泪珠往下掉，像个受了委屈的孩子。

然后……海明威又回来了。克里姆拜又重新捧起海明威的书。海明威又重新成为克里姆拜唯一的精神支柱和知心朋友。克里姆拜在忧愁与孤寂中哀叹："唉，可怜的海明威！我现在才明白，为什么你早早结束了自己的生命，为什么你迫不及待地抛却尘世。我现在才理解你面对心爱的"老板"（Boss）双管猎枪[1]的忐忑心境，理解你在离开、抛弃这个世界之时偏偏选择它的原因。我俩在大自然面前像白痴一样，我们的良心背负了太多无辜生灵的鲜血，不是吗？我们罪无可恕。自然母亲永远不会原谅我们的所作所为……"

这些想法日渐强烈、深刻，它们啃咬着克里姆拜的脑髓，折磨着他的心灵。当然，也在他心上留下了痕迹。在村里以刚强、坚毅著称，宛如铁石一般的克里姆拜变了，变成了一个内心困顿、脆弱的软弱之辈。

"在我把枪杆对准自然界那一张张无辜的面孔时，为什么一次也没想过，如果这杆枪对准的是我自己，那该怎么办，海明威先生？！好吧，尽管为时已晚，但你终究意识到了这一点。而我呢？！我和我这颗一无所知、麻木不仁的心竟然……"诸如此类的思想令他精神疲惫，心情苦闷。

乡亲们已经认不出克里姆拜了。再说了，谁会去在乎一个意志消沉、万念俱灰之人的心思呢？

连日大醉后，克里姆拜从头痛欲裂中清醒过来，忽然诗兴大发，提笔欲写诗。但一无所获。克里姆拜无论如何也无法理清自己的思绪。他仿佛迷失了自我，并且永远迷失了。他感觉大自然反对他，准备捏死他。他觉得自己在生态环境面前有罪，在大自然面前是一个罪人。莫名的恐惧感日夜纠缠着他，一日更甚一日。这就是他无法忍受的酷刑。

---

[1] 据说，海明威正是用这杆猎枪结束了自己的生命。——译注

这是报应，因为克里姆拜曾经不可一世地认为自己是自然的主宰。

最终，在某个早晨，克里姆拜干了最后一瓶酒，然后带着沉重的决心向院中的棚屋走去，那里存放着他心爱的猎枪……

* * *

也许，我们哈萨克人多多少少知道海明威。但知道克里姆拜吗？……想知道可怜人克里姆拜是以怎样的方式离开人世的吗？……他在想什么，是什么让他心绪不宁、惶惶不可终日？……他那颗纷乱、可怜的心因为什么而受尽折磨？……

会有想要了解这些事的悲悯之人吗？！

美　痴

这则故事的主人公扎拉斯汉先生是普罗大众中的一员。生活中，他对"美"情有独钟，庄重地把"美"奉若神明。他不是一个对周围世界冷眼旁观的人，他善于发现它的五彩斑斓和最细微的明暗变化，他欣喜若狂地领略大自然的瑰伟壮丽，为之倾倒，当然，他也欣赏女性之美，因为他真诚地认为，爱情的美妙感觉直击心灵深处，世间没有什么比大自然和女性还美好。

不，他不是青涩、天真的毛头小子，还在体味情爱世界里神秘、暧昧的一面。他已经到了相当成熟的年纪，拥有丰富的生活经验。但说来也怪，他显然还停留在某个不切实际的世界里，因为他甚至无法想象，让人面红心跳的感觉可以拿来随意买卖。

* * *

不久前，扎拉斯汉来到了这个不大、但各方面都发展迅速的城市。它赶上了飞速发展的好时机，从不起眼的灰姑娘变成了公主。扎拉斯汉曾短暂地将自己视为笨手笨脚的初来乍到者，不过很快他就适应了，而且完全可以充当对嘈杂的马路和僻静的小巷如数家珍、对当地生活的方方面面都明察秋毫的本地住户。他用哲学的方式来看待这座城市里的诸多事物，认为存在即合理。唯一让他无法适应的是隆冬时节这片酷寒之地上的狂风与寒冷。加之，天气几乎每天都在急剧变化：今天风雪肆虐，雪花飞旋，雪雾弥漫，暗不见天日，明天则天寒地冻，寒风刺骨。这善变的天气让扎拉斯汉想起乖张、吵闹的娘们儿那喜怒无常的脾气与急躁、凶悍的老大爷那直来直去的性子。

扎拉斯汉对当地气候的极端表现到了忍无可忍的地步，他怎么也适应不了，还差点儿因绝望而放弃了唾手可得的大好前程，差点儿回到美好、温暖的南方去，回到他熟悉的生活环境中去。那里的冬天温和且短暂，不似这般寒冷。"会好的，心仪的工作总会有的……人生不能重来，生命只有一次……完全没理由把它奉献给一座愚蠢的破城市，让自己生活在风饕雪虐、寒冷异常、狂风怒号的环境中，让自己像一只被卷入死亡漩涡的可怜跳鼠或在恐惧与无奈中瑟瑟发抖、走投无路的废物……是的，生命只有一次……"扎拉斯汉再三思量，准备作出最后的决定。他已经打定主意收拾简单的单身汉行装，做好了轻松道一句"走啰"的准备……就在这时，在只有他一人居住的宿舍里来了一位新住户——面面俱到、玲珑剔透的年轻小伙儿谢里别克。

谢里别克是个闹腾、活泼、健谈、乐观的人，他的性格与内向的扎拉斯汉截然相反。他总是心情愉悦，对一月的严寒、二月的雪暴满不在乎。就算刺骨的寒风一浪接一浪地袭来，他也面不改色，若无其事。只潇洒地摆摆手，道一句："啊，都不是事儿。"他笑呵呵地说："不值得为此烦忧，毕竟我们只活一次，亲爱的大叔。"这是谢里别克时常挂在嘴边的话，与扎拉斯汉"生命只有一次"的观点不谋而合。只不过他们赋予了这个平常的概念不同的含义。如果说扎拉斯汉为在哪里、以何种方式、与谁度过这"只有一次的生命"而绞尽脑汁，那豪情万丈的草原好汉谢里别克则认为，在任何城市都可以活得漂亮，都可以活得很气派，只要你想。任凭风饕雪虐，寒风凛冽，就算天塌下来——也不关我们的事，我们只需习惯天气所有的任性，并且记住：我们只活一次，所以不要抱怨生活，不要折磨自己，不要把自己当成可怜的受害者。这时候，不要把自己关在屋子里，用不着把日常生活过成苦闷的"两点一线"：工作—家，家—工作。如此一来，就把生活变成了单调、乏味的日子。要振作起来，扬眉吐气，换一种眼光看待世界，给平淡无奇的生活加点儿新鲜与趣味，去发现生活耐人寻味的魅力与韵味。到那时，无论你去到哪里，走到哪里，踩在脚下的都不是石板路，而是柔软的、天鹅绒般的故乡土。

为了让愁眉苦脸、沉默寡言的室友活跃起来，玉树临风的谢里别克如是说，抑或大致如是说。不过他的俏皮话暂时还未起到作用。

不管扎拉斯汉如何努力，他始终无法平静下来，无法找到安慰自己、让自己松一口气的寄托。生命只有一次且唯有真主知道它何时结束的魔咒在他脑海里挥之不去。况且，无论死亡何时来临，他都不愿意在这里混日子，不想在这个讨厌又陌生的城市等待自己的死期，这里狂风肆虐，让人胆战心惊。再说，工作嘛，只要有心，总能找到的，更何况是对于有经验的专家而言，而且他身强体壮，体格结实。人希望自己唯一、宝贵的生命能在美丽、热情、亲切、周到、整洁、气候宜人、没有严冬的城市度过，这很正常，何罪之有？难道他扎拉斯汉迫切地想回到美好的故乡，世间独一无二的故乡，有错吗？而这个年轻的发展中城市没能让思绪混乱、满腹疑虑的扎拉斯汉喜欢上自己，也没有错。都没有错。但生命确确实实只有一次。怎样度过这一生，以何种方式度过这一生，是他的私事。与任何人无关。不是吗？

然而……这个世界还不完美，人们将寄希望于天上掉馅饼、贪图容易的人称之为懒汉，将逃避考验、害怕困难的人叫作懦夫和怨天尤人者。"草原上的流浪汉"[1]——就是对那些心智薄弱之人的蔑称，他们一旦处于陌生的环境中，就会连忙退缩，急于寻找太阳底下温暖的

---

1 风滚草的别称，喜欢迎着风的方向到处移动。——译注

地方。

难道他是那样的人？被低级的生活困境吓退的弱者和怨天尤人者？"草原上的流浪汉"和懦夫？

可"生命只有一次"这话说得很有道理。当你能无愧于心、心安理得地在更好的条件下做事的时候，却为了某些崇高的目的测试自己的忍耐限度，像实验兔一样活着，这有什么好处？尽可能地折磨自己，为难自己吗？还不是时候坚定地结束这一切，跟这个城市说"再见"吗？

怡然自乐的谢里别克事先敲了两下门，然后擅自走进扎拉斯汉的房间，打断他的胡思乱想。

扎拉斯汉微微一笑，再次为自己的座右铭"生命只有一次"与室友的口头禅"我们只活一次"的相似感到惊奇。他甚至觉得，这两句话逐渐亲近起来，找到了"共同语言"。

夜谈在融洽的氛围中进行，谢里别克恳切地对扎拉斯汉说：

"大叔，请您不要曲解我说的'我们只活一次'。我的意思是，人生苦短，我们应该把所有精力，如果可能的话，都用在有益的事情上，用来建功立业……"

"没事，"扎拉斯汉欣然同意，"这没什么好争辩的，老弟，我虽然比你大了十到十五岁，但好歹也是这个时代的人。年龄只是数字而已，我的心年轻着呢。还不着急变老。不管我们是否应允，衰老总会自己找上门来。这是自然规律。而关于你所说的'我们只活一次'，我其实也经常思考这个问题。"

"噢，那简直太好了，您懂我。"谢里别克满意地笑着说道。扎拉斯汉也笑了。从那晚起，年轻气盛的谢里别克和老成持重的扎拉斯汉渐渐熟络起来，在睡前从容不迫地谈天说地，打发时间。他们即使没成为兄弟，也一定是朋友了。

很快，扎拉斯汗就完全认同了乐天派室友的俏皮言论，多次答应纠缠不休的谢里别克不会把自己关在屋子里，会多去咖啡馆溜达溜达，找点儿乐子，改善改善心情，毕竟人生苦短……在年轻朋友的坚持下，扎拉斯汗不再愁眉苦脸地窝在家里，他开始与谢里别克一起度过空闲的夜晚，他的心情也渐渐好转。那些压迫他、刺激他、使他心力交瘁的事原来都是小事，不值一提。而当地如好事娘们儿的怪脾气一般阴晴不定的天气也已经完全作用不了他，影响不了他的心情。就让狂风无休止地刮吧，让刺骨的寒冷猛烈地来吧，让风暴伴着雪花肆虐吧——值得为此苦恼吗？哪怕天塌下来——他也顾不上。用不着在这些事情上钻牛角尖，白白地愚弄自己的脑子。重要的是，要会把平凡的每一天都变成小小的节日。白天自然还是工作时间，他习惯全身心投入工作，可到了晚上和周末，他就是自己的主人，主宰一切——咖啡馆、酒吧、餐厅……动听的音乐，迷人的舞姿……所有这一切都令人流连忘返，令时光散发出独特的魅力。或许，这才是真正的生活？

对他来说，现在的每一天都是在对美妙夜晚的期待中愉快而兴奋地开始，欢乐而悠闲地结束。扎拉斯汗甚至没有发现，那些积压在心底、萦绕于脑海的繁重而痛苦的思绪渐渐消散了，他不再经常忆起英年早逝的妻子，就连梦见她都几乎没有过。噢，人生啊！他曾以为，他永远不会忘记她美丽的容颜、婉转的笑声、可爱的风姿……可这才过了几年，他就不再每夜梦见她了，不再温柔而忧伤地念起她了。或许，是由于他们之间没有一条连结彼此的血脉，没有孩子？……难道这就是原因？或许，是由于受到好汉谢里别克"我们只活一次"的蛊惑，他渐渐淡忘了自己满心思念的爱人，回归到了现实？是这个原因吗？或许，不过是时间治愈了最深的心灵伤痛？

认识到自己在现实面前的无能为力，扎拉斯汗渐渐不去想已故的妻子，开始沉迷于某些虚幻的快乐，他说："既如此，我们就好好活一次。"

如今，年轻城市的暴雪、狂风、严寒再也无法激起他的愤恨。他变得心平气和。睡也睡得安稳了。

谢里别克又来撩拨扎拉斯汉，后者本想在家里度过一晚，因为他觉得自己这个年纪的人每晚出去浪荡不妥。但是年轻的室友坚持。不管扎拉斯汉如何推辞，如何以劳累为借口谢绝，谢里别克仍然一边拉他更衣，一边兴致勃勃、喋喋不休地说："噢，天呐，亲爱的大叔，我寻到了一个您这辈子都没见过的地方，走吧，我向您保证，您不会失望的，那是一个寻开心的绝妙之地。您所有的疲劳都会烟消云散。"于是，谢里别克带着扎拉斯汉来到了一家深夜酒吧，里面通宵达旦地充斥着音乐、舞姿、歌声。扎拉斯汉既来之，则安之。也是，来都来了，便不能白跑一趟，不瞧上一眼说不过去。果然，扎拉斯汉很快就完全适应了这里的氛围：迷人的姑娘翩翩起舞，悦耳的音乐袅袅不绝，昏暗舒适的大厅里，光怪陆离的亮斑闪闪发光。这里的访客主要是年轻人，大部分乐此不疲地跳着舞，小部分坐在位子上。

扎拉斯汉望着舞池中的人影出神，直到谢里别克带着两位杨柳细腰的年轻姑娘来到座位上，他才如梦初醒。

"我看您一时半会儿也不想去跳舞，既如此，就让这些人间尤物给您做个伴吧。"谢里别克抹去额上的汗说道。

"也好，你们坐下吧，我们聊聊天。"扎拉斯汉彬彬有礼地回应，他挺起胸膛，感到血气上涌。

一开始，姑娘们并没有给扎拉斯汉特别的感觉，但后来，他发现她们举止从容、谈笑自如、灵动活泼、不拘束、不胆怯，接得住任何话题，于是惊讶于姑娘们的健谈，喜欢上跟她们聊天。而且，还不止于此。渐渐地，扎拉斯汉对坐在他近旁的那个尤物产生了好感。他暗暗观察姑娘，越来越确信，他身边的人儿完美无瑕，是个货真价实的美人儿——她长着一张白皙、精致的脸蛋；笑的时候，粉嫩的双颊上会出现可爱的酒窝；鼻子精雕细琢；一双含情脉脉的大眼睛深邃迷离；嘴巴小巧玲珑……她像磁铁一样吸引人，扎拉斯汉竭力装作不经意的样子，时而碰一下她修长的手指，时而蹭一下她圆圆的膝盖。这些有意无意的触碰让他的心如少年般雀跃不已。她的笑多么迷人！宛如银铃般清脆，叫人心神荡漾。只要扎拉斯汉一讲轻薄的玩笑，她的脸就立刻涨成罂粟色——羞得绯红。将近五十岁的扎拉斯汉在自己那个年代也见识过不少美女，可仍觉得这个姑娘与众不同。她不仅容貌、气质与她们不一样，就连婉转迷醉的笑声、微微翘起的性感双唇也别有风情……不，她简直绝代风华，不同凡响！她是造化的奇迹，是天上的天仙。她浑身上下都散发着强烈的吸引力：那一双纤纤玉手和举手投足间的妩媚，那玲珑有致的脑袋、光滑细腻的脖子和俯仰之间的灵动，那胸前诱人的双峰；她的眼中似有盈盈秋水波动。这样的魅力让男人欲罢不能，女性美的高级鉴赏家扎拉斯汉也不例外。诱人的身体叫他欲火焚身，渴望触摸她妙曼的娇躯，拨弄她蓬松的卷发，亲吻她光滑的肌肤……

扎拉斯汉似乎很震惊，他百思不解，自己到底是被姑娘的美貌和魅力所迷倒，还是中了什么奇怪的魔法，抑或是对姑娘产生了那种吞噬一切的情感，毕竟一见钟情是常有的事。难道不能发生在他身上吗？扎拉斯汉内心百感交集，一时间，他仿佛失去了语言能力，仿佛被什么东西麻痹了心脏，他一言不发地坐在那里，直勾勾地盯着美人儿。而她却说个不停，还调皮地暗送秋波，她举止自然，落落大方，仿佛与他认识了很久。她像燕子一样叽叽喳喳，好不可爱。扎拉斯汉回过神来，听见她说：

"您知道吗，岁月易老。世事无常，不是吗？"姑娘望着他，问道。

他微微一笑，摇了摇头：

"不，我不赞成。比如，对于像你这样天生丽质、魔鬼身材、天使脸蛋的美人儿，岁月也易老吗？"

"您谬赞了。"姑娘腼腆地说，"不管怎么说，人生依旧匆忙。常言道，'一秒过去，一秒未来'。"

"美不受时间限制！"扎拉斯汉激动地说道，"在我看来，飞逝的时间也嫉妒、赞叹真正的美。尽管美经常一眨眼就忘记了自己的脆弱和短暂。"

"原来，您是一位哲学家啊！"与他交谈的女士笑着说道，"大概每个听到您这一席话的姑娘都会忘了衰老总有一天会来临，生命总有一天会逝去吧？"

扎拉斯汉试探性地碰了一下姑娘的手，然后温柔地抚摸起来。

"你可真是个妙人儿啊！"他亲吻着她细嫩柔软的手指，深情地低声感慨，没有回答姑娘的问题。

姑娘笑起来，羞涩地垂下目光。扎拉斯汉陶醉在她的美貌中，意味深长地说：

"你真是绝代风华，与其他眉目如画的美人儿比起来，你别有风韵。你天下无双……"

闻言，姑娘没有笑，而是俏皮地噘着小嘴道：

"哎呀，别说了。可能只有您觉得我漂亮，别人看都不看我一眼。"

"不，不，你不要这样说！相信我，你真的是最漂亮的，没有人可以和你比。你不要妄自菲薄。你要珍惜自己的美，尊重自己的美。"

姑娘脸上闪过一丝不易察觉的神情，她移开目光，没有答话。显然，他的哪句话触动了她。

扎拉斯汉越来越清楚地意识到，这个夜晚夺去了他的理智，令他情难自禁。谢里别克立刻反应过来，随即对粉妆玉砌的可人儿温柔地说道：

"大叔喜欢你。你送送他？"

她同意地点点头。机敏的谢里别克礼貌地将他俩撵出了娱乐会所，不一会儿，他们就双双出现在扎拉斯汉的房间里。他呢，被演讲的激情冲昏了头脑，欣喜若狂地夸赞姑娘的非凡美貌。他思如泉涌，滔滔不绝地说着赞美之词，却觉得自己表达出来的还不及全部的百分之一。扎拉斯汉渴望将这个话题继续下去，希望找到最深刻、最有力的话语，把自己充溢的感情全部表达出来。

但姑娘却厌倦了扎拉斯汉的夸夸其谈，她打断这个话痨，浇灭他的热情，把狂热的崇拜者从天上拉回罪恶的人间。

"请您原谅我，当然，关于美您说得好极了，在此之前，我从来没有听到过那么多关于美的词藻。但是这堂十分有趣的美学讲堂如果继续下去，恐怕今天，加上明天都结束不了了。我们还不开始做点儿具体的事吗？……"

扎拉斯汉打住话头，不好意思地嘟嘟囔囔，疯狂搜索措辞：

"那么……你的意思是？……你想说……那事儿……"

"是的，就是那事儿……总之，谈正经事……"

领会到她的意思，扎拉斯汉连忙靠过去，抓住她的腰，紧紧抱住她，开始向床上转移。美人儿却轻轻推开他，顽皮地一笑，让他忍住冲动。

"等一下……我，确切地说，是我们，先明确下来。事先得谈好……"

"谈什么？"扎拉斯汉打了个激灵。啊，他猜到了，惊得目瞪口呆：

"你……怎么，你是在暗示……钱？"

姑娘点点头。

"那要多少钱呢?"

"五十美元……这个价格很公道。"

"不,不!"震惊的扎拉斯汉像见了怪物一般尖叫起来,"如此说来……这样的美貌,这样的魅力……只不过是堕落之人在出卖肉体。而你……我曾认为,你是一位知性美女……"

美女态度坚决。她得让这个倒霉、幼稚的爱慕者明白,如果他没有支付能力,就别想缠着她又亲又抱,他那些关于美的议论一文不值。扎拉斯汉感到痛心。内心兴奋的火苗逐渐熄灭,缩成一团,化为灰烬。痛苦与难过取代了心底高尚的情感,取代了他对美的痴迷、对美妙世界的心动。原来,没有什么神奇,没有什么奥妙。一切都是老掉牙的问题。那一刻,扎拉斯汉的双眼蒙上了一层薄雾,他仿佛失去了最宝贵的东西。他的胸腔里巨浪翻滚,愤怒、厌烦、憎恶一齐涌上心头。

"你……"他回过神来,说出了难以启齿的话,"你……你出卖自己美丽的身体,毫不害臊地把肉体拿来做买卖……你怎么可以如此残忍地践踏自己的美?你为什么随随便便、恬不知耻地糟践它?"

见他怅然若失、饱受打击的样子,姑娘不但不窘迫,反而哈哈大笑起来,并且越笑越夸张。

"怎么,你今天刚从月球来吗?你生活在什么不切实际的世界里?……废话少说,这样,如果你想得到满足——就付钱。这个规矩不是我想出来的,它听命于时代。而我们都听从时代的指挥……"

"我完全不能理解。"扎拉斯汉困惑地说,"也就是说,在你看来,可以随随便便、不知羞耻地出卖情感,出卖脆弱、美好的情感?比如,如果我付给你钱,你就会对我产生情感,真心实意地爱上我?全心全意地投入?"

"这个嘛,就要再看看喽,"美女耸耸肩,"你先付钱……"

"可那都是假的，毫无意义！那种情况下，你见到过真正的爱情吗？哪里有真诚、纯洁、被诗人所称道的美好情感？"扎拉斯汉不依不饶。

"情感！情感！美！为什么你翻来覆去地说这些？……现在真的还有理解、品味、看重情感和美的男人吗？他们瞧不上这些。所有男人和女人都是浮华的奴隶。你看，每个人都色眯眯地想捞块肥肉。你这个莫名其妙的人是从哪儿冒出来的？高谈阔论一番，就想无偿享用我的身体。你还有脸说道德。"美女气不打一处来，轻蔑地脱口而出。

这一刻，垂头丧气的扎拉斯汉感到遗憾。沉默片晌，他绝望地感叹道：

"天呐，我活在一个怎样可怕的时代，连情感都变成了可以交易的物品！"

他将姑娘扔在一旁，"扑通"一声栽进破旧的圈椅，似乎想让她明白，他已经无话可说且没有必要说下去。而她也丝毫不觉尴尬，迅速站起来，开始穿衣服。姑娘一边扣扣子，一边嘲讽地从牙缝里挤出一句：

"呸！白白浪费了我多少时间……"

扎拉斯汉此刻没有任何感觉，他那颗不久前还被激情燃烧殆尽的心空落落的，仿佛坠入了冰窖。

"情感！……成为交易对象的情感……"他痛苦而绝望地哀叹，没有注意到那个一两个小时前还令他赞叹不已、爱到忘我的女人已消失得无影无踪。

扎拉斯汉垂头丧气地坐在那里，萎靡不振地耷拉着肩膀，身上好似压着千斤重担。他没有力气站起来，也不想站起来，不想振作精神。

"人的形象是他外在皮囊、所思所悟、性情禀赋和真情实感的总和，如果一个人失去了这些品质与优点，会变成什么样子？人这种生物,一旦丧失了道德的约束和做人的准则,即使有迷人的外表,也终究会遭人嫌弃,招来反感。"心怀善意却惨遭欺骗的扎拉斯汉悲痛难当,"当然,人无法左右时代。但是强者经得住一切考验,弱者才会被时代无情地击溃,被丢弃在人生的路途中。难不成这便是真相?难道使人变得高尚的美,激发人内心美好情感的美,带来和谐的美,一旦接触到冷冰冰的现实就会变得脆弱、无助,像易碎的水晶一样成为危害,将人绊倒,导致死亡?这能怪谁呢?"

扎拉斯汉沉重地叹了口气。这声叹息发自一个多愁善感而又为情所伤的人,随着令他怦然心动的美人儿的离去,他也瞬间失去了对尘世间一切美好、神话、传奇的虔诚信仰。

一阵战栗通过他全身。当时的情况下,他不是因狂风和严寒而发抖,而是由于别的什么原因……

* * *

请您仔细看一看现在这个时代吧,人们不但不再崇拜美的力量,还无耻地把姑娘的贞操拿来买卖!请您瞪大眼睛瞧清楚它那张令人作呕的嘴脸吧,扎拉斯汉先生!

产房里的波洛涅兹[1]

产前的心理负担

1

菲留扎心情低落。而且她一进入产房,心情就变得更加低落了。

不过今天她的状态似乎有所好转,跟昨天不同。这可能是由于菲留扎开始不再沉溺于忧伤,试图走出最近一段时间的阴霾。就在昨天,当剧痛来袭的时候,她便暗暗决定,无论如何也要摆脱腹中多余的胎儿。阵痛在日落前开始,黄昏时分,菲留扎已无法忍受。房东太太是一位丰腴的鞑靼女人,她撞见了菲留扎的这副惨样,作为女人,她同情而担忧地说道:

"噢,天呐,我亲爱的,你怎么面色苍白,我感觉你马上就要生了……没必要再等,别浪费时间了,得叫救护车……"

房东太太一刻也没有耽搁,立刻拨打了急救电话。如果不是她,菲留扎根本不会想到自己快临盆了。但见丰腴的房东太太如此惊慌失措,菲留扎也害怕起来,所以同意她呼叫救护车。

菲留扎总是听取房东太太的建议。这并非无缘无故。刚得知自己

---

[1] 一种源于波兰的音乐体裁,又译波洛奈兹、波洛内兹或波兰舞曲,是速度中等或偏慢的舞曲。——译注

怀孕的时候，菲留扎打算隐瞒这件事，于是匆忙开始找房子。一连多日，她走遍了大街小巷，却一无所获，直到遇见这个鞑靼女人。

"我的房子很舒适。家里也没有小孩。我一个人住，你可以拥有自己的房间，这对你来说，再好不过了。"房东太太说。

自那天起，菲留扎就和这个鞑靼女人平静而友好地生活在同一个屋檐下。

起初，房东太太什么也没有怀疑，但忽然间，她发现女房客的肚子圆润了不少，惊得目瞪口呆：

"噢，天呐！你……竟然怀孕了！"

"嗯，事已至此……"菲留扎感到难为情，她知道，纸包不住火。

但是房东太太是一个善良的人，她没有因为女房客当初向她隐瞒了自己怀孕的事而责备她。相反，她很同情她的遭遇，还像亲人一样照顾她，鼓励她：

"你再考虑考虑吧，多么可怜啊！孩子可是最珍贵的财富。况且，无论发生过什么，孩子都没有错。所以你不要动摇，不要犹豫，生下来吧！一定要生下来！你又不是第一个！"

房东太太的善意和亲切温暖了可怜姑娘的心，给了她力量。要是把慈悲心肠的房东太太换作其他女人，那人指不定会怎样冷冰冰地建议她说："为什么要束缚自己？你堕个胎，事情就了结了！"而菲留扎，有可能就照做了……

多好啊，在年轻时的艰难时期，她遇见的是这个热心肠的女人。房东太太在得知女房客怀孕后，立即着手指导她，给她一些实质性的建议：

"亲爱的，怀孕的时候不可以做剧烈运动。你得照顾好自己，不要提重物。你爱惜自己，胎儿才会好好发育。"她与她分享做母亲的超凡智慧。

头几个月,当腹痛来袭时,菲留扎莫名地头晕得厉害,房东太太宽慰她说:

"你忍一忍,亲爱的。这很平常。没什么大不了的。等到了第九个月,会更痛。尤其是产前阵痛的时候……"

……终于,让菲留扎期盼已久却又胆战心惊的产前阵痛似乎开始了。感谢房东太太这时候陪在她身边。真是命运弄人,这个善良、温暖的女人是多么不幸。她在菲留扎的年龄曾两次怀孕,但两次都没能成为母亲——两个孩子都胎死腹中。后来,她的丈夫也遭遇了车祸,死了。她带着内心的伤痛在孤独中度日,没有机会体验当母亲的幸福。如果真主安拉不能赐给她孩子,那至少让这个可怜的女人不要因绝望而做出让自己抱憾的蠢事吧。

"孩子——是上天的恩赐。你应该把他生下来。小孩长得快,不知不觉中,他就从累赘变成了你的依靠。"

这些话给了菲留扎莫大的安慰。

救护车来得非常迅速,然后一路拉着刺耳的警笛将孕妇送进产房。自那天夜里算起,菲留扎来这里已经两天了,但暂时还未临盆。

疼痛得到缓解后,姑娘感觉好多了,她注意到病房里还有一位产妇。那是一个头发蓬乱的女人,约莫三十五岁到四十岁。她那一绺绺向四面八方支棱着的头发,给人一种她从来不知梳子为何物的感觉。准妈妈们互相认识了。年长的那位名叫法季玛。

"亲爱的,你显然来早了点,"她摆出一副行家的模样断言:"早期出现的产前阵痛往往具有欺骗性。你最好还是在家里,在自己舒适的床上再躺一躺。不管怎么说,这可是产房……这里永远喧嚣……在这种忙乱的环境中,真正的临产宫缩可能会被忽略。这种情况经常发生。"

菲留扎差点没忍住笑出声来。"家里舒适的床"……显然,她以为她从父母的豪宅中来……她若是知道,她只能寄身于一间狭小的屋子,那里只摆得下一张床。可话又说回来,她,法季玛,怎么会知道呢?尽管这里昼夜喧嚣,但对于菲留扎来说,却是天堂般的一隅。干净的被褥……免费的伙食……

"啊,对了,你以前生过孩子吗?"法季玛好奇地问,"还是说,你这是头一胎?"

"以前?我吗?"菲留扎倒抽一口气,"我还小呢……今年才满十九岁……"

"得了吧,"法季玛扑哧一笑,"你都说了,你十九岁了!这个年纪生头一胎,还小吗?你这样说,似乎还不知道那些十六七岁的姑娘早就……我前不久才听说,有一个十五岁的小姑娘挺着肚子来到这里……那才叫小,那才叫早!"

菲留扎厌恶地蹙起眉头:

"您说什么?不可能!如果这是真的……"

"当然是真的!千真万确!这就是最近的事……她还是个中学生……向父母隐瞒了自己的罪孽,偷偷摸摸来到医院,对医生说:'快快拿掉我肚子里的孩子,不然我上课要迟到了……'"

"噢,真是不知羞耻!当真有这种事吗?"

"当真!我何必胡说?"

菲留扎背过身去:她不喜欢听这类故事。但是法季玛不肯消停。现在,她又好为人师地说起其他事情来。

"头一次怀孕是一次巨大的考验。准妈妈应该从心理上做好准备……全方位地做好准备……毕竟,你已经不是小姑娘了,而是年轻的妇人,日子一天天过去,你会成为母亲。这意味着,你的生活将发生巨大的变化。对于这一点,你要有充分的认识,深刻的认识……如果你想临盆的时候容易点,就应该往好的方面想,多多憧憬、想象这个孩子的未来,猜测他会成为什么人、怎样的人,他会在成长的过程中选择怎样的人生道路……如此一来,还没等你反应过来,孩子就生出来了。"

菲留扎喜欢听这些话,她又转过身来面对法季玛。

"大婶儿,您说说,生孩子难吗?"

"哼,"法季玛骄傲地一笑,"难不难,这还用说!这有什么难的?最难熬的是产前阵痛。如果你不害怕产前阵痛,那分娩对你而言也没什么大不了的。你只需要勇敢面对……"

"好吧,如果是这样的话……"菲留扎松了口气。

"不,你听我把话说完。产前阵痛是不一样的。比如,你这是早期阵痛。它往往具有欺骗性……痛一阵就好了。就像什么也没发生过一样。可当真正的临产宫缩来临时……"

"到那时会怎样呢?"

"到那时你自己体会吧!如果你能挺住的话……"

"我能挺住!为了儿子我什么都能挺住……"

"哎哟,张嘴就来!你就是个孩子!……你先说,你是从哪里知道的,在那儿,在你肚子里,装的一定是个男孩,嗯?"

"我就是知道!"

"从哪里知道?"

"我做了B超。"

"原来如此……现在的人可真是贼!孩子还没出生,你们就全都知道了。不像我们那时候……挺着个大肚子,也不晓得自己怀的是男是女,直到临盆,才知晓谜底。可现在,你们这些年轻人,事先就知道了一切……"

"这不是说年轻人有多贼,大婶儿。时代不同了。我们在科技进步的时代怀孕。计算机时代已经到来……"

"哎，小傻瓜，别提那愚蠢的计算机了。孩子们因它而变笨，变得神经质、易激动，视力下降……"

"您不应该这样想！计算机是这个时代的伟大成就，没有它就没有未来。二十一世纪是计算机时代……"

"胡说八道！……你说'没有它就没有未来'……千百年来，没有它，哈萨克人也活得好好的，难道我们所有的问题都是依赖那些计算机解决的？"

"正是如此！这是时代的要求。我告诉您，现在的年轻专家，哪怕他有很高的文凭，如果不懂计算机，他也找不到工作。这就是如今的要求。"

"怎会如此？比方说我，一位资深会计，如果不懂那白痴电脑，就找不到工作了？"

"您的情况我说不上来。我不知道。也许，考虑到您经验丰富，会有人录用您。但是对于年轻人而言，只能是这样。"

"真没想到，都成什么样子了！多年以前，那些善于钻营的机灵鬼也告诫哈萨克人说：'你不学好俄语，就无法胜任重要工作。'我们好不容易攻克了一个难题，可紧接着，又有人说：'你不懂电脑，就找不到好工作……'噢，我的天呐……看见没，这就是我们哈萨克人的命运……我们——竟是如此时运不济的民族……"

菲留扎差点笑了出来，但她善于控制自己。不过终究没控制住，忍不住笑了出来。法季玛面带愠色地看向她。

"你笑什么？难道我说得不对吗？"

"不好意思，我没有笑您。我只是想到了一些事情……"

"什么事情，是秘密吗？你可别像狐狸一样耍滑头！"

"你看，不懂电脑就找不到工作，这让您心里不好受。您认为，哈萨克是一个时运不济的民族……难道这只是哈萨克的问题吗？如今，计算机已攻占了全世界。整个地球都在它的掌控之中。而我们……我告诉您：二十一世纪的一切活动都将基于计算机。这意味着，机械的手工劳作将会逐渐消失。比如，所有复杂的计算、制图工作都将在电脑上完成。不久前，一家报纸宣称：'一切文明的成果都有望被录入计算机网络中，任何一个国家都可以根据需求使用必要的信息。'有趣的是，在未来，比如，要成为学者，可以不用穿梭于图书馆、档案馆之间，他所需要的一切，都可以在网上找到。计算机还完全可能掌握作家和诗人的创作方法……这就是计算机！……"

"这让人难以置信，"法季玛反驳道，"就坐在电脑前，怎么能成为伟大的学者呢？而成为……诗人……那得拥有怎样的天赋啊！只有真正的天才才能写出绝妙的诗篇。这种天赋与生俱来。让没有灵魂的铜皮铁壳大搞抒情诗创作……绝不会有这样的事。"

"您可以不相信，但世界不会停止进步。我所说的那个时代，即将到来。您很快就能亲眼见证，这一切都会变成现实。您现在不过是被落后的观念俘虏了。"

"你别再说了！不要愚弄我的脑子。"法季玛不耐烦地一挥手，然后一言不发，自个儿寻思了好一阵。菲留扎感到尴尬，她心想："我没有在无意间冒犯她吧？似乎没有。"过了一会儿，法季玛又若无其事地打开了话匣子。

"那么，这是你的第一个孩子？"

"是的，第一个。"

"既然如此，亲爱的，你一定要把他生下来。第一个就第一个。更何况生产之后你的身体会变得干净，血液循环系统将得到改善。对了，你丈夫怎么样？要当父亲了，他高兴吗？"

菲留扎没有回答。

"你丈夫是干什么的？在哪儿工作？"

"他……他不在。"

"噢,那他在哪儿?"

"我不知道。"

"怎么会'不知道'呢?"

"就……就是……这样……"

"噢,亲爱的,你经历了什么?!你怎么会不知道孩子的父亲是谁?看来,你们这些年轻人,根本没有认真思考跟谁见面、跟谁约会、跟谁调情、跟谁睡觉……真是放荡啊,嗯?"

菲留扎慌了神。

"大婶儿,我这辈子就犯了这一次错。我在聚会上喝了点酒……喝醉了……"

"怎么就喝醉了呢?喝到失去记忆,这得喝多少啊!真的什么都不记得了?"

姑娘肯定地点点头。

"我看,你父母恐怕也毫不知情吧。你自己操持了这一切。在聚会上喝醉了……不知道跟谁发生了关系。天呐!意外怀孕!那么,你知道什么?"

菲留扎下意识地抚摸了一下隆起的小腹。

"谢天谢地,至少你还记得这个东西……"

正说着,一阵剧痛从小腹传来,菲留扎疼得几乎窒息。她捂着肚子,痛苦地呻吟。

"哎哟,小可怜!又开始痛了……可你又能怎么办呢……这就是女人的命运……既然是真主安拉的旨意……你只得忍受……"

"大……大婶儿!我受不了了!太痛了……"

"好吧,好吧,我这就去叫医生。"

法季玛急忙跑出去,随后,值班女医生跟在她身后走进病房。

法季玛开始说明情况：

"我觉得，她应该是产前阵痛。得给她注射一剂止痛药，这样她就安静下来了。"

"请您不要妨碍我。我清楚该怎么做……我现在要给她做检查。"女医生恼火地对她说。

但法季玛不肯罢休。她不依不饶：

"您考虑一下吧，我不只是一个女人。我——是两个孩子的母亲，我也知道一些事情，所以您就听我一言吧，医生。"

"请您离开，站到一旁去……再离远一点！……"

医生扶着菲留扎站起来，小心翼翼地搀着她走出病房，同时避开法季玛。但法季玛仍然纠缠不休。很快，菲留扎就从治疗室回来了，她已经缓和下来。显然，阵痛没有持续，止住了。不管怎样，菲留扎感觉自己还可以忍受。法季玛立刻得意洋洋地解释道：

"我就说嘛，你还没到临盆的时候。我早就知道了。你骗不了我！"

"大婶儿，为什么没看见你丈夫呢？他来不了吗？"面对菲留扎幼稚的问题，法季玛发自内心地觉得可笑。笑完后，她带着漫不经心和些许逞强的语气回答说：

"告诉你吧，我很久以前就把那个蠢货撵走了。我们和平分手已经六年了。这些年，我都是一个人。我知道跟谁约会、跟谁生活。倒是你，看在真主安拉的面上，不要跟我提起他，我会呕吐……"

菲留扎感到诧异。她第一次见到一个女人用如此厌恶的语气谈起自己的丈夫。如果他们建立了合法的婚姻关系，怎么说分开就分开了呢？……既然没有丈夫，那为什么要把孩子生下来？这些问题令她百思不得其解。

"那么，您……整整六年都一个人生活……那……这个即将出生的孩子是谁的呢？……"

"哎呀！"法季玛不屑一顾地摆摆手，"这个孩子的父亲不是那个蠢货，另有其人。简单说来，我怀的是相好的孩子。"

"相好的？为了什么呢？毕竟您已经有两个孩子了。难道您觉得还不够？"

"你说得对。两个孩子对我而言完全足够了。我怀孩子，不瞒你说，是为了调理身子。简单说来，就是换血……清洗内脏……"

菲留扎的心脏仿佛跳到了嗓子眼。

"就是说……孩子能不能平安出世，长什么模样，身体状况如何，您都无所谓？"

"正是如此。如果生下来就是个死胎，对我来说反而更好……不会有任何麻烦与烦恼。世上还少了一个孤儿。"

"那如果生下来是健康的呢？……"

"嘿，那我们就另作打算。多的是人出主意。到时再随便选个什么好主意。"

"可孩子做错了什么？"菲留扎神经质地惊叫道，法季玛猛然抬起头来。

"嘿，你真是的！难不成你还想教我做人处世？我知道自己该做什么。你还是想想你自己吧。想想那一出生就没有父亲的私生子……想想你给自己戴上了怎样的枷锁……"

菲留扎委屈地背过身去，面对墙壁，沉默良久。然后，一阵抽泣声传来，伤心的姑娘任由眼泪掉落。法季玛心中一紧，走到她身边。

"别哭了，亲爱的！这就是我们肩上的担子。重是重，可只得承受。我们无处可躲。你放心吧，总有一天，所有的阴霾都会过去，你别对我有怨恨。我跟你说的那些，都是一时胡话，你别把我的话放在心上。"

法季玛摸了摸菲留扎的脑门。姑娘天真地靠在她身上。法季玛像是为了安抚她一般，将话题引向男人。

"所有的男人——都是下流胚、混蛋。当然，我们来到这个世界上，皆源于父亲。但父亲完全可以另当别论。至于那些在街上无所事事、徒有男人外表的东西，就是不折不扣的败类……"

菲留扎蓦地转过身来，对这个绝对的结论表示不赞同：

"难道可以将所有男人都称为败类吗？您说得是不是太绝对了，大婶儿？"

"不！"法季玛斩钉截铁地说，"就是这样！我对此确信不疑。"

"如何确信的？您为什么说得如此绝对？……"

"这是有原因的。我自己就因为男人遭尽了罪……受了那么多屈辱……"

"哪些屈辱？"

"那些，就是……哎呀，说了也是白说。这些事情你还不懂。等你到了我这个年纪，就都明白了。"

"明白什么，大婶儿？"

"明白一切。"

"'明白一切'是什么意思？"

"所有男人都不遗余力地将自己凌驾于女人之上。他们想统治女人，损害女人的名节，践踏女人的尊严。他们自己要活得像小鸟一样自由自在，却强行捆住女人的双脚……还有什么呢？哼，简直数都数不过来……"

"或许，想和男人平起平坐，就应当尊重他？听取他的意见……"

"扯淡！如果你对他言听计从，你会知道，他是如何骑到你头上去的，而且还耷拉下两条小腿来。他会变本加厉地使唤你。然后发展到没有妻子他连厕所都不会上的地步……"

"得了吧，真是的，瞧您说的。"菲留扎将信将疑地说。

"亲爱的,我可比你早生好多年。悲惨的经历我还是有的。我穿破的裙子比你穿过的衣服还多。不像你,我尝过尘世的苦楚,所以我才这样说。我没有半句虚言,这可都是我亲眼看见、亲身经历的。"

"就是说,您丈夫……"

"你又跟我提那个混蛋!我可说过了,你别再提起……"

"您为什么如此神经质?"

"因为,小妹妹,他毁掉了我的青春。我真是傻乎乎的,完全信任他,甘愿为他洗衣做饭,可结果……他竟是一个十足的小人,无耻的骗子。而我呢,是个十足的蠢货,想方设法用后代取悦他,一次又一次地怀孕,给他生了两个孩子……可他呢,把我关在家里,自己却悄悄溜出去,后来我才知道,是找妓女去了……他一早就出门,天黑才回家。我可是一点儿也没往坏处想。或许,我还会长期被蒙在鼓里,如果不是有一次一个熟人让我擦亮了眼睛:'你为什么对丈夫这么自由放任?我昨天还看见他在咖啡馆和一个荡妇卿卿我我。'简直是晴天霹雳。我回到家,趁丈夫还没来得及溜出门,向他发难:'老实交代吧,告诉我真相,你这是要和谁去哪里?'他慌了,忙不迭地说:'这都是诽谤,是谣言!我没去过什么咖啡馆……'

"我不依不饶:'你最好坦白承认了吧!不然我就跟你离婚!'他殷勤起来,发誓说:'真的,我向真主安拉起誓,我没有去过那里。'

"我信了,原谅了他。像什么事都没发生过一样,继续原来的生活,但又有一个熟人告诫我:'你注意注意,你丈夫——是个拈花惹草的厉害角色。'我问她:'你是从哪里知道的?'

"'从那些跟他叽叽咕咕的人那里知道的。'

"'你没有搞错?是真的吗?'

"'千真万确!我知道得一清二楚。我只是可怜你。不然别人的事情跟我有什么关系?你注意一点,看住你丈夫。否则他就被拐跑了。'

055

"就这样,那只毒蜘蛛的风流艳事彻底暴露在我面前。那些不好的传闻原来不是空穴来风,不是谣言。最终,一切都得到了证实。我也卷起袖子冲他发作。每天数落他,骂得他不得安宁。终于,他忍受不了我的咄咄逼人,离开了家门。他收拾了随身物品,像贼一样,溜走了。就这样,我成了一个自由的女人。现在,我可以掌握自己的命运。与其跟那样一个浪荡子在一起,不如自己过活。"

"在那之后……您为什么没再嫁人?"

"噢,祖宗,难不成你能在当下找到正常男人过家庭生活?对于高尚的女人来说,男人——不过是负担而已,清一色的酒鬼、色鬼、泼皮……跟他们只能短暂地接触一下,暂时性地解解闷,消遣消遣。然后——再见[1]!"

"不可能连一个正派的男人都找不出来。尽管不多,但有文化、有修养的男人一定是有的。"

"哎,亲爱的,现在的男人——都是些下流胚、浪荡子,上哪里去找正人君子?男人——就是……反正让人无法形容……我真的没有时间和耐心把所有的枝枝末末跟你摊开了讲。这需要你自己去体会。你须牢牢记住:男人中间有不少阴险的禽兽。愿真主安拉保佑你别遇见他们。"

天真的菲留扎完全无法理解。

"您是个有趣的人。您说,他们中间有很多禽兽。愿真主安拉保佑我别遇见他们……那么……今天和一个男人调情,明天和一个男人调情,这难道就合适?……您可是自相矛盾了……"

法季玛大笑起来。

"你还是太年轻了,没开窍。"她回答道,"不过是时候学习了。

---

[1] 原文为法语。——译注

这一点也不矛盾。只要你愿意,丈夫——算什么?……"

"真主安拉在上!"菲留扎表示不认同,"我不会那样做!无论如何,我只会跟一个人在一起,只会跟我爱的人亲热、撒娇。"

"哈哈!"法季玛冷笑一声,"首先,你得找到那个你爱的人。这样吧,算你运气好,你真的遇见了那样一个人,就让他先看上你吧,对你感兴趣,如果他懂得欣赏你的优点,那……瞧你说的,你希望为自己找到一个人……我懂,我见过这样性急的人……"

"无所谓。就让我用一生来耐心地寻找心爱的人吧,只为珍爱他一人。"

显然,这话把法季玛逗乐了。

"哎,亲爱的!"她语重心长地说,"你这话说的,简直像个天真的黄花闺女。你清醒清醒,看看你自己。你是一个孕妇。马上就要临盆了。而且你连孩子的父亲是谁都不知道。这样尴尬的情况下,你还理直气壮地说:'我会寻找'……"

"我会寻找!为什么不去寻找呢?"菲留扎平静而固执地重申。

"我的祖宗呐!得了吧,现在谁会看上你?你好歹考虑考虑现实情况吧!实在是想象不到,什么样的男人会在头脑清醒的状态下,去关注并爱上一个不知道自己怀了谁的孩子的姑娘?除了那种情况……如果他……愿意跟你度过一段愉快的时光……"

法季玛最后的话狠狠刺痛了菲留扎的自尊心。她又背过身去,抽着鼻子呜咽起来。随后,姑娘又感到身体不适。

2

腹痛一得到缓解,菲留扎就恢复了心情,她已经开始主动纠缠法季玛问东问西。

"大婶儿,您呀,老是把所有罪责都推给男人。难道举止轻浮、勾引男人的女人还少了吗？……哎，我指的是随意跟人勾搭的女人……您为什么不提？"

"好个糊涂虫啊！"法季玛叹了口气，"不管怎样，所有的不幸都源于男人。这一点，你说服不了我。你还完全不谙世事。都是因为那些蠢货，都是公狗一般的男人引诱了容易轻信的蠢女人，让她们偏离了正道。只有在这之后，那些被淫荡的公狗所诱惑的女人才开始反过来引诱他们。没错，就是男人毁了女人……"

"这么说，您真的认为，是男人把女人推向了罪恶之路？"

"是的，就是这样！"

"可是报纸上说，妻子的任性和不断挑剔只会让丈夫厌恶，而未婚女人的风情则恰好能迷住男人、吸引男人……难道报纸上说的不是真的？不。还是有一定道理的。毕竟，我们女人狡猾起来比男人厉害一百倍！只要女人愿意，她可以征服任何男人。"

"正是如此……"

法季玛入了迷，面庞放出光彩，她自认为是一个充满自信且令人无法抗拒的女人，能够让任何人臣服于她的迷人魅力。

菲留扎继续向法季玛发问，法季玛的见解让她感到十分新奇有趣。

"我在报纸上读到过，在美国的北卡罗来纳州，一位已婚女士怀疑某妓女勾引她的配偶，于是将破坏她家庭的人告上了法庭，要求其赔偿一定数额的精神损失费，因为妓女对她的丈夫造成了不良影响，给她的家庭带来了不睦因素。看吧，这才是真正的民主！"

"呸！"法季玛皱了皱鼻子说道，"什么女人啊，连妓女都开始公开承认自己和男人的关系了吗？这需要捉奸在床……不然就说不清楚，不是每次你都能拿出证据来……你让谁来作证？你将给法庭提供什么样的证据？……这些都是闲扯……要知道，亲爱的，人生最棒的事就是——没有丈夫，无拘无束、放荡不羁地生活。当然，为此你得成为一名出色的演员——天才的演员……"

"您是说'演员'，大婶儿?!"

"嘿……该怎么跟你解释呢？你不要随便对什么人都敞开心扉，不要让别人走进你的内心，但表面上，你对所有人都要礼貌、克制、随和……然后泰然地去享受这变幻莫测的人生中的小小欢喜。比方说，如果我是你，待这个孩子出生后，我就让他该上哪儿上哪儿，然后……自己过上小鸟般自由的生活。人生是美好的，只要你还年轻有魅力。再然后嘛……你后悔也罢，不后悔也罢……都是以后的事情。人早晚一死。那是所有人的结局。而在这之前，只需要体验人生美好的一面……"

这些话在菲留扎脑海里一晃而过。她压根儿没把法季玛"让孩子该上哪儿上哪儿"的建议当回事，只是着了魔似的盯着法季玛的嘴唇，不去思考那些话的意义，看着由一连串音符组成的语言花边小珠似的一个劲儿往外飞，但就是抓不住语言的本质。

这时，剧痛再次从小腹袭来。姑娘疼得叫喊起来。

法季玛话说了一半。

3

产前阵痛持续了将近三天三夜。这段时间，菲留扎吃尽了苦头，流了很多汗水。

直到第三天晚上，经过连续的宫缩后，被折磨得精疲力竭的菲留扎终于卸下了腹中的包袱。

听见孩子声嘶力竭的哭喊声，菲留扎体会到了当母亲的感觉。她敬畏地嗅了嗅孩子的香气。这一刻，对她而言，她的孩子有没有父亲，已经不重要了。重要的是——这是她的孩子。她的儿子……

她至今被一种奇妙的感觉包围着,感受到一股无法抑制的力量……

产后的思想负担

1

法季玛看不惯年轻妈妈给新生儿喂奶时那说不出的温柔的模样。她不时向菲留扎投去责备的目光,最后忍无可忍地说道:

"亲爱的,你不要过于溺爱孩子,否则会毁了他。自他出生那天起,你就要学会克制自己的感情。一个被溺爱、被娇惯的乖儿子是无法成长为顶天立地的男子汉的。"

"管它呢,"菲留扎沉浸在当母亲的幸福中,随口说道,"就算他成为那样的人也无所谓。只要他健康地活着。"

"'管它呢',当然,他会健康地成长。但还是让他成长为一个合格的男子汉吧。如果你把他从妈妈的智障儿子抚养成大龄蠢货,对你有什么好处?等你以后醒悟过来,开始强行改变,为时已晚。"法季玛见沉浸在感动中的菲留扎深情地望着孩子,又做了一个无语的表情,补充道:

"我也是母亲。我还不知道当母亲的感觉吗?我也抚养女儿。给女儿喂奶时,我一开始也很感动。然而,人生就是一场骗局。没有什么比你自己更珍贵。"

菲留扎反驳道:

"倘若我们的人生就这样过去了,没有出现继承者,那它还有什么意义?"她问道,"难道家族继承人的出现没有使成年人的生命充满特别的意义吗,尤其对于母亲而言?"

"这一点，你说得对。"法季玛表示认同，"但为此，首先的首先，你应该学会过正常人的生活。就是说，应该组建一个体面的家庭，找一个合适的丈夫，置备一处还不错的房子。只有在这之后……"

"难道这不是当事人自己应该关心的事情吗？如果他自己都不关心，谁还能把这一切像一盘菜一样端到他面前？"

"是这个道理，谁也强迫不了。"法季玛点点头，"而且要达成这一切也不是那么容易。只有单双峰杂交骆驼才能品尝到挂在悬崖边上的骆驼刺。就应该成为那样的骆驼。遗憾的是，不是我们所有人都准备好了去攀登那座高峰。"

"我准备好了……整颗心都准备好了。"菲留扎脱口而出。法季玛大笑起来。

"我亲爱的！"她一边抹眼泪，一边说道，"你别逗我了。天呐，你到底是个什么样的孩子！……你生产以前，我没跟你直说。考虑到你的状况，我只是暗示了你。可眼下，事已至此，你就把你的想法老老实实告诉我吧。你现在如愿以偿为自己戴上了枷锁，你明白吗？你的命运陷入了僵局。你想想吧，你现在不是姑娘家了，而是一个女人，而且是一位单亲妈妈，有个刚出生的儿子。现在，没有一个单身汉会多看你一眼。倘若你还不会……用一些手段……去迷住对方……"

"迷住？怎么迷住？"

"很简单。为此，你须得用一些狐媚子伎俩。首先，必须让孩子马上离开你的怀抱，把他送到你父母那里去。然后你……"

"不行，不行，"菲留扎不同意，"我不能那样做。我还活得好好的，怎么敢让自己的孩子成为孤儿？这简直是良心尽丧，羞耻心尽失……"

法季玛怒了，说道：

"既然如此，你就抱着你的孩子，傻瓜似的坐着吧。坐等良机，直到童话中的王子出现在你面前，然后爱你爱得要死，跪下对你说：'我来了，我的天使！'……"

"我就坐着。"菲留扎固执地低喃，语气中带着挑衅。

"坐着吧，坐着吧，该说的我都说了！"

怒气冲冲的法季玛装模作样地背过身去。菲留扎感到过意不去，她试图重新找回话题，于是用愧疚的语气说道：

"大婶儿，您怎么这么早就来产房了？我嘛，是因为没有经验……那您呢……"

法季玛也不记仇。她立马转过身来，神采飞扬地说：

"我是特意早点过来的。就是想休息休息。家就是家。家务事多得很。而这里——什么都不用担心……"

"就为了这？"

"正是！怎么了？"

"怪了……"菲留扎不可置信地耸耸肩。法季玛也没答话。但沉默之后，她决定不再隐瞒。

"我亲爱的！我确信你有一颗纯洁无瑕的心。我把一切都告诉你。"她开始倾诉，"我有两个女儿。一个在上中学，一个在上大学。就是这个大女儿……"

"显然，她学习很刻苦。"菲留扎推测，"您是一位幸福的母亲。她很快就能获得学位，成为专门人才，找到工作……"

法季玛皱了皱眉：

"你听我说，不要自己瞎猜……是这样的，这个大女儿……不久前，她的所作所为给了我沉痛一击。"

"以什么方式？她准备嫁人了？"

"是那样就好了！"

"她决定放弃学业？"

"是那样就好了！"

"那究竟是怎么回事？"

"简直难以启齿。"

"您指的哪方面？她干了什么好事？"

"哎哟，我的心肝儿……倘若我能想到我女儿能干出那样的事……我的宝贝儿……你都干了什么？"

菲留扎一头雾水。

"她怎么了……偷东西了？"

"是那样就好了！"

"不会犯罪了吧？"

"哎哟，如果只是那样就好了……"

"那是怎么回事？……"

"比这更糟糕！……我的女儿，我那漂亮的女儿，在休闲场所陪男人们打发时间……"

法季玛的脸色变得煞白，她抓住胸口，喘不上气来。菲留扎不知所措，于是叫来了护士。

过了一会儿，法季玛镇静了下来。

菲留扎以为法季玛不会再回到中断的话题，可法季玛还是打算把说到一半的话说完。

"就是以这种方式，亲爱的，我觉得丢脸。如果说我放荡，那也是我那混蛋前夫将我逼到这种地步的。可我的女儿为什么这样做？毕竟，她还完全是个孩子。她有什么不满足？……哎哟，那些诱惑真是……她糟蹋了自己的青春……"

"您不要这样绝望，不要想不开。"菲留扎开始安慰她，"她不傻，她只是还不明白。您会看见的，她会醒悟过来，恢复理智，会后悔，走上正轨……"

"如果像你说的这样就好了。可如果不是呢？……噢，我可怜的宝贝……为什么要这样惩罚我？为什么我无力改变这一切？……"

法季玛沉浸在无边无际的绝望中，开始捶打自己的脑袋。菲留扎对这个不幸的女人心生怜悯，准备大哭一场。

2

女儿的放荡给法季玛带来的痛苦比菲留扎想象的更加强烈，这也导致了不幸的后果——法季玛早产诞下了一名死婴。但比起大女儿的命运，婴儿的死还不是那么令法季玛感到痛苦。

生完孩子后不久，法季玛就匆匆收拾行李回家了。菲留扎独自一人，陷入了沉思。原来，法季玛所有的不幸不在于她与丈夫分离，不在于分离后她过着轻浮的生活，也不在于她怀上了相好的孩子。她巨大的不幸源于她年轻的女儿走上了那条罪恶之路，就像……她一样，甚至还更加危险。菲留扎痛苦地思索着，得出一个结论："孩子不幸，母亲则倍加不幸……"

这个想法没有让菲留扎平静下来，反而令她不由自主地思考起自己的命运。

她究竟是谁？

她没有自己的房子，尽管她生活在这座城市里，却连一份合适的工作也没有。她在一个上了年纪的鞑靼女人那里租了一方栖身之地，现在又生了一个父亲不详的儿子，一个无人认领的私生子……等他长大了，他会问："妈妈，我的父亲是谁？他在哪儿？"她该怎么回答？难不成她要那样说，就说她也不知道？

如果她这样回答："你的父亲还活着，但他有另外的生活、另外的家庭。"那么男孩儿自然会要求："我想见我的父亲！他叫什么名字，在哪里工作？"她该如何面对这些？她该怎么办？

"哎哟！真是被自己的愚蠢和轻率害死了……这一切要怎么收场？……现在该怎么办？或者……像法季玛建议的那样……把孩子……"

菲留扎被自己下意识的想法吓得一激灵。嘿！如果早知道会惹火上身……是的，如果早知道，她会比喜鹊还谨慎[1]。

菲留扎闭上双眼，回忆起那倒霉的一天……一切仿佛笼罩在迷雾之中，朦朦胧胧，什么也看不清。她只记得，在邀请她与好友库利亚什的那伙人中，有几个开朗活泼的大学生，他们来自兽医学院。他们的玩笑话和俏皮话让人忍俊不禁。后来，她像往常一样喝了点酒……是的，是的，她记得，她只喝了几口……

她只喝了一点点，却突然感到头晕……眼前的一切都在摇晃，在旋转……

"够了，得快点离开这里。"她心想。她开始寻找库利亚什。似乎，她刚才还在身边，可现在，她正和一个黑胡子小伙子待在一处，他们搂在一起。库利亚什幸福上了天。小伙子呢，全然不顾旁人的目光，用他的大手抚摸着她，热情地亲吻着她。库利亚什根本不反抗，她看上去甚至还挺乐意。

"库利亚——什！"她轻声呼唤好友，"我们——走吧！……我不舒服……"

"你等等……再等一会儿……"

她只听见这两句话。接着，眼前又是一片模糊，仿佛蒙上了一层薄布。她只记得，一个年轻小伙子企图将她扶起，把她带走……

菲留扎艰难地回忆起一些片段：

"为什么难为情？……这有什么羞耻的？……得了吧……"

---

[1] 童话中，喜鹊偷东西，所以谨慎。——译注

菲留扎嫌恶地开始摇头。

她无力去想接下来发生的事情。真是羞耻啊！她甚至不记得之后发生了什么事……丢脸丢到家了！……太丢人了！

"哎，库利亚什，库利亚什！这都怪你。都是你的错……"

儿子可能会好奇地问：

"妈妈，父亲为什么抛下我们？他为什么不要我们？我想知道……"

"没有父亲……他自始至终都不存在……"

"怎么会呢？怎么会有没有父亲的孩子？……"

"有……你就没有父亲。就连我也不知道你父亲是谁……"

那时你会说什么，儿子？

我无地自容啊！

法季玛说得对：我陷入了僵局。我该如何抚养儿子？在父母面前，我和儿子该如何自处？……

菲留扎因绝望而头痛欲裂。

隐藏在她内心深处的矛盾心绪，直到现在，她生完孩子，独自一人待在病房中时，才在重压下爆发出来，开始残忍地折磨她。无论她怎么想，都觉得自己前方是一片深渊。

没有父亲的儿子，私生子……他如何在脆弱的童年忍受像这样的屈辱？将来，她能指望他吗？她有权指望他什么吗？……

今天，菲留扎特别不自在，精神紧绷到了极点：她被预先告知，明天她可以出院了。

"如果我不要孩子，把他留在这里，会怎样？毕竟法季玛大婶儿的建议也不是没有道理。没什么大不了的……常言道，既要狼吃饱，又要羊不少[1]……我呢，将重新开始生活，就像什么也没发生过一

---

1 指不易实现的两全其美的办法。——译注

样……"

突然,内心有个声音介入了她的思绪,那是良心的声音:

"如果你没有母亲的自我牺牲精神,那为什么欺骗了自己整整九个月,一遍又一遍地告诉自己,'我要当妈妈了'?你为什么不早点拿掉这个孩子,不去做流产手术?"

"我那时候没有考虑到后果……"

"我们假设,你把儿子留在产房。你确定,孩子的命运就会顺遂吗?"

"不,我不确定……"

"既然如此,那为什么……你要知道,这是真主安拉的礼物。如果你今天拒绝了如此珍贵的恩赐,等着吧,你以后一定追悔莫及……"

"我不知道,也没想过……"

菲留扎耳鸣起来。

原来,产后的思想负担比产前的心理负担沉重得多,以至于年轻的妈妈感到心灵空虚,精神极度压抑。

3

午饭过后,菲留扎的主治医生阿比寒来到年轻产妇的病房,且逗留了比平时更长的时间。她凭借经验,明白了菲留扎的处境,想鼓励鼓励她,让她平静下来,于是给菲留扎建议道:

"亲爱的,你还年轻。"她切入话题,"你自己还几乎是个孩子。这样的大孩子需要一个小孩子吗……可你能怎么办呢?事已至此。如果你有丈夫可以依靠,那另当别论……我理解你现在的不安。毕竟,在前面等着你的是人生最艰难的考验。不用说,你担心该如何独自抚养儿子。是的,这是最复杂的问题。但请你仔细考虑我说的话。真主安拉亲手创造了能克服一切艰难困苦的女人。如果事关自己的孩子,她任何时候都不会退缩。她能克服最难以想象的困难……如若不是我们女人，毫无疑问，世界都会颠倒过来，毕竟世界是我们撑起来的。人类会一代不如一代。生活将看不见未来，从而失去所有意义。所以，你好好想一想，仔细考虑考虑。事到如今，最正确的决定——就是你根据自己的认知和意愿所作出的决定……"

"您知道吗，我决定了，我的孩子，拿什么也不换！我苦恼的另有其事……"

"我理解……"

"您如果理解，我就说一说。让我苦恼的是'私生子'这个冷冰冰、遭人鄙夷的词。原来，指着丈夫告诉儿子，'这是你父亲'，是一件多么幸福的事……"

"你别担忧，"阿比寒安慰她说，"何苦徒添烦恼呢？忘掉这一切吧。你得想，你现在对他而言，既是父亲，又是母亲。唉，也没有其他办法了。你知道在国外没有孩子的女人是如何走出困境的吗？她们接受男人捐献的精子，然后怀上孩子。不过精子的捐献者对于孩子没有任何权利，因为他们也不知道哪个女人接受了自己的精子……看见了吧，女人为了繁衍后代迈出了多么勇敢的一步。而你却还在犹豫……"

"谁知道呢！您也晓得，对于哈萨克人而言，母亲独自抚养孩子意味着什么……"

"你别为此担忧。我们不是守旧的人，是现代哈萨克人。你考虑一下吧。"

阿比寒本打算离去，但又想起来什么。

年轻妈妈绷紧神经，感觉医生还有话要说。

"您让我仔细想一想。"菲留扎微笑着说。

"唉，亲爱的，"阿比寒莞尔一笑，"在这种艰难的时刻，不光是你——一位年轻妈妈，就算是对生活中某些事情司空见惯的我们，也需要鼓励，哪怕只是语言上的。"

"您现在给予我的不仅是精神上的鼓励，您也是我有形的支撑……"

"哎，亲爱的……只要你明白……孩子……是……最最珍贵的财富。为了明白——这……对了，顺便说一句……"

医生迟疑了一下。

菲留扎耐心地等待着。她不希望阿比寒离开得太过迅速，仿佛只要医生一离开病房，她就会重新陷入痛苦的思绪，并且不自觉地做出伤害孩子的事情……

"总之，我想说的就是，"医生又顿了一下，吁了口气，"前段时间，我们这里发生了这样一件事。一个小姑娘来到这里，她看上去，年龄与你相仿。她快要生了，眼看着就该临盆了，胎儿在她腹中发育得很好，状态很好，一点毛病也没有。她只需要等待孩子出生。可那位……准妈妈却像上了发条一样，天天重复：

"'这个孩子对我来说毫无意义！我怎样才能摆脱他？……'

"'天呐！'我感叹道，'你说的是什么话？！孩子有什么错？你先把他生下来，然后——我们再看看，想想办法……'

"'我等不了了，得赶紧把他生下来……'

"'你不要着急！匆忙——是魔鬼设下的迷障……'

"'得了吧！你就知道推卸责任……白白浪费了我多少时间。'

"'你在哪里工作？职位重要吗？'

"'什么职位不职位的！我的工作就是买和卖……活一天是一天……忙活起来，才会有收获。'

"'小妹妹，每个孩子都有他自己的命运、自己的时限。你不要操之过急，不要过分紧张，胎儿的状态会变糟。'

"'管他的！他将成长为无数可怜虫之一……您以为，他会成为教授还是部长……'

"'你这都是从哪里知道的？毕竟……'

"'得了吧！他会像他父亲一样。一样的什么也干不好，什么也干不成……'

"总之，我跟她的谈话没有起到半点作用。她固执己见，我也没再白费心思。你知道这件事的结果吗？太可怕了！"

"怎么了，她生不出来？吃了苦头……"菲留扎不掩饰自己的好奇，推测道。

"唉，她生是生下来了。可是孩子有缺陷……"

"然后呢？"

"还能怎么办！她把孩子带走了。我认为，她完全可以把那样的孩子交给婴儿之家[1]……后来，我在街上偶然遇见她。她见到我，心里难过，大哭起来。我安慰她，问她发生了什么事。

"'大婶儿！'她泪流满面地说道，'我竟被真主安拉诅咒了。为什么我要说那些恶毒的话？我现在抚养着有缺陷的孩子……买卖都放在一边。即便是这样，可如果他是从你肚子里出来的，那么，他会变得珍贵无比。这就是对我的惩罚：为什么我躺在产房里的时候，只知道诅咒自己未出世的孩子，却没有祈求真主安拉赐给我一个健康的宝宝？真主安拉就是为此而惩罚我。'

"她不停擦拭泪水……可我又能说什么，拿什么安慰她？……"阿比寒重重地叹了口气，菲留扎也伤感起来。

"好吧，我该走了，"医生抖擞了精神，"剩下的，你自己想一想。问问你的心。"

这场给她留下沉重印象的谈话结束后，菲留扎久久不能平复心情……她感觉寒气袭来：不知是因为发冷，还是因为恐惧。

---

1 收留三岁以下孤儿的机构。——译注

"为什么我要将一个婴儿的命运复杂化?"她沉思着,独自沉浸在自己的思绪中,"这个不懂事的婴儿有什么错?为什么我只往坏处想?……为什么我自己想将自己的孩子变成孤儿?……"

"管它的,"菲留扎渐渐平静下来,"儿子是我一个人的。我怀了他整整九个月。虽然受尽煎熬,但都挺过来了。可现在……我却纠结孩子父亲不详……而我们身边有多少独自抚养孩子的单亲母亲!难道我不能做出这样的牺牲?……我愿意。我愿意面对一切困难,为我的后代奉献一切。"

菲留扎对自己的想法深以为然,心情也平复了下来。她甚至为自己作出了正确的决定而感到骄傲。

现在,她开始思考孩子的将来,在她的想象中,未来清晰可见……

4

夜深了,沉浸在愉悦中的菲留扎不知不觉陷入了沉沉的梦乡。但她身为人母的安适在清晨戛然而止,那时,窗外还是一片漆黑,她预感到了无法挽回的事情,从梦中惊醒,一把扑向儿子。

"你,是我的唯一,唯有你能给我今后的人生带来苦涩、煎熬或甜蜜,你——是我的希望、我的梦想、我的依靠、我的信仰……你的母亲愿意忍受任何苦难,承受一切困难,为了你幸福。我的一切设想都与你有关,只愿你一天天长大,一天天强壮……"

惴惴不安的菲留扎掀开儿子脸上的薄布……呆呆地望着他:胖乎乎的婴儿微笑着,冷冰冰地躺在那里,早已去了另一个世界,他晶莹的小脸儿焕发着月亮的光辉,菲留扎仿佛听见一个天籁般的声音轻轻与她告别:"你为什么要因为我忍受苦难?你不如多为自己考虑,不要挂念我……"

菲留扎放声大哭。

人老心不老

"……我们村的老头儿都精神不正常吗？……他们老爱把苍蝇吹成大象，把白的说成黑的。要是人老了都能像卡哈尔曼那样——像孩子般憨厚、淳朴，该多好……"

听闻正在不远处割苜蓿草的邻家兄弟媳妇儿努尔苏卢对自己的温声夸赞，卡哈尔曼不由得骄傲地挺起胸脯。"她似乎对我有好感。可她喜欢我什么呢？"卡哈尔曼一边卖力磨镰刀，一边思索起来。

平时，村里的婆娘们都一致尊称卡哈尔曼一声"老英雄"。唯独努尔苏卢亲昵地把他唤作"大孩子"。老人家成天琢磨，她究竟为什么把他比作不懂事的孩子，人老了，哪儿来的童真？难道他返老还童了？卡哈尔曼好奇得要死，于是叫来老伴儿艾厄姆泰，如实说出心中的疑惑：

"嘿，你怎么想，那个漂亮媳妇儿为什么叫我'大孩子'？"

老伴儿似乎不喜欢"漂亮"这个词，于是没好气地答道：

"我怎么知道？如果你非要探个究竟，就把她叫来，一问便知。怎么，你在挖苦我吗？！"

老太婆愤恨地快步回屋。显然，醋意让她快窒息了。其实她早就发现了，老头儿在努尔苏卢面前很不自然。他总是找借口去外面，去院子里喝茶。可傻子都明白，这是他的障眼法——他不过是想经常见到那位女邻居。

只要女邻居一出现,卡哈尔曼就故意懒洋洋地、同时带着不悦的腔调对老伴儿说:

"老太婆,你的茶究竟什么时候能煮好?"

多少年来,他们一直过着心心相依的生活,从前,卡哈尔曼常常温柔地呼唤她"艾厄姆泰,我的心肝儿",可现在,这个可怜虫明显是眼见年轻婆娘,老来忆起当年勇了!……

卡哈尔曼向年龄屈服已将近十年了,这些年来,他安静、平和地磨着菜刀、镰刀、剪刀,满足于人们对他的感谢。但最近一段时间,他表现出了一些不一样。如果是从前,他会将磨刀石与磨刀工具摆在一起,成天坐在院中的树荫下,歪着枯瘦的脖子,摆弄面前的物件;可现在,他得了闲便整理自己的短尾巴胡子,不住地往邻居家的方向张望。只要那扇嘎吱作响的旧木门一打开,努尔苏卢出现在门口,老头儿就用鹰一样的目光注视着她,直到她消失在视线中。如若女人在无意间瞥了老头儿一眼,卡哈尔曼便立刻手忙脚乱地四处张望,装作寻找东西的样子。一次,老太婆正好撞见了这样的场面,嫉妒的感觉令她心如刀割。老太婆本欲冲那年轻婆娘发一通飙,用"贱货,你光着腿扭来扭去干吗?还不去穿上你的长裙"这类话羞辱她一番,但她忍住了。考虑到,她这样一位受人尊敬的长辈要是听见年龄比自己小的人回呛自己,可能不合适,万一那个女人突然顶撞她说:"关你什么事?搞清楚自己的位置,老妖婆!"

老太婆虽然控制住了自己,但活力四射的女邻居经常露着精致的双腿,翘着圆润的臀部在她眼前走来晃去,这令老太婆越来越气愤,越来越反感。

* * *

卡哈尔曼以磨得一手好刀出名:只要是他磨的刀,都锋利又耐用。村民们把日常使用的工具送到他这里——有时是斧头，有时是刀具，而老头儿呢，尽心尽力地将它们磨好后，却丝毫不图回报。就算村里的年轻人想用些小钱来感谢他的劳动，都要被他痛斥一顿。

一次，集体农庄领导班子的代表来看望他。代表跟老头儿东拉西扯了半天，却不知为何迟迟不肯切入正题。

"您为集体农庄的事务付出了很多心血。您是德高望重的长者。年轻一代都以您为荣。并且……"

卡哈尔曼打断他：

"亲爱的卡内什，我向来不大喜欢听奉承的话。你直说吧，为何而来。这样更好。"

卡内什没有料到老头儿的直接，面露尬色。然后，他叹了口气说："那我就不拐弯抹角了。"随即直截了当地说道：

"简单说来，我们需要帮助！"此刻，他的声音中带着领导的威严，"我们大概有五十把剪羊毛的剪刀。但糟糕的是，它们都生锈了。那位仓库看管员到底看管到什么地方去了，放羊去了吗？！我很惊讶，雨一场接一场地下，而他竟一次也没想过去库房看一看，去关心一下农具的情况，库房的房顶都淋成筛子了。"

卡哈尔曼再次打断着实激动起来的客人。

"显然，你是想说，那些剪刀得磨一磨？"

"您说得太对了！"卡内什高兴地说道，"否则，您知道，明后天就该开始剪羊毛了。可眼下，偏偏又不凑巧，出现了这种问题。加之集体农庄的电子磨刀设备也坏了，需要修理。所以就只能指望您了。您救救我们吧！"

德高望重的长者肯定地点了点头，表示愿意提供帮助：

"就这么办吧，我同意！"

欢欣鼓舞的卡内什露出笑容，随即与老头儿握手告别。

***

卡哈尔曼没有食言。那两天，他不停歇地干活儿，没有因任何事而分心，也没有给自己休息的时间。他甚至没有工夫朝年轻媳妇儿家的方向望上一眼，一秒钟的工夫都没有。老太婆终于放下心来，否则，她不会放松对古怪老头儿的监视："他似乎醒悟了。就应该如此，他本就不是愚蠢的种。我嫁的是一个踏实、理智的人。正如大家所说，我们在一起的时候，那才是真正的爱情……"

第二天傍晚，老人家如数交出了他精心磨制的剪刀……

***

突然有一天，努尔苏卢像天鹅一样翩然迈过老头儿家的门槛。当时，老头儿正穿着内裤坐在家中。他感到不好意思，于是开始尴尬地四处摸索裤子。

"喂，老太婆！它究竟在哪儿？……"他吼了一声，随即反应过来，没有说明他指的是什么东西。

等不及老太婆回应，卡哈尔曼殷勤地招呼女人上座。在寻找平时为客人准备的坐毯时，他弄散了角落里叠放得整整齐齐的毯子。

他的热情着实又一次激怒了老太婆。

"老头儿，你忙活个什么劲儿，人家媳妇儿可能是有急事找我！你给我安静地坐着，言行举止理智、得体些，应当像个德高望重的长者！"

努尔苏卢轻声细语地打断老太婆的牢骚：

"不不，我就是来找大爷的。"

老太婆语塞，迷惑地张大了嘴。心想："她在胡说什么？难道这条毒蛇想趁我年老色衰之际拆散我和我家老头儿？！"

"一切都顺利吗，乖弟媳，都好吗？"这时，卡哈尔曼忙不迭地说。

"您可以帮我磨一磨剪刀吗？"

"就这样？"老头儿失望地说，"我还以为，发生了什么不得了的事呢……你把剪刀留下吧，我会磨的，你放心……"

他那句不假思索的"亲爱的"差点儿没在舌尖儿刹住。倘若自家老太婆在场的时候，他说出了那个词儿，她一定会唠叨他一整天。若不是顾及此，他定会为漂亮媳妇找出许多甜蜜的词儿……卡哈尔曼依依不舍地把努尔苏卢送到门口，如饥似渴地用眼神将她吞噬。

* * *

努尔苏卢是个寡妇。她比自己的丈夫阿列克伊年轻许多，而她的丈夫则几乎与卡哈尔曼同龄。阿列克伊上了战场就再也没有回来。她甚至还没来得及给他添个孩子。也不知道为什么，她至今没想过再嫁。可能是由于没有生育，努尔苏卢保持着玲珑有致的身材和少女的容颜。可以说，岁月几乎没有在她可爱的脸蛋上留下什么痕迹。她本人也十分以美貌自傲。当努尔苏卢扭着翘臀穿过街道的时候，所有男人都会不自觉地扭头看向她。

有一次，她一个亲戚本来打算把她介绍给自己的一个好友，那人长得显年轻，但努尔苏卢坚决不答应。"我就一个人过，如果你们非要把我跟别人凑一对儿，那我就离家出走。"这就是她决绝的回答。大家只得顺了她的意。长老们也担心出现谣言，害怕别人说他们不过是想赶走自己村的婆娘。

就这样，她被称为"任性婆娘"。多年来，一直过着孀居的生活。

努尔苏卢也注意到了老卡哈尔曼的古怪。于是，这个坏女人无论走到哪里，都刻意穿上印花短裙。"俗话说得好，"她想，"'人老欲望不会老。'美貌可以取悦任何人：老的少的都将臣服于它……那么，我为什么要这样活着?我还不到五十岁。既然如此,我没必要克制自己的情感。谁知道,翻过五十岁的坎儿,我不会突然又嫁人呢……"

* * *

努尔苏卢又出现在门口。

老头儿赞叹了句:"噢,漂亮媳妇儿!"身旁的老伴儿立刻打断他说:

"媳妇儿,到我这里来,帮我搬一下箱子……"

"好的,阿帕[1]!"努尔苏卢回答。

搬完箱子,她向德高望重的长者走去,有意无意地俯下身子,露出领口下丰满的胸部,俏皮地轻声对他说:

"显然,这剪刀还是不太好剪呀。难道您的磨刀石钝了?"

"噢,真主安拉在上!这个狐狸精说什么?她在暗示什么?'您的磨刀石显然变钝了?'"

老头儿心神一凛,浑身冒汗。他恨不得向剪刀扑去,却被自己的长衫绊倒,差点栽倒在地。

"不可能,不可能。"老头儿惘然若失地低喃。

这还是第一次,他精心磨制的刀具被退了回来。"难道我失去力量了?难道我被岁月征服了?……噢,时间!噢,衰老!难道我开始衰老了?难道我这一生,这短暂而虚幻的一生,就要这样结束了?!倘若你的事业出现了问题,人生就走到头了……哎哟!哎哟!"

卡哈尔曼搬来陈旧的工具箱。他左手拿出剪刀,右手拿出磨刀石,神情专注而忧郁。

---

[1] 音译。在哈萨克语中,"阿帕"是对祖母、母亲、姐姐以及上了年纪的女人的称呼。——译注

"老太婆，喂，老太婆！"他像受伤的野兽一样咆哮，"给我端碗水来，磨刀石该润一润了……"

老头儿摆弄了一整天的剪刀。他感到疲惫、手抖，于是又绝望地想："唉，衰老！……该死的衰老来了……难怪那些美好的日子又浮现在了眼前，那时我还年轻，精力充沛，身强体壮。"

卡哈尔曼彻夜难眠。黎明时分，他依旧合不拢眼：他想起了过去，想起了活着的人与逝去的人，他徘徊在昔日梦想的幻影里。他在床上辗转反侧，直到老太婆打断他：

"你干什么睡不着，难不成漂亮媳妇儿的翘屁股让你心痒难耐了？……"朦朦胧胧中，老太婆含糊不清地挖苦他说。

"不是的，老太婆！我都一把老骨头了，要年轻婆娘的屁股干什么？"卡哈尔曼发了火，找了个理由搪塞过去，"腰上的老毛病好像又严重了，我明明记得……"

暗地里，他却责备自己：

"的确，我一个七十岁的老家伙，还和年轻女人纠缠作甚？难道真的要为美色疯狂吗？不，够了，是时候清醒了，为什么要折磨老太婆呢？要不然，这实在是和疯老头的荒唐之举没两样了。当然，哈萨克人的祖先有时候也不反对看上兄弟媳妇儿这件事。只不过他们遵照过继婚的习俗，用恰当的方式把这事给办成了。而我这样做合适吗？我心中的情感汹涌澎湃，活像一个不到五十岁的人！我为什么要去当全村人眼中的笑柄？太丢人了！不，得控制我自己，清醒清醒！"

就这样，卡哈尔曼严厉地批判了自己的情感。

* * *

过了一段时间，有一天，卡内什出现在老头儿家门口。

"老人家，我可以进来吗？"

"为什么不可以？来吧，请进。"卡哈尔曼热情地邀请他。不过卡内什没打算久坐，他简单说了句："我赶时间！"然后带着骄傲的口吻说道：

"我们顺利完成了剪羊毛工作。而且还得了片区第一。在这件事情上，您老功不可没。所以我决定当面来表达大伙儿对您的谢意。您老要长命百岁啊！要永远这么精神矍铄！对了，年轻婆娘们都认为您老的活力值得我们的年轻人学习。大家都说，年轻人赶不上您呢……"

卡内什匆匆告辞。老头儿的内心却充满了难以言表的幸福。"看到了吧，婆娘们是怎么夸赞我的！如何！可见，我还没有那么老。还有精力……"

但卡哈尔曼甜蜜的幻想被老伴儿硬生生打断：

"噢，天呐，老头儿，你听见了吗？……是那个婆娘，努尔苏卢……"她突然打住话头。卡哈尔曼倒抽一口气。

"怎么了？……发生什么不幸了吗？……"老头儿激动地说。他的脑海里出现了各种念头。或许兄弟媳妇儿有事……老太婆立马不假思索地叽里呱啦起来：

"听说，她要嫁人了。她处心积虑地想给自己相看一个合适的男人。所以她最近打扮得……"

一股不痛快的寒流传遍老头儿全身。他也弄不清楚：听到这些话，他是高兴，还是悲伤。他只是咳嗽了两声，像喝水呛着了一样：

"咳咳咳……"

永恒的悲歌

三折戏

他与企业家

"那么,你……"精明的企业家留着两片形似微型马刀的胡子,他向双鬓花白、年长于他的同行旅客鞠了个躬,刚一开口,又忽然意识到自己在长者面前表现得太过无礼,于是顿了一秒说道:"您……似乎是一名记者……"

身材消瘦、面孔黝黑、双鬓斑白、头发稀疏的男人坐在黑暗里,他左手支在小桌板上,右手将杯子和食物挪开,换了一个更舒服的姿势。在狭小的包厢里,两个人转身已是不易,尽管这里除了他们没有其他人,但三十岁左右的年轻人还是用过于响亮的声音问道:

"如果您是记者……那您写哪方面的报道呢?"

显然,那位双鬓斑白、面孔黝黑的人失去了耐心:

"嘿,老弟,我可没告诉你我是记者。我不过是随口一提,我从事写作。"

马刀胡子企业家(以下称为"热兹穆尔特")惊奇地盯着同行旅客,耸了耸肩,好像在纳闷儿:"他在说什么?"然后捋了几下胡子,说道：

"既然如此……作家的工作和记者的工作本就没什么两样嘛。难道我说得不对吗？我们敞开心扉聊一聊吧，别绕来绕去。我可没打算跟您攀交情。我们不过是同行的旅客。偶然的机会，进了同一个包厢，而以后……还能不能见面……"

说完，热兹穆尔特像受了委屈似的，开始在位置上动来动去。那个白头发的人没有忍住，"噗嗤"一声笑了出来。

"您笑什么？"

"随便笑笑而已，笑你的性格……你的举动让我想起了我的大儿子。他也是不分青红皂白，脾气说上来就上来。"

"可我没发脾气呀。您以为我在闹情绪？那您错了。我是做生意的。我遇到过很多像您这样的人，老的少的都有。一千个人——就有一千种性格……"

作家心想："天呐，他究竟……在说些什么？！难不成他才刚刚把毛长齐，就已经认为自己清楚人、了解人了？我都没有这样自视甚高，虽然我研究了一辈子的人心……"

"好吧，"双鬓斑白的男人（以下称为"阿克萨迈"）表示同意，"既然你提议了，我们就敞开心扉聊一聊吧。但首先，我不是记者，是作家。"

自以为是的企业家又耸了耸肩：

"啊，难道记者和作家——不是一回事？他们不都抄抄写写？"

"是这样的。的确，这二者都从事创作。但你得知道他们之间的不同。我尽量用你听得懂的话来解释。比如，如果你声称穆合塔尔·阿乌埃佐夫是一名记者，那你就会成为文学界的笑柄。记者在报社和杂志社工作，被认为是新闻工作者。他们分析新闻时事，并迅速将其传递给自己的读者。而作家——生动的艺术作品的缔造者——创作书籍……"

不耐烦的热兹穆尔特嘲讽地一笑：

"哎哟，今天谁还会去读那些书呀？！谁有那么多闲工夫去翻厚厚的书？如今，比起写了很多部文学作品的作家，迅速提供各种信息的记者更有用。"

阿克萨迈认同地点点头：

"在这方面，我不得不同意你的观点。现如今是这样的。很遗憾，这就是现实。我同样尊重我的记者兄弟们。我已经五十岁了。出了七八本大大小小的书。现在好像没有人读书了，但即便如此，我也下不了决心放弃写作，跑去当记者。毕竟，说到底，每个人都有自己的志向、自己的使命。"

热兹穆尔特总体上是一个不喜欢深入思考，却又爱高谈阔论的人，他像怜悯这位上了年纪的同行旅客一般，缓和语气说道：

"我……并不是在说您为什么成为作家。写吧。继续写您的书。说不定，会有读者的。"

"谁知道呢！"作家叹了口气说，"老弟，你的话不无道理。有时候，我自己也在想，我为什么还在白白地折磨我自己，徒劳地拼命坚持。毕竟，我们也是普通人，血肉之躯的普通人。我可以说，写一本书跟到地狱走一遭没有区别。但除了作家本人，别人能理解他内心的痛苦吗？我想，恐怕不能……"

阿克萨迈垂下脑袋，陷入郁闷的思绪中。

* * *

"要不……来一两？"热兹穆尔特习惯性地捋了捋小胡子，提议道。

"不，我不喝酒。"作家拒绝。

"那就尝尝腌黄瓜吧……"

"我胃不好。一点腌制的东西也沾不得。"

"既然如此,尝一尝香肠吧……"

"一般情况下,香肠对我没有任何吸引力……"

"噢,那您究竟吃什么呢?喝什么呢?……"热兹穆尔特感到惊讶。

"我吗?喝马奶酒喽。我喜欢马肉肠……总之,喜欢马肉做的美食。"

"可我要上哪儿去找那些东西呢?"

"在旅途中,我喝茶,吃面包。我吃不了多少。"

"您说什么!"企业家猛地一抖,"我现在……立刻去准备热茶。您太吓人了。毕竟,如果一个人不吃不喝,是一定会饿死的。这就是您这么瘦的原因,简直是皮包骨……过于挑食,当然不好……尤其是在我们的时代……"

热兹穆尔特念念有词地溜出包厢,急忙去倒茶。

* * *

在快速列车(科克舍套至克孜勒奥尔达)的双人包厢里坐着两个人:一个是阿克萨迈,另一个是热兹穆尔特。他们渐渐适应了旅途,互相有所了解后,又聊了起来。先开口的又是话痨企业家热兹穆尔特。

"大哥,你……哎呀,不好意思!我习惯把老的少的都称为'你'。请您别放在心上。是这样,您……对克孜勒奥尔达地区了解吗?"

"我似乎对这片土地和住在这片土地上的人还算了解。毕竟,我本人就来自锡尔河下游地区。"阿克萨迈回答。

"那太好了!"热兹穆尔特振奋起来,"或许,您能给我一些有用的建议,"他开始挑选能打开阿克萨迈心扉的钥匙,"我带着一项宏伟的计划去那个地方。这可是一笔大买卖呀！……"

"啊，你是做什么生意的？你对哪方面感兴趣？"

"如今，企业家不会把自己仅仅局限在某一方面。如果有可能，我们可以涉足所有方面。只要有利可图。我们只考虑利益……"

"好吧，这我是明白的，"阿克萨迈表示同意，"谁不想捞些好处呢？捞不到好处的事情，你连小学生都叫不动。但利益也有两面性。好比说，要是把个人利益和国家利益放在一起……"

热兹穆尔特发出嘲讽的笑声。

"今时今日，您还在用苏联的方式说话，它都消失在历史中了。"他责备道，"民营企业家不会考虑国家利益。考虑国家利益的自有国家机器和部门官员。对于我们来说，最重要的——就是发展私人资本，积累个人财富。"

"那国家呢？……教育你、培育你、把你养育成人的国家呢……"

"培育我、把我养育成人的不是国家，而是其他人……"

"那究竟是谁呢？"

"其他人——指的是我的父母、兄弟、姐妹……没有他们，我又是谁呢？是他们挣钱供我读书、穿衣，是他们把我培养成一个独立自主的人。所以，首先，我会对我的父母和亲人好，还有一些在我成长过程中帮助过我的同学、朋友……至于国家嘛……让别人去关心吧。"

企业家无耻的肺腑之言让作家感到沮丧，他心想："哎哟，这……他怎么能这么说呢？什么想法哟！如果所有成为企业家的人都这样想……如果所有人都这样想……"

"让我们换个角度看待这个问题。要知道，现在有不少人弃商从政。在上层机关中，也有年轻人，有你的同龄人……"阿克萨迈试图劝导这位没有原则的同行旅客。

"做生意是一回事，服务国家是另一回事。"热兹穆尔特反驳道，

"它们之间有天壤之别。要知道,具有企业家头脑的人有着完全不一样的心理。而那种人……那种被国家机关招揽、被说服坐在静谧的办公室中领取薪水的人,你还指望他忠实而诚恳地为国家效力——这是一个不切实际的幻想。"

"但是你要知道,这样的人不仅处在政府机关的普通岗位上,还占据着重要职位。他们中间有部长,有机构主席,在更糟糕的情况下——他们是副……"阿克萨迈接着说道。

"您已经知道我在这个问题上的看法了。这就是俗话所说的'老太太说话,话从两面说',商人确实能够掌握机关人员的本领,能够管理某个部门。但商人是另一种心理!……商人在那个位置上只会维护自己的利益。关于这一点,我毫不避讳地说。每个人都有自己的路。"

作家似乎惊呆了,他震惊于话痨同行者观点的绝对,可内心却觉得热兹穆尔特的某些看法是有道理的。

"不知为何,最近几年开始忙不迭地提拔年轻官员。不成熟、没经验、连三十岁都不到的人就身居高位,被赋予官职。这种现象本身……"

"看吧,看吧,这也是一个值得思考的问题。"企业家接过话茬儿,"如果一个年轻小伙子才智过人,思想和行为都与他的年龄相符合。比起个人利益——事业的成就、情爱的消遣、生活的闲适,他更看重国家利益和民族利益,这完全合理。在我看来,这不是年轻人的问题,而是自然法则所致。更高级别的官员一边斥责他:'你为什么如此行事?'一边却在心里为这个人的某些理应受到谴责的行为辩白。毕竟,人生明确的时间界线不是在你终于停下来、开始思考昔日种种、凭借经验分析过往经历的时候立即显现出来的。比如,在您这个年纪……"

"咳咳咳!"作家叹了口气,"在我这个年纪,多的是无论如何也停不下来的人。数不胜数……"

阿克萨迈喜欢热兹穆尔特不加掩饰的坦率。他主要欣赏的是：年轻人想什么说什么。他毫不隐藏，不说"可别出问题"，不担心失言太多，他自在、从容、公开地谈论一切。阿克萨迈心想："或许，这就是今天的'新哈萨克人'吧。"

"你有很多钱吗？"作家突然好奇地问道。

"您指什么钱？坚戈还是外币……"

"当然是坚戈。你有多少？如果这不是秘密的话。"

"嘿，这是我们的商业机密。不是随便什么人都能说的。不过看您面相，您是一个真诚、善良的人。我就告诉您吧。我手里的坚戈不太多，大概一亿到一亿五千万之间吧，但是我还有美元。美元的数额——不小。"

"一亿五千万坚戈……喂，这个数目的钱可一点不少！"阿克萨迈大吃一惊。

"不，少了，"热兹穆尔特斩钉截铁地说，"这很少……对于大生意来说，'亿'没有意义，'千亿'才有意义。真主安拉保佑，我会到达那个境界的。"

"好吧，好吧，祝你达成目标。如果你们有钱了，普通人也会好过些。最终，你们会成为捍卫国家利益的企业家……"

"得了吧，大哥！"热兹穆尔特感叹道，"您又来了。要我考虑国家利益，我就得跟国家亲近。否则，我何故又何必把自己凭劳动累积的财富投入到不相干的人身上呢？我的财产是我自己辛苦挣的。那么，这些财产就该为我所用，而不是花在不相干的陌生人身上。"

"既如此，你打算怎样支配你的财产呢？"阿克萨迈追问道，"一个人，哪怕是一个家庭，也不需要很多钱。"

"需要！"热兹穆尔特激动地反对道，"需要！小院、别墅、炫酷的进口轿车……还有，与外国公司开展合作……一定要在国外弄一栋阔气的别墅……谁知道以后会是什么样的……"

阿克萨迈惊恐地望着他。

"亲爱的，你的话骇人听闻。无论以后是什么样子，祖国永远是你亲爱的祖国。祖国山河——是伟大的祖先留下的遗产，是祖祖辈辈的战绩。守不住这份遗产的子孙就像臭鸡蛋一样……"

热兹穆尔特勃然色变。

"您……最好不要跟我讲这些东西。不要蛊惑我。您为山河哭泣，为民族哭泣……为伟大草原上的勇士们忧心……我们知道！我们看见了！难道我就这样成了企业家！难道我今天的一切得来容易！想当初，我身边没有一个靠得住的人，没有人抚摸着我的头对我说：'你也是受尽苦难的哈萨克民族的儿子！'所有人都把我从身边推开，不让我靠近。那时候我就明白了，'同胞''故乡''祖地'这些概念，对于一个一文不名的穷人来说，都是空话。那么，从此以后……"

为了反驳激动的热兹穆尔特，阿克萨迈轻轻打断他，以便让他明白自己的主要思想：

"好了，好了。别激动。对于任何一个人来说，最珍贵、最无价的遗产——都是他的故乡。无论你经历了怎样的困难，肩负了怎样的负担，都应该永远热爱自己的故乡。你自己想一想，要是一个年轻人没有故乡，那他的处境该是多么悲惨？他就像一只无家可归的鸟儿……"

"得了吧！"热兹穆尔特的火气有所消退，但感觉得出，他并不打算退让，"当然，故乡是必要的。这是人之常情。理所当然应该守护它、热爱它。在这个问题上，所有人都一样。我们都是万千普通人中的一员。但把自己短暂的一生全部耗费在故乡，遭受了惨无人道的生态灾难的故乡，还经常哭着说：'我会生活在这里。这里就是我的故乡！'这理智吗？在我看来，这不是最明智的判断。"

"热爱故乡——这意味着她的每一个儿女都应与她同病相怜。热爱故乡——这意味着世世代代都要爱护她，要发扬优良传统，摒弃陈规陋习，努力消除贫困。最主要的是——每一位公民都应当倾尽全力治理、建设自己贫瘠的故乡！"

"呵，这是学者该关心的事情。有专门负责这方面的国家官员，他们拿着相当可观的收入，就应该好好思考这些问题。而我——是一个商人。"热兹穆尔特耸耸肩，表示无能为力。

企业家小心翼翼地摸了摸自己的胡子。

作家迟疑了一下，随意拨了拨头发。

* * *

过了一会儿，两个偶然相遇的旅客又闲聊起来。

"如此说来，您来自克孜勒奥尔达，"热兹穆尔特忍不住说道，显然，他耐不住长时间的沉默，"您还没有问关于我的事情。您要是不反对，我讲一讲。"

"我洗耳恭听。"

"就让这次谈话的内容留在我们之间吧。"企业家提醒道，"我对您开诚布公，完全是因为您是作家，在我看来，您是拥有孩子般纯洁心灵的人，您不能忍受谎言和世俗的诽谤。简单说来，我是去考察疗养地的，地点就在扎纳科尔甘镇。这个疗养地在苏联时期很有名。噢，那里有一种看似普通的黑泥，但经证实，这种泥有药效，可以治疗关节痛、神经炎、风湿病、骨类疾病……"

"我知道这个地方。"阿克萨迈肯定地说，"你去疗养吗？可你还年轻啊，莫非关节已经有问题了？"

"当然不是！我健康得很。您说得对，我还年轻，前不久刚满三十岁,所以,我暂时还没有健康问题。我谋划的是其他事情。如果一切顺利,我会买下那个疗养院。"

阿克萨迈惊讶地扬起两道浓眉。

"哎哟哟,难道这个疗养院没有主人吗?莫非他要卖?"

"这不,我就是去打听这件事的。哎,我没有多少时间,但我别无选择。没有直飞的航班,我只能坐火车。等到了那里,一切就明了了。只要有机会——我就买下来。那儿的生意很有前途。永远有行情……"

"哦,我现在明白了。"阿克萨迈饶有兴致地说,"你真是思路宽广,脑子灵活。我很高兴,像你这样的哈萨克年轻小伙子在思考未来。"

"您只是高兴,这对我来说还不够。"热兹穆尔特直截了当地说,"在这件事上,您帮我一把吧。您帮了我,我是不会亏待您的。我出资给您出书。"

"那么……你需要我怎么帮你呢?"

"您是一个有声望的人。能够在与此事相关的领导面前说上话,您就说:'把疗养院卖给这个年轻人吧。'简单说来,就是需要您的言语支持。"

"噢,我的天呐!他想趁机把我拽进这桩生意里。这个机灵鬼、小滑头,真是让人无法反驳。"作家心想,一阵沉默后,他带着抱歉的语气对他说道:

"你别生气,老弟!可这事我做不来。"

"为什么?这有什么困难的——说句话而已?!"

"天呐,这样一来,明天整个片区就会议论纷纷。人们会在背后指指点点,说我们的某某本土作家和某某商人成了朋友,开始促成此事,要把我们的疗养院卖给一个外人。类似这样让人不愉快的闲言碎语会跟随我一生。你放弃吧,亲爱的朋友!别把我搅和到这件事中去。"

热兹穆尔特真心感到好笑。他笑了很久。笑得前俯后仰。

"噢,我的老大哥们!"末了,他感叹道,"我怎么也搞不懂你们。就算没有你们的帮助,这个疗养院也会是我的。只要我提供一笔丰厚的佣金,立马就会有识时务的精明人出现在我面前,愿意随时随地为我解决问题。如果我在当地找不到这样伶俐的人,那么在省里、市里也能找到。不过……我当然想把这样的好处留给您……"

"我不需要这样的便宜。我是作家,用诚实的劳动赚取自己的面包。我是一个只相信笔和纸的人……"

"这不是您所认为的便宜。"热兹穆尔特纠正他说,"不是每个人都能发财。罢了……我理解你们。我清楚得很。"

* * *

"要不……还是来一两白兰地?法国白兰地……"

"我已经说过了,我不喝酒。"阿克萨迈提醒道。

"我第一次见到搞艺术的人拒绝喝酒。"

"?!"

"很多时候,我不得不遇到熟悉的诗人、作曲家、演员。他们总是暗示我……等着我给他们倒酒……"

"老弟,你得谨慎对待这样的结论!各行各业都有嗜酒如命的人。而搞创作的人生活在所有人的注视之下,常常进入公众视野。所以关于他们的传闻传得比风还快。问题就在这里!仅此而已。"

"请您原谅!我没想到您会如此介意我说的话。我闭嘴,闭嘴……"

* * *

有一段时间,包厢里寂静无声。后来,热兹穆尔特打开了收音机。只听见扬声器里传来:"哈萨克斯坦共和国下议院议员候选人登记已经开始。本届议员委任状的竞争者人数众多……他们大都来自各政治党派和社会组织。其中，有企业家……"

"大哥，"热兹穆尔特打破沉默，"您知道现在只有社会活动家、政治家、官员、企业家热衷于竞选议员吗？为什么像您这样懂得语言价值的人一点不积极呢？"

阿克萨迈瞥了热兹穆尔特一眼。大概，企业家说到了作家的痛处。

"这有什么不明白的。"他忧伤地回答，"要让我们圈子的人进入国会，需要很多钱。这是最主要的原因。与此同时，你身边还要有跟你志同道合且有影响力的富豪。这是第二个原因。第三，选民当中得有很多文学爱好者、艺术懂行人、文化精通者……"

"我知道，我知道。"热兹穆尔特表示认同，"如果像您这样的人当选议员，那么人民的声音就能如实抵达最上层。事到如今，我也没什么好隐瞒的。在现在竭力占据议员席位的那些人当中，有不少是我的同伴。他们一定选得上。他们不是用保证和承诺说他们会做这做那，他们用钱。坚戈也是有说服力的……但是……做生意归做生意，做议员归做议员。很可惜，他们没想过这一点……"

"你说得太赞了！"阿克萨迈高兴地说道，"你终于说出了一个有道理的想法。这是迄今为止你说出的观点中最有价值的一个。要是大家都这么认为就好了。"

"但是，"热兹穆尔特微微一笑，"如果当选议员的只有作家、学者、记者、演员……那也不公平。议员应该产生于国家生活的方方面面——经济方面、财政方面、商业方面……正是在这些领域……"

"依我所见，"阿克萨迈打断他说，"进入国会的应该是具有个人观点和坚定立场的人。只有这样，国会大厦的工作才会井然有序地进行。而有些人，磨蹭，打盹儿，在舒服的椅子上一坐就是五六年，这就等同于对人民的犯罪。"阿克萨迈开始讲述郁结在心里的话，"不久前，有人想推举我。当然，是推举我成为某个党派的代表……我赶紧溜了。"

"怎么回事！您为什么这样做？"热兹穆尔特怔怔地说道。

"要知道，如果我成为那个党派的代表，我就得遵守它的章程和纲领。那时会出现什么情况？我——一名哈萨克作家，为什么要在某一个党派的思想框架内进行思考？我没有任何精神上的理由这样做。毕竟，作家——是人民的代表，而不是某个知名党派的代表。是人民给了他声望，因此，他应该表达人民的愿望，不要让人民的声音被淹没。"

热兹穆尔特又哈哈大笑起来。

"我的话很可笑吗？"

"怎能不笑？您认为，作家是人民的代表，为人民发声。就算您会不高兴，我也要把我的想法全部说出来。不读您书的人民需要您吗？甚至，您想象一下吧，他们知不知道您。您要向谁证明'我——是作家'？而人民是看重议员的。任何时候都看重！"

阿克萨迈涨红了脸，带着少年人般的火性说道：

"老弟，说人民彻底告别了书籍，这话不尽然吧。的确，人们越来越不爱读书了，但读书的人是有的……"

"您干吗！"热兹穆尔特哂笑道，"在某些地方，人们有时会翻翻书，您为此而欣喜……但是今天，如果您介绍某个人说：'这就是他——一名作家'，不是每个人都会对此感兴趣。我敢断言，人们像崇拜先知一样崇拜作家的美好时代过去了，难道我说得不对吗？如今，一切都不一样了。世界完全变了。"

"这是暂时的现象。当人们意识到社会陷入了精神贫瘠，他们会重新思考。年轻人会重新捧起书籍。"

"噢，噢，可这一天什么时候会到来呢？！……但愿它会到来吧。当然，我希望如此。我也非常希望年轻人能埋头苦读。但是……我仍然表示怀疑……今天，最有名的公众人物都成了议员。我确信这一点。"

"是的，老弟……可能你是对的。不好意思，我累了……"

但热兹穆尔特不肯罢休。

"如果我加入议员选举斗争，您会帮我一把吗？"

"不会！我不会帮你。"

"为什么？如果我恳求您呢？您为我所做的一切，我都会报答您，我会实现您所有的愿望，我说……"

"不管怎样都不会。你知道吗，我有很多像你这样的小老弟。只要开了头，帮了一个，剩下的就会开始抱怨。这是其一。其二，这些事对于我来说没有意义。我跟你重申一遍，我是一个把自己托付给笔和纸的作家。"

"那么，写一篇关于我的报道也好呀……"

"我做不到。毕竟，我不是记者。"

"唉，那么，书……"

"我从来没有专门为谁写过书。"

* * *

列车在扎纳科尔甘站停了下来。离别时，热兹穆尔特犹豫不决地对作家说：

"你……我是说——您。这个嘛，您知道人们为什么不再读那些书了吗？"

"不知道。"

"您要是不知道，我来告诉您。"企业家习惯性地、爱惜地摸了摸自己的马刀胡子，迟疑了一下，说道，"作家不知道人们关心什么，满脑子都是他自己的想法，当他试图写点什么的时候，就从他自己的幻想深处捞几句话出来，但人们想听的却不是这些话。现在，时代不同了，价值观不同了。人们的心理也变了。改变后的心理……是可以忽略的吗？……难道还能停留在以前？……就是这样，您想一想吧……"

热兹穆尔特走出车厢。然后快速走向等待着他的全新进口轿车。阿克萨迈若有所思地望着他离去的背影。列车向着克孜勒奥尔达的方向继续行驶。

作家的脑海里不断浮现出他与热兹穆尔特交谈的片段，坦白说，这让他感到惶恐，使他不安。"……他认为，不应该把徒有学历却没有经验的年轻人扶上高位，因为在他变得沉稳、成熟之前，他会陷入各种各样的诱惑与考验……"尽管热兹穆尔特说话的态度很傲慢、专断，但他的话不无道理。

"'……我们是商人。做生意和治理国家——是两码事。不能混为一谈……'这些话就很有道理。是的，他到底是个不寻常的小伙子，虽然不是很有教养，欠缺内在的文化和修养……"

然后，阿克萨迈想起了热兹穆尔特临走时说的话。

"莫非我们真的脱离了人民群众？为什么我们会与人民群众疏远？他肯定地说，现在没有值得关注的文学作品……那我们写的是关于谁的作品？……毕竟这位商人自己已经很久没有捧起过书本了，他有资格评论吗？"

阿克萨迈感到郁闷与懊恼："……这个民族变得聪明过了头。就连从未掂过笔杆子的人，也傲慢地试图教育作家和诗人，试图给他们指出一条真理之路。这是什么时代啊？！作家想写关于什么事、什么人的书，想表达什么——这完全是他个人的事。他们为什么不愿意了解这一点、理解这一点！"

无论阿克萨迈如何竭力为自己开脱，那缕烦人、忧愁的思绪始终搅动着他的内心，让他不得安宁。"但是，终究……就像那位企业家说的那样，我们可能真的无论如何也无法越过时代现象的意识？那该怎么办？莫非我们也应该变成自己领域的一种商人？……变成能适应时代要求、向时代风尚屈服的商业作家……他想表达的是这个意思吗？……这就是那最令人讨厌的调子，成天在你耳旁盘旋，响得人后脑勺疼……完全不懂！别人我不知道，可我自己能做到吗？我能适应吗？"

这些忧愁的思绪困扰了阿克萨迈一路，直到他抵达克孜勒奥尔达。

他与议员候选人

深夜，天阴沉沉的。旅馆的房间也阴沉沉的。阿克萨迈躺在双人房的其中一张床上。客房冷漠地迎来送往，无声地见证着房客的奇思妙想。此刻，躺在床上的就是这次的客人——阿克萨迈。

就在不久前，他乘坐科克舍套到克孜勒奥尔达的列车来到这里，在这家旅馆安顿下来。但已经有人早先一步入住了这个房间。那人不在，但衣服挂在那里。"这意味着，我有一位室友。他要是与我同龄就好了。"疲惫的作家心想。

房间里一片漆黑，他在床上辗转反侧，于是干脆打开微弱的夜灯，让自己陷入沉重的思绪中，被孤独折磨。"啊，可真是智慧呀，穆罕阿迦——穆合塔尔·阿乌埃佐夫。当时，他这样形容旅店：'这就是穆萨菲尔罕纳驿站[1]啊！'"莫非伟大的作家曾与此时的阿克萨迈有着同样形影相吊的境遇，然后才出现了这个恰如其分的表述？……他思绪万千……他不想沉溺其中，可那些愁思就是不让他得以安宁……

1　免费为一切旅客提供三天食宿的驿站，盛行于古代的伊斯兰世界。——译注

有些人回忆起自己的童年，会怀有一丝隐秘的伤感。而他一回忆起自己的童年，就会感到整颗心开始由内而外地撕裂。那真的可以叫作童年吗！它就这样一去不复返……毛都还没长齐的时候，他就忘我地沉浸在虚幻的世界中。书，书……在他心里，没有什么能比书更有意思。可现在的他认为，这一切都要怪学校的文学老师，怪他说话的声音婉转动听，想方设法让学生喜欢上优秀的文学作品，培养他们对经典诗歌和经典小说的爱。谁知道呢，如果没有那位老师，也许，他会选择其他职业，就像那些没有屈服于文学老师魔力的同龄人一样……过着美好的生活……不必听妻子的挖苦与责备："你是最无可救药的幻想家。除了写书，什么也不会……"

一阵敲门声传来。

"谁啊？！"

"开门！我住这个房间。"

阿克萨迈拉开门闩。一个身材高大的光头男人挤了进来。他嗓音如雷，一进门就说：

"您……也住在这里？好，行吧……那么，现在……一切都再好不过了。我喜欢聊天。这下我不会孤单了。不好意思，您怎么称呼？"

"阿罕·阿克塔耶夫。"

"我叫萨肯·苏吉尔别科夫。好极了！今天，两位哈萨克民族的讴歌者竟然在这家旅馆相逢了！阿罕·谢里[1]……萨肯·谢里[2]……令人震惊！……"

阿克萨迈微微一笑：

"我哪里赶得上我们的谢里们！我不过是平凡的阿罕……"

---

1 阿罕·谢里（1843—1913），杰出的哈萨克民族诗人、歌手、作曲家。——译注
2 萨肯·谢里（1934—2006），哈萨克作家。——译注

"不！"扎特尔巴斯（光头男人）强烈反对道，"您别这样说。每个人都有自己的特点与亮点，要这样说。您以为，很久以前那个阿罕在某些方面胜过我们！可他毕竟也是人，和你我一样……不过是掌握了很多对他有利的因素，用现在的话说，就是广告、公关、宣传……"

"我不赞同您的看法。"阿克萨迈反驳道，"如果阿罕·谢里是平庸之辈，他就不会几百年来被世世代代所铭记。"

"难以置信！"扎特尔巴斯放声大笑，"您也……对平常的现象大惊小怪……您记住：一个民族在任何时代都会顺应当时的政治环境造就自己的天才和思想家。谁能满足时代的要求，谁就能成为思想的主宰。简言之，说得再简单明了一点……通俗易懂地来解释！……"他迟疑了一下。阿克萨迈发现：他的新室友一停止说话，就开始频繁眨眼睛，而且眼珠子不停地转动。扎特尔巴斯终于想到了："现在……我们这样来说。比方，您设想一下，您——是一位诗人……"

"不，我不是诗人。"

"这就是打个比方而已……"

"罢了，我们假设您是一位画家。"

"我也不是画家。"

"那么，您是做什么的呢？"

"作家。小说家。"

"那太好了！这样更好。那么，您——是一位作家。现在，读者对您还不够熟悉。我们假设，您的名字对他们来说什么也不是。这是为什么呢？因为缺乏宣传。如果明天出现了将您打造为著名民族作家的必要性，那么，所有媒体都将围绕您的形象展开工作。赞美，赞美，再赞美……然后您就会在短时间内成为炙手可热的民族作家。"

"要成为那样的作家，"阿克萨迈不知不觉听入了迷，与他聊起来，"首先的首先，需要天分。难道不是吗？首先，作家一定得是非凡的、天才的文字艺术家。如果他只是一个模仿者，一个缺乏天赋、一无是处的蹩脚写手……哪个民族会承认他的文字魅力？！造假是造不出真正的文学大师的。"

"当然！这我是同意的……如若他完全不堪造就，如若他一点能看的东西也没写出来，如若读者从来没有听说过关于他的事情，那么，把他打造成偶像是不可能的……在这一点上，您是对的，我不在这里和您争论。"

"可要是他才华横溢，要是人们对他多有耳闻，那他还需要什么广告呢？"阿克萨迈惊讶地说，"就算没有广告，他也获得了认可，拥有了声名……"

"嘿，可那样的人屈指可数，"扎特尔巴斯蹙着眉头说，"当然，也可能比比皆是。而我说的是那种享誉哈族、名扬海外的天才人物。我还说了成为这种人物的方式。你竟然……没有搞清楚问题的本质。还是说，你故意装糊涂……"

说完，光头男人愤怒地推了一下门，冲进了浴室。阿克萨迈一头雾水地愣在那里。"他究竟是谁？极有可能是一位高官。听口气像……他说话带着傲气，带着官员和庇护者的口吻。喜欢张口就来……"

"现在，我自我介绍一下。"扎特尔巴斯瘫坐在柔软的圈椅上，说道，"我是议员候选人。在阿拉木图，我领导一个不大的机构。山区的民众支持我，所以，我来到这里，决心为议员委任状拼搏一把。已经过去两个星期了：每天都是会面，每天都是宣传……就是这样，这也是策略。什么是人民？我不在乎。跟他们寒暄寒暄，吹捧吹捧，适当帮助一下需要帮助的人，投入点资金，这就足够了……"

"仅此而已？"阿克萨迈笑着问道。

"还有什么？还需要什么？对于那些在温饱线上挣扎的人来说，这就足够了。"

"可眼下……我觉得，未来的议员应该与民众分享他的长远计划……比如，他打算在将来为家乡、为民众做哪些好事？会出台什么政策？……"

"你说计划？"扎特尔巴斯大笑起来，"天呐，说漂亮话有什么用？现在的民众不需要它。如果你无所不能——就为他们创造好的条件。钱，钱，钱，还是钱……"

"唉，时代变了！"阿克萨迈感叹道，"无论哪里——都只讲钱……死盯着钱的时代……时代风貌如此……唉……"

"你喝酒吗？"扎特尔巴斯提议道。

"不，我不喝。"

"太好了！的确，不喝最好。我也不喝酒。这些玩意儿（他指了指摆在那里的瓶子）是为我的主顾们准备的……为我的支持者们准备的……既然参与了议员竞选，自然会有不速之客来访。他们当中必定有贪杯的人。会有人气我吝啬，如果我自己不喝，却只顾给别人倒酒……我这才准备了这些吃的喝的，以防出现这类预料之外的情况。"

"我理解，这是自然……"

"谢谢理解。可是……我很难相信，作家会拒绝酒精。也许，您在跟我客气？……"

"绝不是！我本来就不喝酒。"

"那太好了。我们可以成为最佳搭档。"

* * *

"既然你是作家……"现在，扎特尔巴斯仔细打听起室友的情况来，"你写什么？什么题材？"

"各种各样的。"

"那究竟是什么呢？比方说，有些作家研究历史题材，有些作家偏爱侦探故事……"

"对于我来说，题材不是主要的。我看重的是思想。如果我突然有了一个好主意、好想法，我不会用时间、用年代来划分它。只要有一个合适的时间，我就会开始创作……"

"还挺有趣。那么，你也能写一写，比如，关于我的书？"

"对我来说，首先，要有思想……"

"如果我提出一个思想……如果我阐释这个思想……"

"首先，我们得听一听这个思想。如果它让人喜欢，能打动人心，那可以写一写。不过，我至今还没为别人写过书。"

"这难道是问题？莫非现在根据要求来创作的创作者还少了吗？！我就知道一些记者和作家，只要你告诉他们价钱，他们就会立刻飞奔到你面前。"

"每个人都有自己的性格。不是每个人都能动手为别人写书。"

"那些为别人写书的人，认为自己头脑灵活。因此，他们叫嚣着：'如果你的时代是一只狐狸，那你就要变成一只猎狗。'比如，我也不藏着掖着，已经有人写好了一本关于我、关于我家族的书。很快，我就会收到一些。我送你一本。你读一读，了解了解。"

"再说嘛。"

"瞧你……太沉默寡言了。我就认识一些作家和诗人，他们能说会道的。甚至，能把你的头绕晕。或许，要成为一名出色的作家，也不必有口才？你认为呢？"

"这我不知道。"

"那你知道什么？"

"我——是一名作家。这我知道。"

"你说你是作家！可我今天第一次听说，有你这样一位作家。我要是此前听说过你，我就变成聋子……"

"我不喜欢宣传自己。"

"我不赞成你的做法。对于作家来说,最主要的……"

"怎知……"

* * *

"总的说来……你怎样看待年轻女人?"扎特尔巴斯目不转睛地盯着作家问道。

"没有兴趣。"

"连讪都不搭吗?"

"怎么说呢……如果氛围好,可以好好聊几句。当然,只是聊一聊……"

"啊,如果接下来……"

"我反对轻浮。我讨厌那样的事情。"

"我发现,你不是男人。"

"就因为这?"

"是的,就因为这。男人应该永远保持雄风。"

"我有妻子,有非常棒的孩子。我是一个家庭的父亲。我心爱的另一半——是我的夫人。"

"行了,别说这些。你不过是在找借口……谁还没有家庭呢?谁还没有妻子呢?……我跟你说的完全是另一回事。"

"没错,你冒犯到我了,你说我不是男人,所以我用礼貌的方式向你证明,我是。"

"我说你'不是男人',不是那个意思。我指的是吉吉特[1]的使命。

---

[1] 音译。在突厥语中,"吉吉特"的原意是:中亚和高加索地区的勇敢、坚忍、技艺高超的骑手;后引申为"年轻小伙子""棒小伙子""好汉""勇士"等。——译注

难道你没有听说过吉吉特主义[1]？噢，就算我不说，你作为作家，也应该知道呀。你似乎……"

"对，我就是不知道！"

"看出来了。哎呀，太可惜了……"

"可惜什么？"

"今天，我看见两位可爱的美女住进了楼下的房间。这不，我就是想到了她们……"

"你要是想——就去吧。"

"你呢？"

"我休息。"

"那不行。要去就一起去。否则，就两个人都留在房间里休息。就这样决定了……你怎么选？"

"你要我选什么？"

"我们去还是……"

"我们休息。"

"好吧。成为你同伴的男人，会在一夜之间变成苏菲派[2]信徒。怎样，看来今天我们一定会成为苏菲派信徒了。我们会成为苏菲派信徒……"

"为什么你要因为我变成苏菲派信徒。你想做什么就去做吧。"

"不。我不去。'如果你的朋友是瞎子，你就眯起一只眼来吧。'这话不是白说的。"

"？！"

---

[1] 吉吉特主义的主要内容是：崇尚勇猛，遵守铁律，看重军事技能，推行关门主义，坚持暴力对抗敌人等。——译注
[2] 伊斯兰教的三大教派之一，信奉神秘主义，禁欲。——译注

***

第二天，扎特尔巴斯又回来得很晚。而且，这位议员候选人又在进门的时候大声念叨着什么。

"没错，我在说我的吉吉特们。他们准备好把我抱在怀里安慰我了，他们都说，但愿能选上。"

"那么，"阿克萨迈笑着说道，"如果你选上了议员，他们会有什么好处呢？"

扎特尔巴斯发自内心地大笑起来。阿克萨迈昨天就发现了，他经常笑，该笑的时候笑，不该笑的时候也笑。

"天呐，我发现……你确实远离政治。我要是当上了议员，能少得了他们的好处？这个民族，我的国家，没有我也照样存在。在我之前，它就存在，在我之后，它将继续存在。而我……首先，会为我赤诚的辅佐者们创造最好的条件。他们为什么捍卫我的立场，支持我的言论？为什么慷慨解囊？看见了吧，这就是其中的隐秘。"

"我当然明白。你关照他们是理所当然。但议员的职责绝非如此。要知道，议员的工作是完善法案。法案……"

"依你之见，"扎特尔巴斯勃然大怒，"议员就该和法案一起迎接朝霞，再和法案一起送别落日？法律的完善自有门道。但议员还有其他空余时间。比如，议员觐见国家领导人的时候，他该说什么？比如，议员去见总理的时候，他该说什么？更别提还有各部门部长、各委员会主席和各机构代表……这才是问题所在……"

"我还是没懂。"

"好吧。我举个简单的例子。每个人都会遇到困难，而上层人士能够解决这些困难，不是吗？困难出现了，那要通过谁来解决呢？当然是通过我们……甚至，如果你愿意，我也可以帮助你。当然，如果明天我成为议员的话……"

"怎么帮？你能以什么方式帮助我呢？"

"我可以帮你弄到一枚勋章。也许，我可以帮助你获得国奖……"

"这不可能！尤其是，授不授予一个人国奖是由专门的委员会决定的。"

"嘿，真是的……难不成你认为没有可以左右国家委员会的力量？嘿，你真是的……罢了，我们无论如何也理解不了对方。你有你的思维方式，而我，有我的……"

"可能……"

扎特尔巴斯又哈哈大笑起来。但这一次，他笑得很做作。

* * *

第三天，扎特尔巴斯回来的时候真的非常生气。他的眼睛里布满了血丝。

"我要是像相信拿非利人[1]一样相信你……那才是……去你妈的！"他苦恼地说道。

"发生什么事了？"阿克萨迈担忧地问，"为什么发这么大的火？"

"哎呀，能不生气吗？我信任的吉吉特们竟然瞎忙了一通。对手好像超过我了。哎哟，可惜……"

"你打算如何应对？"

"宣讲，宣讲，再宣讲……对了，或许……你会答应做我的授权代表。你是作家，口若悬河。你能漂亮地阐述思想。不用担心，我不会亏待你的。你要多少钱，我就给你多少钱。此外……国奖的事……"

"我已经说过了，这属于委员会的职权范围。"

---

1 《圣经》中的巨人族，常给人神秘、强大的印象。——译注

"我从来没有遇见过像你这样难缠的人，我要是骗你，就让我变成瞎子。噢，委员会的成员毕竟也是人。有人的地方，一切皆有可能。一切皆有可能，一切……"

"我——是作家。一个只相信纸和笔的人。我有国家，有民族。如果他们喜欢我的作品，他们自己会提名。他们代表公众的意见。可要是……他们不喜欢，我能怪谁呢？为了获奖而创作的作家，不是真正的作家。"

"难道有不想成为将军的士兵吗？"

"的确，不想成为好作家的作家，已经不是作家了。"

"那关系到荣誉呢？"

"荣誉则完全是另一回事。"

"啊你……竟是个顽固中的顽固！这就是问题所在。否则我绞尽脑汁也想不出，为什么我从来没听说过你的名字……你身上有太多蒙昧未开化的东西。"说得正起劲儿的扎特尔巴斯突然打住。显然，他察觉到了自己的口无遮拦。过了一会儿，他又恢复了原来的样子。

"对……对不起……我好像说了许多不该说的话……你出了很多书吗？写了多少本？"

"不多。"

"那究竟是多少本？"

"六七本左右。唉，但……它们都称不上杰作。我暂时还没有写出优秀的作品。"

"看吧，问题就在于，要写出好的作品，需要好的创作条件。难道不是吗？你不应该因为钱而受限。重要的是，保持思想活跃：写，写，一直写。唯有那时候……你才能成为文学大师。如果今天你帮了我，明天，我就为你创造一切条件。到那时，你就可以真正地开始创作……"

"这也是'老太太说话，话从两面说'，"阿克萨迈表示怀疑，"你给作家创造的条件越舒适，他在思想上就越困顿。最好的作品都是作家在经历了身心的双重煎熬后写出来的。换句话说，困境……"

"我呸！"扎特尔巴斯断喝一声，"我跟你没法说！你太会绕弯子了，你……"

"我不是装模作样的人。这都是因为生活的平淡乏味……"

"你说因为生活的平淡乏味！那么，你……从阿斯塔纳来到这里，自己卖自己的书。你认为，你的做法合适吗？你顶着作家的桂冠，全国各地到处跑，卖你的书……"

"这有什么不好的？！如果说我出卖了什么，那也只有我的书。这是精神财富……难道我像某些人一样，卖裙子，卖玩具，卖其他小玩意儿了吗？……"

"哎哟，你说'精神财富'。"扎特尔巴斯讽刺地咧嘴一笑，"难道现在还有人喜欢读书？难道人民需要的是书吗？对他们来说，必不可少的是糊口的食物和耐穿的衣服。食物和衣服！这就是全部！对他们来说，这就足够了。"

"这是暂时现象。很快，人们就会丰衣足食。然后，然后就会开始寻找精神食粮。"

"不，你告诉我，难道拼命卖书的行为可以为受人景仰的作家增光添彩？这难道不是自甘堕落？"

"堕落？！我不认为……为什么是堕落……"

"就是堕落！这——就是堕落……"

* * *

第四天晚上，阿克萨迈自己先跑去问扎特尔巴斯：

"你……昨天对我说'卖书是堕落'。我不明白你的言下之意。"

"噢，这有什么不明白的。尊敬的作家扛着一包书出去卖。这件事情应该由其他人去做，而不是你。比如，小辈们……"

"可他们怎么会听我差遣呢？"

"给他们一点钱作为报酬，然后他们就会高高兴兴地去为你办事了。不过，这也不是解决之法。如果我当上了议员，你的书自然会一售而空，钱自然就到你手里去了。而你现在的挣扎——只是堕落……"

"那么……难道竞选——不是堕落？你看看你自己！走街串巷地乞求人们把票投给你。人民当着你的面，说出实情，说出尖锐的现实，而你，只得受着。你以这种方式当上议员……"

"这另当别论。"扎特尔巴斯感到失了面子，说道，"这——是选举前的活动。过不了多久……一切都会过去……都会被忘记。然后……你将坐在柔软的圈椅上，再然后——就只剩下享受了！"

"我们也是这样。我们会卖掉一些书。这会导致我们感到疲惫。然后，我们会休息。"

"那再然后呢？再然后折磨又开始了，不是吗？"

"写书吗？不，这不是折磨，是享受。"

"你……竟然是个不折不扣的梦想家。我简直无法理解你。"

"我也是……"

说完，两人都背过身去，躺下睡觉了。谁也不想再聊下去。

* * *

早上，阿克萨迈醒得很晚。他今天无事可做。该去的地方都去过了。所以，他打哈欠，伸懒腰，在床上躺了很久。然后……他打开电视。屏幕上出现了他的室友——扎特尔巴斯。他看上去心情极好，亲切地微笑着，说道：

"尊敬的选民们！"与此同时，他用一种精心排练过的嗓音刻意强调道,"我就是那个关心人民、珍视人民的人,我喜人民所喜,忧人民所忧。对于我来说,这一生,没有什么比我的民族更珍贵。直到心脏跳动的最后一秒,我都会为我的人民考虑,为人民的命运担忧。如果你们想要一位坚决维护人民意愿、捍卫人民话语权的议员,就投我一票吧……"

"哎呀呀!"阿克萨迈沉吟道,"哎哎!……"

* * *

当阿克萨迈准备返程的时候,选举活动也已临近尾声。根据选票统计,室友萨肯·谢里落选了。

"啊,没有选上!"他痛苦地说道,"有些地方失策了……如果我身边有像您这样的聪明人,有足够多的重视言论的吉吉特,无疑,我会取得胜利的。我输,不是因为我没有竞争力,而是因为宣传不到位。这就是问题所在!所以,朋友,时刻铭记吧:宣传,宣传,再宣传……"

"我理解,"阿克萨迈表示同意,"我理解你……"

"不,你不理解我。你认为我是一个弱者。你大错特错了。我……要是当上议员,一定会成为最强的议员之一。我们这个民族的缺点就是,疏远优秀的人,不识好人,尊敬滑头。莫非这样能提高生活质量?……你自己说说,能有好日子过吗?"

"当然没有。"

"看吧,这就是问题所在。优秀的人被踩在脚下,一无是处的人往上爬。比如你……我感觉你是一个还不错的作家。不自吹,不自傲。自己过自己的生活。但是,有人看重你吗?没有!因为他们嫉妒你。很多圆滑世故的人挡了你的道,所以现在胜利、头衔、名望——都是他们的。"

"也许,你是对的……"

"非常对！特别对！不过没关系！人生不会就此结束。前面还有硬仗要打。最终，我会当上议员。到那时……那时我们再看吧。"

"我赶时间，"阿克萨迈准备出发，"是时候说再见了。"

"好吧，亲爱的朋友！再见！但是，我们还会见面的，你不要光念着我的不好。我有很多心事还没有告诉你。下次见面的时候……不，当我成为议员的时候，我再告诉你。我们说定了？"

"一言为定……"阿克萨迈正要出门，又被扎特尔巴斯叫住。

"啊，对了……你暂时不要写关于我的任何事情。如果你想写，等时机成熟，我会告诉你的……"

"我可没说过我要写你。不过既然你提出来了，我满足你的要求。我不会写。我一个字也不会提起……"

"这就对了。现在，我们似乎互相理解了。有不少人会嘲笑选举失败的人。我不想成为别人的笑柄。但是，我一定会成功的……到那时，我会去找你。还要跟你畅谈一番。"

扎特尔巴斯秉持他的一贯风格，又哈哈大笑起来。笑个没完没了。阿克萨迈百思不得其解：他为什么这样笑，为什么笑这么久？

带上没有卖掉的书，阿克萨迈动身离开旅店。但扎特尔巴斯那讨厌、粗鲁的笑声却久久回响在他耳畔。走出相当远一段距离后，阿克萨迈回头凝望。这时，他发现，阿乌埃佐夫口中的"穆萨菲尔罕纳驿站"似乎正忧郁、悲伤地望着他……

他与"作家"

1

在快速列车舒适的双人包厢里有两位乘客。其中一位约莫五十岁，是个性格随和的中年男人。他就是阿克萨迈。另一位也上了年纪，六十岁出头。他叫卡斯卡巴斯（秃头男人）。尽管阿克萨迈与卡斯卡巴斯已经亲切地相互打过招呼了，但他们还没有开始愉快地交谈。两个人都心想："究竟谁先开口呢？"他们暗自较着劲儿："如果你要保持沉默，那我也一个字不说。"一场心理较量正在进行："我才不是那个随便在什么人面前都完全不设防的傻瓜呢。"

2

先没忍住的是阿克萨迈。他这样做是出于对年长者的尊敬。

"您旅途愉快，大哥！您要去很远的地方吗？"他开始邀请卡斯卡巴斯聊天。

"你也旅途愉快，老弟！我去舒城。我在那儿下车。"

"呃，"阿克萨迈抓住话茬儿，"……那个著名的舒城站，请问，您是住在那儿，还是……"

"我亲家住在舒城。他是奥沙克提部的长老。而我……来自克孜勒奥尔达。更确切地说，来自咸海那边……"

"您是说咸海那边。"阿克萨迈笑了起来，似乎想到了什么。

"噢，你笑什么？是不是有什么原因，老弟？"

"有。当然有！"

"嘿，那就讲讲吧，快讲。我听听是什么样的笑话。"

"前不久，我一个在阿拉木图干交警工作的侄儿告诉我一件事。我就是想起了那件事。"

"是吗，那他说什么了？"

"我那侄儿是这样说的。一位小伙子从咸海城开车来到阿拉木图。他或许违反了什么交规，但是，总之，交管员立刻举起了指挥棒。小伙子立刻开着车靠了过去：

"'怎么了?胡达伊[1]?'

"那位交管员原来也是锡尔河[2]下游地区的人,于是想开个玩笑:

"'噢,兄弟,你说出了我们家乡的暗号。你是海上的"胡达伊",还是陆地上的"胡达伊"啊?'

"'我吗?我来自咸海城。'

"'啊,那你是海上的"胡达伊"。我也出生在那儿。所以,你走吧。一路顺风!'"

这个故事把卡斯卡巴斯也逗笑了。

"好吧,好吧,还有什么是这帮人想不出来的!全是些机灵鬼。"

"或许,这让您不高兴了?这只是一个没有恶意的玩笑。"

"不,没有!不值得为此不高兴。这里没有任何羞辱的成分。我不过是……想起了家乡。要知道,当我们说'胡达伊'的时候,我们暗指的是'我的小乖乖'这个欢快的词。"

"大哥,这我知道。"

"你知道——那太好了。"

3

卡斯卡巴斯嗓音粗犷。他说起话来铿锵有力、吐词清晰,如同登台演讲。

"我看得出来,你是一位正派的吉吉特。你说话语气温和。你在哪儿工作?"这次,卡斯卡巴斯决定邀请阿克萨迈聊天。

"嘿,我……是作家,或许,您对作家这类人有所耳闻……"

---

[1] "胡达伊"是突厥神话中的神。在此处,"胡达伊"(кудай)与"往哪儿"(куда)发音相近,说明小伙子说话带口音,同时也起到了谐音梗的作用。——译注

[2] 注入咸海的河。——译注

"噢，噢！"卡斯卡巴斯高兴地说，"我怎么不知道呢！我还要怎么知道！你有自己的书吗？你写得多吗？"

"也不能说多。总共五六本左右……"

"是吗，你随身携带了吗？让我看看……"

"带了。我这就去拿。"

阿克萨迈打开公文包，掏出一本书，递给卡斯卡巴斯。卡斯卡巴斯接过书，粗略地翻了翻。

"多薄的一本小书啊，像虱子皮一样！为什么不多写一点儿呢？"他惊讶地说，"大作家就应该像那个阿乌埃佐夫一样。你觉得他的《阿拜之路》怎么样？或者，像我们的努尔佩伊索夫也行。他的《血与汗》写得多棒啊！将那样一本书捧在手里——是一种享受。"

"怎么说呢……"阿克萨迈迟疑了一下，回答道，"每个作家都有自己的创作风格。一些作家写长篇小说，而另一些作家则更喜欢写短篇故事。毕竟，写得好才是关键。"

"'写得好'，这话说得好！"卡斯卡巴斯感叹道，"当然，写得好是必须的。按照我的理解，最好的书——应该是描写现实生活的书。而某些作家写的东西——尽是幻想、梦想……书中的人物——尽是病人、疯子、神经病、羊痫风。我不接受那样的书。"

"难道选择什么样的主角不是作者的权利？"

"话虽如此，但也要为读者考虑才是。首先，作者面向的是谁？当然是面向自己的读者。既然如此，那为什么不顾惜读者呢？不久前，有个年轻作家鼓吹了一晚上的那个俄罗斯作家陀思妥耶夫斯基。他断言，就算在世界文学范围内，也找不出一个能与陀思妥耶夫斯基相提并论的人。第二天，我特意去找了那个作家的《白夜》来看！"

"嘿，怎么样？喜欢吗？"阿克萨迈迫不及待地问道。

"你不要打岔！"卡斯卡巴斯皱了皱眉头，"听我说！于是，我读了起来,而那位作家竟然没完没了地唠叨一些虚构的、想象的梦境与场景。我没有耐心读完整本书,只得把它放到一边。这就是不怜惜读者……"

"我不这样认为。"

"那是你的事,"卡斯卡巴斯斩钉截铁地说,"我说的是事实。对了,顺便问一句……你不像陀思妥耶夫斯基那个老狐狸一样写书吧?"

"不像。我完全是另一种风格。坦白说,我的写作风格和创作方式,我认为,与屠格涅夫更接近。"

"哦——"卡斯卡巴斯拉长声音说道,"你说你更接近屠格涅夫。你说说,屠格涅夫是一位怎样的作家?他写了什么?"

"屠格涅夫写了很多长篇小说。也有一些绝妙的短篇故事收录在《猎人笔记》中。"

"那我去读一读。我一定会去读那本书的。狩猎——是一个美妙的世界。"

"您读一读吧。读一读,是对的。"

4

"我说,我们别再谈论别人了。还是说说自己吧!"卡斯卡巴斯用近乎命令与吩咐的口吻说道,他让阿克萨迈不要拘谨,畅所欲言。

"呀,说点关于自己的什么呢?我已经五十岁了。至今为止,我只干过写作这一件事。但是,我的作品不多。总共也就……"

"这些我已经听过了。你究竟写什么呢?"

"什么都写。"阿克萨迈耸耸肩。

"具体一点……什么题材?"

"我没有固定的题材。我写作的时候,会先竭力窥视人心,揭示人的内心世界。"

"你的主人翁是谁？"

"他们各不相同。任何人都有可能成为我书中的主人翁。"

"为什么你说话总是含含糊糊，模棱两可？我问你主人翁是谁的时候，你应该回答：他是，比如，教师、饲养员、会计。这才是'是谁'的回答。"

"他们都在我的短篇故事和中篇小说中。"

"嘿，那书记呢？你知道书记当时在社会上扮演什么角色吗？"

"我怎会不知道书记呢！我当然知道。只不过……我不擅长描写他们。他们执行苏共的政策，竭诚维护苏共的立场。"

"不，你错了！"卡斯卡巴斯简直火冒三丈，"你竟然对此一无所知。我告诉你，书记当时在社会上起到了正面作用。如果说民众在这方面有什么共识的话——首先，书记功勋卓著……"

"我看，这仍然是一个有争议的问题……"

"就是你这样的人使这个问题有了争议。实际上，书记——不是可以争论和怀疑的对象。书记——是时代的思想家。他们是那时当之无愧的政治家。就算是作为国有农场一把手的主任，也得听取书记的意见，同意他的主张。因为他……"

"您言过其实了。"

"绝没有。我还往轻了在说。你竟然不知道书记是干什么的。那我解释给你听。"

"大哥，我真的知道。您完全不需要跟我解释。我难道不是从那个年代过来的人吗？"

"好吧，但是看样子，根据你说的话，我感觉你像外太空来的。"

"我不过是想和您聊一聊，多了解了解您……"

"好吧！就是说，你心里什么都明白。"

"正是如此。"

"我早说过了……"卡斯卡巴斯缓和了语气说道。

5

过了一会儿,阿克萨迈好奇地问道:

"想必,您当过书记?"

"你说对了!我在一家农场当了整整三十年的书记。"

"那现在呢?您做什么?"

"我现在退休了。就是常说的'荣退'。毕竟,我已经六十多岁了。所以就把工作放在一边了。"

"但您看上去还很年轻、有活力。"

"我身体很好,我的朋友。我还有精力去做一些事情。"

"或许,您有自己的事做。您经商吗?"

"噢,真主安拉在上!别跟我提这事!这种事与我无关。我已经从事写作两年多了。"

"那您写什么?"

"自传体小说,"卡斯卡巴斯洋洋得意地说道,"啊,对了,差点忘记了。我的第一部小说前不久问世了。我这就送你一本带作者签名的。"

卡斯卡巴斯从公文包里掏出一本书来。看见像砖头一样沉甸甸的一册,阿克萨迈几乎傻眼。的确,就连阿乌埃佐夫的《阿拜之路》瞧见这本书的厚度,也会自愧不如。

"看吧,我的朋友,如果写,就要全面地写,拿出气势,才能写出鸿篇巨著。""砖头"的作者居高临下地教育他说,"本来就应该全方位地满足读者的精神需求……"

他一边说,一边在书上写下自己的题词:"天才老兄赠予大有可为的老弟!"

阿克萨迈对此丝毫不感到惊讶。他翻了翻书，将目光停驻在最后一页。只见结尾处写着："第一部完"。阿克萨迈说道："就是说，还有后续……"

"这得看真主安拉的意思。也许，我会出三部……甚至四部也不在话下……"

"看来您有很多话想说。"

"要不然呢！毕竟有三十年！正好每十年写一部！"

"嗯……"阿克萨迈喃喃地说。

6

"写书非常难，对吧？"阿克萨迈转过身来，试图引起共鸣。

"不是，写作很简单，一点都不复杂，但成名却很难。"卡斯卡巴斯天真地回答。

"大哥，写一本好书极为不易！"阿克萨迈反驳道，"但好作家自然会有好名声。"

"你错了！声望和名声不会自己找上门来。得抓住它。"

"怎么抓？！"

"是这样的：难道你获得名声，仅仅是因为你写了一本书？如今，这世上什么人多？作家呀。如果每一位作家都能得到声望和名声……"

"好作家还没有那么多。屈指可数。"

"噢，我的朋友，你说什么呢？"卡斯卡巴斯冷冷一笑，"什么是好作家？好作家就是善于把自己推销出去并放在有利位置上的人。如果你傲慢地宣称：'我——是天才！让人们自己来认可我吧！'谁会理睬你？那样的天才有很多。成千上万，前仆后继。但百年后，他们不会留下一丝痕迹。他们的书不会再版，因为他们被遗忘了。"

"在我看来，好作家的书永远不会被遗忘。每一代人都会用自己的方式评论它、赞美它。比如，阿乌埃佐夫……"

"你说阿乌埃佐夫！"卡斯卡巴斯大发脾气，打断他道，"那个阿乌埃佐夫为了成名做过什么？你知道吗？……"

"不错，可就算他不搞宣传，他依然是阿乌埃佐夫。"

"看吧，你错就错在这里。阿乌埃佐夫为了他的《阿拜之路》能够被译成俄文，做了许多工作，他通过他的俄国朋友宣传自己的书。如果他没有获得列宁奖，世界就不会知道他。不光是世界，就连我们哈萨克人也不会认可他。"

"一些嫉妒他的同时代人不愿意认可他，他巨大的天赋成了他们的喉中刺。可后辈们仍然带着爱阅读阿乌埃佐夫。"

"咳咳！我无论如何也理解不了你。"卡斯卡巴斯生气地说道，"我说'脑袋'，你却一直说'耳朵'。作家最需要的就是宣传。没有宣传，就算你天赋异禀、聪明绝顶，也没有人会认可你。随着时间的推移，你会沉入地底，被重重泥沙掩埋。这是不成文的规定！就是这样，不管你喜不喜欢。"

"当然，"阿克萨迈表示认同，"任何作品都应该成为广大人民群众的财富。但是，就算廉价的碎布伪装成华丽的锦缎，它还是廉价的碎布。不管你怎样吹捧那些一文不值的作品，它们的缺点还是会不断暴露出来。什么样的金丝银线都掩盖不了。"

"不存在一无是处的书。即便随便读一本书，也一定可以从中发现一些精妙之处。还有，你赞不绝口的那本书，对于我而言，就一无是处。难道我们两个都不喜欢的那本书就该被否定吗？所以这是品位问题。每个人都有选择的权利。"

"但是，我认为，任何一位有文化的读者都能区分优秀的作品和平庸的作品。"阿克萨迈插了一句。

"罢了，这是一场没有休止的争论。"卡斯卡巴斯妥协道，"我们可以就这个问题没完没了地再争论上两天两夜。不过依我所见，作家就应该多写，争取写出鸿篇巨著。重要的是，不要说谎，不要加以粉饰。"

"您说的最后几句话，我完全赞同……"

列车即将到达舒城站……

卡斯卡巴斯准备下车。

"老弟，我有个请求。"他已经用信任的口吻毫不客气地说，"读一读我那本小说吧。"

"当然，我会读的。"

"一言为定。然后……"卡斯卡巴斯带着请求的、近乎央求的语气接着说，"然后……如果你能写一篇文章发表在报纸上，那就太好了。我不求你一个劲儿地夸赞我。只要你能得出结论：'这本小说值得一读。'就够了。"

"我会考虑的。"

"你不要考虑！写吧！答应我！"卡斯卡巴斯不肯罢休。

"我很难答应你。再看吧……"阿克萨迈含糊其辞。

"我会等。我等着你的评论出现在报纸上。这对我来说很重要。我有一个心愿，我希望我的小说今年可以获得国奖提名。我没必要在你面前遮遮掩掩……"

"啊，啊，我懂。"

"如果你懂，就理解理解我。好吧，祝你一切顺利！再见！下次再见……"

列车继续行驶。而阿克萨迈仍然停留在旅途会谈的印象中。小桌板上，放着一本打开的书——"作家"的书。阿克萨迈想起自己的承诺，于是翻阅起来，认真读了几句，以便事先对小说的内容有一个初步的印象。

"……我和农场主任一起玩牌。主任运气不好。他变得焦躁，用恶狠狠的眼神盯着我,仿佛在暗示:'无论如何,你必须输。'现在,我不想让他,因为就在昨天,在重要会议上,区委第二书记才亲口夸奖了我。这令我备受鼓舞。我满脑子都是:'我可不比你差。'我用凶巴巴的目光回敬主任恶狠狠的眼神。我借此告诉他:'怎么样,来赢我呀!你不会得逞的!'他用更加恶狠狠的眼神盯着我看。我也……"

阿克萨迈火冒三丈,砰的一声关上书。他恼怒地想:"他还准备写第二部。噢,糟糕的写作!谁都来染指文学创作,人人都以为自己能当作家。神啊,把我们从写作狂魔的围攻中解救出来吧!"他长叹一声,将卡斯卡巴斯的"鸿篇巨著"与自己最近出版的小集子比了比,后者只收录了一部中篇小说和六则短篇故事。他在这本书上耗费了五年时间,付出了很多心血:他殚精竭虑,反复修改,设法找到最准确、最生动的表述。他的每一个作品都差点将他逼疯。而那个自我感觉良好的卡斯卡巴斯,一边把玩着他的书,一边轻描淡写地说:"薄得像虱子皮一样!"

难道他阿克萨迈不想写出像鳄鱼皮一样厚的书?但那容易吗?写出真正的佳作容易吗?……每一个故事在它问世之前,都要经过千锤百炼。那个自命不凡的业余"作家"真的明白这些吗?未必吧!他哪里能明白!他当了三十年的书记,一退休就摇身一变成为了"作家"。他甚至还厚颜无耻地想在将来获得国奖。好吧,就让他获奖吧!如今这个时代,谁还不能获个奖,谁还不能拿个奖章!……哪怕是个狗崽子!……

阿克萨迈觉得心里窝火,喘不上气来。他感到锥心之痛。

"啊,真主安拉,我的心脏怎么了?但愿我能活着到家,见到孩子们。"

政治与啤酒

两折戏

政　治

1

"您旁边的座位空着吗？"

"好像是的。"

"那我坐下了。"

"您自便。"

"如果您不乐意，我可以换到其他座位上。"

"您说什么话！我为什么会不乐意……您对我做了什么不好的事情吗？我们才第一次见面。"

"谁知道呢！有那种不能容忍陌生人的人。他们总是挑剔别人身上这样那样的毛病……"

"我不是那样的人。您不必担心。"

"我不过是问一下，为了保险起见，俗话说……"

"您……不是那样的人吧？一上来就缠着陌生人不放……"

"这是习惯。任何情况下，我都喜欢有个准儿。"

"好吧，好吧，明白了。"

"那我坐下了。"

"您请坐……"

2

卡巴什斜睨双眼，向身旁的乘客投去探究的目光，一时间，他产生了一个挥之不去的想法："似乎，他还是有点奇怪……"然而，陌生人并不急于坐下。他不慌不忙地脱下西服，小心翼翼地将它挂起。然后，他解开衬衣袖扣，将衣袖挽到胳膊处，拿出梳子，开始精心梳理凌乱的头发。他梳了很久。他的头发柔软、服帖，所以一根翘起的头发也没有留下。

卡巴什立刻想到了自己的头发。它们经常像刺一样扎在头上，喷再多的水也无济于事。整个就一刺猬头。

"现在，我们认识一下吧，朋友。我叫塔纳什。"

"卡巴什。"

"这太妙了！我们的名字差不多。年龄也……"

"我隔年满五十。"

"这就对了！我也是……没想到啊。真是巧了。我们名字相似，年龄相仿。"

"这种事常有。"

"不，不常有。这叫缘分。难得的缘分。这意味着，我们会一路平安。"

这时，巨大的客机冲向蔚蓝的天空。

"您……去阿拉木图？"

"不完全是这样。我从那里转机去塔尔迪库尔干……"

"看吧，我早就说过了，我们有缘。我也去那儿。我去塔尔迪库尔干……出差。我是为了工作……想必，您也是。"

"不是的。我去参加婚礼。我朋友的儿子结婚。"

"呀，我们此行的目的确实不太一样。您去参加婚礼，而我……哎，罢了。这也没什么不好的。重要的是，我们方向一致。我们甚至可以一下舷梯就一起去下一站。时间表明……"

感觉得出，塔纳什很爱说话，自信满满，不乏傲气。他放下座椅靠背，从容地躺了下去。

卡巴什打开最新一期报纸放在面前，专心阅读起来。这时，塔纳什猛地一抬头。

"您看的是《时报》？"

"对，是它。"

"嘿，怎么说呢……我对这家报纸不满意。"塔纳什埋怨道，"尽胡说八道。一会儿这里挑刺儿，一会儿那里找茬儿……"

"这怎么能说是'找茬儿'呢？"卡巴什惊异地望着塔纳什，"发表一下不同意见，有什么不好？"

"不，不是这样的。他们故意寻找一些爆炸新闻、丑闻，想以此博取公众眼球。而普通人又对这类事件深恶痛绝，同时习以为常。报纸就这样受到大众欢迎，赚取廉价的声望。"

卡巴什一边听塔纳什说话，一边寻思。

"顺便问一下，您不会是……记者吧？"

"哪来什么记者！"塔纳什气愤地说，"不要提他们！他们尽写假新闻，就知道捕风捉影……"

"我觉得，不是所有记者都这样……"

"当然，不是所有。主要是那些蹩脚记者。在这个问题上，您连争论都不用与我争论。对了，也许，您……是记者？"

"不是，我从事其他行业。但我还是会尽量抽出时间看看报纸和杂志。我看了很多。有一些记者写的文章我不会错过。"

"哈哈!"塔纳什笑道,"我想知道是什么样的大知识分子,值得人追着他的文章读!现在没有那样的人了!他们所有人都是政治的枪棒。他们之中的每一个人——都是某些党派的传声筒……"

"并不是所有人都是。"

"但大部分是!既然您坚持,就请您说出一个不顾艰难险阻、用火光照亮现实的记者来,哪怕只有一个!他们所有人都被政治牵着鼻子走。总体上,我可以这样说:在我们这个时代,不光是记者,所有政治家都无一例外地只关心自己的私利,为的是满足自己的需求,巩固自己的地位。"

卡巴什收起报纸,将它塞进置物袋中。看来,这场对话将迎来意想不到的转折。

"按照您的意思……难道您认为,现在所有的政党领袖、组织领导都只追逐个人利益?"

"是的!正是如此!他们中的一些人因自己官职低微而心怀怨念;一些人挖空心思往上爬,但仍旧没有达到自己梦想中的高位;还有一些人是野心勃勃的反对派,他们不但不反对给当局制造麻烦,还幸灾乐祸。"

"您断定所有政党领袖和组织领导都是这样想的,是不是大错特错了?您不觉得,他们之中也有为国家和民族未来考虑的人吗?"

"可能是有。不能把所有人都说得一无是处。但是,您想一想,为什么关心国家未来的人要建立党派和组织运动?为什么他们要攻击、威吓、诋毁执政当局?如果他们一片赤诚,就不能用这种方式来表达自己的想法。掺杂着谩骂与叫嚣的争论不会带来任何好处。"

卡巴什决定继续聊下去:

"那么……在您看来,人不应该发表意见,不应该让别人听见自己的声音，不应该呼吁正义？就是说，如果他走上了这条路，那就是犯了错误？"

"我再说一遍。祖先们早就说过，'抱怨不会带来胜利'。这意味着，解决任何问题都应该采用建议的方式，要全面考虑。我不是说要把现在的领导人夸上天。但是我反对某些人，他们准备在一夜之间忘记曾经富有成效的改革。治理国家——不是一件容易的事。在这件非同小可的事情上，不犯错误是不可能的。任何一位国家元首在位期间，在取得成就的同时，也可能会有一些过失。而那些只指出过失并经常以此为借口试图让领导人在人民面前难堪的人，错得离谱。客观地说，这就是所谓的自己嘲笑自己。"

"难道会自己嘲笑自己的国家，不是英明的国家吗？……"

"那我这样说。这就是所谓的把自己可笑的模样当街示众。结果就是，自己把自己的愚蠢打造得璀璨夺目。"

"为什么我们批评当局就会陷入愚蠢的境地？难道在发现它的疏漏与不足时，应当保持沉默？"

"既然发现了，当然不能保持沉默。对那些损害民族和国家利益的问题不加以反对是愚蠢的。但事物都有两面性。有一些团体打着'与问题抗争'的虚假爱国主义旗帜，试图监视领导的一举一动，并收集其黑材料。他们到底是什么人？关于这些人有什么可说的？"

"这种人叫作检举人。不是我们谈论的对象。"

"可是卑鄙的检举人与著名的政治家之间的距离实在是太近了。他们会带着一颗轻松愉快的心，去到向他们招手的老爷那里。"

"总体说来，不是这样的。常言道，政治家是政治家，检举爱好者是检举爱好者……"

这时，塔纳什变得异常激动，他问卡巴什：

"首先，我们要弄清楚：检举人究竟是什么人？"

"检举人就是写检举信的人。"

"那么，他为什么写检举信？"

"因为检举人……"

"不，这是有原因的。任何一个正常人都不会无缘无故去诋毁别人。我这里说的不是疯子、嫉妒者、倨傲者……正常人清楚地知道事物的两面性，但他因为某个原因，不得不提笔写信。比如，他忍受着高官的欺压，或者在工作上遭受了不公正的待遇，或者死活得不到他哀求的好处，或者遭遇了诸如此类侮辱人的事。然后，这才……"

"噢，噢！"卡巴什笑了起来，说道，"依您所言，看来，可以为我们这颗星球上所有的检举者平反了。"

"我绝不是为检举者辩白，尤其是为嫉妒别人、爱占别人便宜的检举者辩白。甚至，写检举信这种行为本身就不应该被原谅，应该受到审判。毕竟……做人要光明磊落。我把检举者分为两类：一类是那些嫉妒别人、爱占别人便宜的人；另一类则是在生死攸关问题的重压下迫不得已写检举信的人。"

"罢了，这些我都明白。可检举人和政治家之间到底是什么关系呢？这一点我始终想不明白……"

"哎，这个问题比那个问题更加深奥。据说，检举人分为两种。一种是自己写检举信，费尽心机地将自己展示出来给别人看。但也有不自己写检举信的人，他们通过另一个人，甚至第三个人，通过他们向检察机关进行检举。他们比狐狸还狡猾，精明得很。不会让自己被抓住。就算你抓住了他们，他们也绝不会承认自己做的事情。有这样的人吧？"

"是的，有这样的人。"

"如果有这样的人，那该怎么称呼他们呢？"

"不知道。机灵鬼、滑头、阴险小人……之类的称呼。"

"看吧，看吧，你说的就是政治家。他们可以在任何时候变成任何样子。对他们而言，最重要的就是获胜。"

"获胜？获什么胜？……到底要战胜谁？……"

"一派战胜另一派。这一派战胜那一派……简单说来，这所有的一切都是社会内部斗争产生的结果，为了战胜对方，他们所使用的手段不仅限于检举。他们聚在一起，建立党派，策划政治活动……"

"正是如此。党派不是凭空建立的。这是政治上的需要。对于一个团体来说，这是需要的……"

这时，塔纳什的手机响了。他们的谈话被打断……

他和电话里的人讲了很久……

3

卡巴什左思右想。塔纳什的观点让他不由自主陷入了沉思。

"检举……声明……政治游戏……政治家……我完全搞不明白！如此看来，这世上还有值得信赖的人吗？……"

"喂，朋友！在想什么呢？……"塔纳什露出亲切的微笑，拍了拍他的肩膀。

"没想什么。我不过是看看舷窗外的大地……"卡巴什努力编造合理的说辞。

"大地！"塔纳什感叹道，"大地母亲，您永远美好！而我们——转瞬即逝。在我们之前，无数人已消亡，在我们之后，还有人会前来。生命川流不息！我们也将逝去，在生命的长河中无迹可寻……"

"怎会如此！毕竟，人来过了，就会留下某种痕迹，不是吗？"

"什么痕迹？"

"嘿，比如……他做了什么事情。他做学问，搞发明。甚至，哪怕只是传宗接代……"

"这些都不足为奇。前人的科学研究很详尽了。世代更替也不是什么新闻。简单说来，人的生命不过是时间长河中的一瞬。可这还是不能让庸人们停止争吵，放弃辩论，不去纠缠别人，因为他们没有思考过生命的意义。即便思考过，也一无所获。权力、名望、荣誉……这些都不足为奇。"

"我不同意您的观点。权力和名望——或许是过眼云烟。但名声和荣誉——是另外的概念。那种情况下，人的名字会世代相传。比如，如果一位作家写了一本书，那一百年、两百年之后，难道就找不到它的读者了吗？！这难道不是永恒的开始？"

"名声和荣誉是人们想象出来的。"塔纳什坚持自己的看法，"比如，今天谁还需要响彻十八世纪的荣誉与名声？哪怕是过去苏联时期的列宁奖，现如今，谁还对它感兴趣？谁还会被授予这个奖？"

"罢了，我们别再纠结这些名啊誉啊的了。说说人怎么样？！说说那些名满天下的人？！"

"这也是寻常事。我们说过，现在没有什么列宁奖了。"

"我不明白。怎会如此，难道我们要用这样的态度把所有能人志士都贬得一文不值吗？"

"不，不能否定他们。白是白，黑是黑。谎言终究会浮出水面。不管怎样，或早或晚……"

这下，卡巴什彻底摸不着头脑了。

"难道揭露所有邪恶的政治内幕就是对的吗？要知道，这样一来，人人都会感到迷惑。"

"这就对了，迷惑民众，糊弄民众，这恰恰是政治家要做的……这样一来，民众才能轻易被煽动，积极响应号召。嘿，剩下的事就都知道了……"

"既然'都知道了'，那会导致什么结果呢？"

"什么结果吗?结果就是某个党派会建立政权。然后一切从头再来。那个向人民承诺创造幸福社会的政党会步入正轨。随着时间的推移,地表上又会出现某个团体。政治游戏又开始了……政治冲突又产生了……争论、谩骂、欺骗、洗脑……"

"要是信了你的话,就不用活了。"

"活还是要活的!只不过要有自己的思想……"

"谁需要我的思想?!"

"没有人需要。但你自己需要。"

"您想说不要追逐名声和荣誉?"

"最好是不追逐。追逐名誉的人必定会与政治打交道。可他却连自己是如何掉进政治陷阱的都不知道。政治有它自己的门道……"

"您……是不是某个党派的成员?"

"不是。我一个人就是一个党。"

"您看报纸杂志吗?您喜欢看什么报纸?"

"我现在不看了。"

"为什么?"

"因为现在这些刊物都落入了政治的圈套。既如此,它们要说什么,就一目了然了。这才有了我刚才对《时报》的那番言论。您不要放在心上。或许,您喜欢这家报纸。但那是您的事。而我有我的看法……"

"当然!我明白……"

4

"不是只有我们国家才有政党和组织在活动,其实它们在国外也很活跃。"现在,卡巴什开始论证自己的观点,"据国外媒体报道,这些政党指出自己国家领导阶层在工作中的不足,他们将实情公之于众。总之,他们的目的很明确……他们关心民众和社会的福祉……"

"您信了？"

"当然……为什么不信……"

"我就不信。"

"为什么？"

"因为在党派活动和社会活动中，夹杂着他们的个人目的。他们无时无刻不在想办法将执政当局拉下马，然后自己变成政权的掌舵人。这也算是一个庸俗的梦想。或许不应该为此责怪他们。但是，政权的斗争终究会招致令人悲伤的后果。"

"简言之，在您看来，全体人民都应该对政府俯首帖耳、毕恭毕敬。您想说，政府的行为不应该受到质疑？"

"我可没这样说。"

"可按照您的逻辑，就会得出这样的结论。您不支持任何一个党派、任何一个组织。政治与您性情不合。您非常不喜欢政治，不喜欢政治手段。"

"怎么会？我完全不懂你在说什么。"

"'政治'——只有一个意思吗？"

"不！'政治'这个词在一开始是一个正确的概念。如果运用它的正面意思，那'政治'是值得尊敬的。比方说，为了维护家庭和睦，我们得采取一点儿'策略'。这难道不好吗？好！为了维护国家利益，我们跟外国人玩一点无伤大雅的'政治'，这难道不对吗？我认为，这是正确的做法。但是要明确一点，我鄙视那些为了一己私利，为了地位、名声与特权而使'手段'的人。"[1]

"都说搞政治是为了不断巩固国家根基……"

"此言不虚。是这个道理。不能把国家政治和贪官污吏的手段混

---

1 俄语中，"政治""策略""手段"是同一个词。——译注

为一谈。它们有天壤之别……"

"据说，党派领导人们坚信自己施行的是国家政治。"

"并非都是如此。"

"剩下的人……"

"对于他们，我仍然持怀疑态度。我认为：国家政治应该由国家机器来操纵。国家机器也有责任这样做。"

"那如果这个国家机器出了一些问题呢？这种事常有！"

"当然，会遇到这样的情况。但多数时候，国家政治……还是得依靠国家机器。"

"显然，您曾供职于国家机关……"

"小声点……"

"那现在呢？"

"离职了。我是自愿的。受了些委屈。但没必要因为我个人的委屈迁怒于所有人。"

"国家机器能办成一切它想办成的事，对吗？"

"如果是国家大事，那为什么要用怀疑的态度看待这个问题呢？国家——是你，是我，是我家，是你家……如果我们希望它好，就应该相信治国的政治家们。"

"可是，如果他们要犯错误呢？……如果他们图谋不轨呢？……"

"那么，民众应当说出自己的意见。"

"难道那些社会运动不是民众的传声筒？"

"需要我再说一遍吗？政党和组织的意图从来都不单纯，他们所有人的嘴上都粘着鸡毛[1]，他们似乎一边关心着私利，一边训诫着民众，一边思考着满足自己的欲望……"

1　比喻不干净，与坏事有牵连。——译注

"并非所有人都是如此……"

"但大部分仍然是!"

"没错,"卡巴什拉长声音说道,"其实您因为他们受了很多委屈。"

"委屈有什么用?我句句属实。为什么要对此保持沉默……"

"好啦,您现在在哪里工作?"这下,塔纳什好奇地问卡巴什。

"我吗?我……领导一个社会组织。"

"对嘛!我就说嘛!……"

说完,塔纳什沉默了很久,再也没有开口。

飞机开始在阿拉木图上空盘旋,准备降落。

他继续保持沉默。

飞机刚一落地,他们就急忙奔向舷梯。下了舷梯,塔纳什和卡巴什转向了不同方向。离别时,甚至都没看对方一眼……

啤 酒

1

"我们最近怎么跟伏特加疏远了!"塔纳拜拍了拍同岁好友的肩膀,玩笑道。可朋友克内尔拜却发火了,他气鼓鼓地嘟囔道:

"那些污秽的东西,我以前就不太赞成。"

"你想否认你喝过酒吗?难道我们不曾去过各种各样的派对?你那时在酒桌上,何曾向谁示过弱……"

"我不懂你的意思!"克内尔拜当真发起火来,"难不成你认为我是酒鬼?我什么时候醉倒在大街上过?……"

塔纳拜也不肯退让,继续与朋友玩笑道:

"哟,哟……你像从没碰过酒瓶子一样……如果你是圣人,滴酒不沾，那另当别论。你装什么装？我又不是不知道……"

"什么？你知道什么？！……我从来不是那种嗜酒成性的人。请你记住！不错，我是喝点小酒，但我从不喝醉。"

"哟，哟，克内尔拜，你还当真激动起来了。"塔纳拜开始安抚他，"或许，你没有喝酒，你可能只是嘴唇碰到了酒杯。难道我说你是酒鬼了吗？！我没有其他意思，我不过是说，我们很久没有一起去喝酒了。那些污秽的东西……你碰都不要碰！我还没见过哪个事业有成的人成天喝酒……"

"这倒是。不过请你永远不要对我说：'你过去是个酒鬼。'这种话会深深地刺痛我。"

"知道了。我再也不会了。"

"我恳求你……"

"都说过了，不会了。我说话算话！言出必行！"说完，塔纳拜立刻又换了一副面孔，"嘿，朋友，今天是星期五，工作日即将结束。下午谁会找我们？嘿，我们干点儿什么呢？"

"什么'干点儿什么'？"

"我们就这样各自回家了？或许，可以在路上顺便去什么地方看看……"

克内尔拜又生气了：

"不，不！你可是才承诺过我！我们已经跟伏特加绝交了。"

塔纳拜妥协说：

"唉，好吧，我们不喝伏特加。但是……我们加入苏菲派是不是还早了点？我们还不到五十岁。走吧，哪怕去喝点啤酒。"

"啤酒我也不想喝。"克内尔拜坦白说，"我怀疑，啤酒甚至还不如伏特加。我喝完啤酒会觉得头昏脑涨。"

"怎么会，你够了！我们一人喝一杯。就只喝一杯。坐下来聊一聊……我们有多久没有说说心里话了。都一心扑在工作上，已经快变成陌生人了。就只喝一杯……"

"你呀，真是个讨债鬼。"克内尔拜低声说道，"罢了，就按你说的吧。去酒吧！……"

2

小酒吧里热闹非凡，像一个蜂箱。人们进进出出，摇摇晃晃，一些人喝得面红耳赤，一些人在尽情狂欢，还有一些人舌头已经打结。最主要的是，没有人在意谁进来了，谁离开了。入座后，塔纳拜和克内尔拜点了两大杯啤酒。迫不及待的塔纳拜一上来就干了半杯。克内尔拜只抿了两口，然后皱着眉头说：

"太可恶了！他们不把顾客当回事。酒里掺了一半的水。你没发现吗？"

"没有，似乎还好。"塔纳拜说道。

"一点也不好。一半都是水……我这就去找他们讨个说法。"

"你别急，冷静点儿。"塔纳拜本打算劝住他，可克内尔拜已经向酒保小伙子（小胡子）跑去了。

"你们有良心吗？"他提高嗓音问道，"我们付了钱，结果呢，你们却在啤酒里掺水？该怎么理解你们的这种行为？……"

小伙子面不改色，不紧不慢地笑着回答说：

"别人运来什么，我们就卖什么。您呢，也别吓唬我。您不想喝……"

塔纳拜立马过来打圆场。

"你不要生气，兄弟。要是我朋友的态度粗鲁了点，请你多包涵。"

说完，他抓住克内尔拜的胳膊，将他拖走了。但克内尔拜仍然无法平静下来。

"嘿,我跟他……我想说的话还没说完。既然卖啤酒,就要遵守卖啤酒的规则。否则就卷起铺盖滚蛋。你看看他……他显然是想说:'你爱喝不喝,不喝就滚!'这个没良心的东西……"

"你冷静冷静,克内尔拜。"塔纳拜请求他说,"这可是公众场合。为了我,你别发火。"

可克内尔拜越来越生气,越来越想骂人。终于,他好不容易平复了心情。现在,塔纳拜单独去吧台找酒保小伙子交涉。

"朋友,"他对酒保小伙子说,"你一定要原谅我们。但说实在的,啤酒太难喝了。掺了很多水。你也看得出来,我们是机关要员。如果可能的话,劳烦你从其他酒桶接一些,俗话说……当然,这只是请求。"

小伙子的面色明显缓和下来。他冲塔纳拜眨了眨眼:

"把杯子拿来!"

"马上!稍等……"塔纳拜连忙小跑步取来酒杯。

一分钟后,他将满满两大杯啤酒放到朋友面前:

"嘿,你尝尝,怎么样,"他神气活现地对克内尔拜说道,"啤酒味道如何?"

克内尔拜尝了两口,享受地眯起眼睛,说道:

"啊,就是不一样。瞧见了吧,他们就是这种人……你保持沉默,他们就为所欲为。这些狗东西……"

塔纳拜开始向朋友说明:

"刚刚你去那里大吵大闹,你一定认为,如果找他们理论,就能讨回公道。兄弟,这不是最好的办法。公道早就不复存在了。消失很久了……"

"不,"克内尔拜激动起来,"我不认同你的看法。公道从未消失,也不会消失。公道仍在,正义尚存。有人的地方,就有它们。你看,我才去讨了公道,小胡子就把好啤酒送来了。"

"天呐,他这样做,不是在你无理取闹之后,而是在我说了那些甜言软语之后。"塔纳拜说,"这年头,你吓唬不了谁。要善于弯腰,视情况逢迎。"

"看吧,看吧,是我们自己破坏了一切。我才去讨完公道,你就卑躬屈膝地去求和。你跟谁点头哈腰?他算什么?我们可是用自己诚实劳动赚来的钱买酒喝。既然我们已经付了钱,那行行好,他们理应为我们提供优质啤酒。"

"我真的无法理解你。"塔纳拜生起气来,"我发现你老是扯一些有的没的。任何时候,你都试图与人发生争执……"

"我不是同随便一个路人发生争执。"克内尔拜固执地说,"都是他们起的头。他们睁着眼睛说瞎话。我不能忍受龌龊的事发生在我眼皮子底下……"

"停!"塔纳拜大声喝道,"请你就此打住。如果要反对,就让别人去反对好了。如果要理论,就让别人去理论好了。有人要偷奸耍滑,就让他去偷奸耍滑吧。可你,值得为此胡搅蛮缠吗?明明可以就这样保持沉默……"

"如何保持沉默?!如果我沉默,你沉默,我们所有人都沉默,生活会是什么样子?我们到处哭诉:'如今时代变了,人变得斤斤计较,一切都失去了意义。'但是,我们不愿承认,是我们自己每天在为负面现象提供滋生的土壤。"

"你还说……"塔纳拜拉下脸说道,"我竭力教你明事理,连头发都白完了。我跟你说过多少次,不可能让所有人都行于正道。还有……要考虑到实际情况,时代、时间决定了环境。每一代人都有自己的策略、自己的信仰。不记住这些……"

克内尔拜忍不住打断他说:

"什么策略?什么是信仰?……一切都掌握在我们自己手中,不是吗？如果我们大家一条心，哪里会有什么困难?！我们自己有错……却说年轻人堕落。都是因为我们不讲规矩。我们互相欺骗，这些不体面行为让孩子们习惯了谎言。我们虚伪地笑，孩子们也有样学样。如此……我们还能怪谁？"

"好了！家庭问题另当别论。"塔纳拜试图安抚朋友，"我说的不是这方面的问题，而是工作方面的问题。如果一个集体里有好些人，不应该少数服从多数吗？站在多数人一边，我们得到的是什么？站在唯一的好事者一边，我们得到的又是什么？如果不适应环境，我们什么也得不到。"

"适应环境！凭什么！如果周围的人撒谎、胡诌、假笑……难道我也要像他们一样吗？果真如此，我就失去了自己的性格。这无疑是一条直接通向懦弱的路……不，那样我会活不下去。至于你，你自己决定，该怎么做……"

塔纳拜抱住脑袋，无可奈何地说道：

"我不是主张以谎言回应谎言，以狡猾回应狡猾。我认为，人应该克制自己，在大多数人都戴着谎言的面具生活时，要容得下别人。有时候应当保持沉默，以免形势进入'冷战'状态……"

"这样不行！在不公平面前保持沉默，会令我生不如死。你想一想吧，你太自以为是了！我保留自己的观点。总之，该说的我都说了！"

克内尔拜的话伤害了塔纳拜的自尊心。

"结果……我在你眼里是一个两面三刀的人？在你看来，我是变色龙?！"

"或许，也不是变色龙，但和变色龙差不多……因为你试图适应任何环境。要是所有人都向你看齐，那会导致什么结果？如此一来，圣贤和他们的箴言会不会从此绝迹于世间？……"

"不！你不要曲解我的意思。我想说的是，如果世界一片祥和，人们相互理解、相互包容，那该多好。换句话说，就是不给是非、矛盾、口角、争端留机会。啊，如果看你……"

"呵，看我，然后对我说：'曾经我是不是提点过你，该如何对待不公平？'为了一时风平浪静，虚假的微笑没有任何意义。罪恶与谎言迟早会浮出水面。到那时该怎么办？到那时我们该如何应对？"

"明明不吵不闹、不慌不忙就可以让任何不好的事情回归正轨。为此，首先需要忍耐。必须保持冷静。"

"不管你怎么冷静，你在这家酒吧都讨不回公道。这里习惯了占人便宜。跟他们说话，就是得提高嗓门儿。得吓唬他们。只有这样，他们才会有所觉悟。"

"你瞧，你就是这种性格！"塔纳拜感叹道，"你自己想想吧，世界为什么不是在这里爆发激烈的冲突，就是在那里爆发激烈的冲突。当然是因为人与人之间不愿意相互理解，国家与国家之间不愿意相互理解。毕竟我们生活在一个好心不一定有好报的时代。"

"不！"克内尔拜激动地说道，"只有棍棒才能使骗子和恶霸走上正途。只有强硬才能揭穿伪装。毋庸置疑，没有人会尊重性格软弱的人。"

"怎么说呢！……"塔纳拜心想。

两个好朋友突然沉默了一会儿。塔纳拜用探究的目光望着克内尔拜。就在刚才，他的好友还小口抿着啤酒，而此刻，他在认真地与他说教。

"我再去要一杯。"塔纳拜说。

很快，他回来了。克内尔拜立刻端起酒杯，喝了一口，吐了出来。

"呸！真是拿这些狗杂种没办法。又乱来！"

"怎么了？"

"我说啤酒。一半都是水。不行，事情不能就这么算了。我要让他们摆正自己的位置。"

　　他又向小伙子跑去。接着一把揪住他的衣领，破口大骂：

　　"狗娘养的！要么把正常啤酒拿出来，要么……现在就卷起铺盖滚蛋！"

　　小伙子没有被扰乱，反而开始进攻。两个人随即扭打在一起。克内尔拜也不甘示弱。

　　"你把谁当傻瓜，狗娘养的？……"

　　"这不是你该管的事情。我们有自己的顾客。"

　　"你……你是个不折不扣的下流胚！人民的蛀虫……"

　　"你也不是什么安分守己、任劳任怨的良民。"

　　"你不要损害我的名誉！我……是一个有良知的人。我……从来不欺骗别人。"

　　"我表示怀疑。我不会相信一个在这个时代声称自己从来不欺骗别人的人。没有这样的人！而且永远不会有这样的人！"

　　"有这样的人！"

　　"没有这样的人！"

　　"有！"

　　"没有！"

　　这时，塔纳拜挤进来将他俩分开。他抓住克内尔拜的胳肢窝，将他拖到了街上。

　　"呵，狗东西……他还不信我是个诚实的人，不信我从来不说谎。他自己在狗屎中挣扎，显然，就认为大家都跟他一样臭。真是狗娘养的……"

　　"行啦。这事儿到此为止。不然我们就要上'啤酒吧斗殴事件'的新闻了。我们快离开这个地方吧。谁知道呢，万一他们把警察叫来，我俩随后会被一起交给警察。这很有可能……"

"他还是担心担心他自己的下场吧……"

"走吧，走吧！快走……"

把克内尔拜送回家后，塔纳拜独自往回走。一路上，他都在思考克内尔拜的性格问题。一直以来，他认为他是一个梦想家、理想主义者。有时，他无论如何也想不通，他为什么会无端制造问题或看出问题。但是今天，他从他的理想主义性格中发现了一些值得深思的东西。他真的是梦想家吗？就算他有时候装模作样，使使性子，但他有他的思想、他的目的……而我又是谁呢？我是谁？

他感到苦恼，不知该如何回答出现的问题。现在，他一边思考，一边意识到，他之所以与所有人都谈得来，是因为他时常顺势而为，随波逐流。可如果……哪怕只有一次，他鼓起勇气说出自己的心声，表达自己的立场，会怎么样？……遭到大部分人的指摘？被看作蠢货？为什么？为什么偏偏是蠢货？还有……如果他毫无保留地说出自己的所思所想……那他岂不成了克内尔拜那样的人！难道要使生命中没有谎言、诽谤、欺骗、污蔑，就得拥有克内尔拜那样的性格？难道只有他那样的人在伸张正义吗？……

"算了，不想他了！"他不想继续纠结，"够了……他就是因为性格问题，至今无法晋升。如果我们所有人都像他那样，那社会将变成什么样子？到时候，家庭会分崩离析。恰恰是讨好、柔顺的性格能维护好每个小家庭和整个社会大家庭……很难想象，要是没有他们，会怎么样……"

然而，他脑海里还响起了这样一个声音："啊，那还谈什么公平与正义？谈什么公道自在人心？唉，如果我们对一切丑恶都视而不见，那谁还会说刺耳的真话？谁还会保护……每一个受委屈的人？……"

他脑海里充满了极端矛盾的想法。

他拖着两条腿，缓步前行。

吹　牛

在这个差强人意的世界上，有不少人生命的意义似乎只在于陷害别人，暗地里对别人进行沉重的打击——然后愉快地搓搓手。这些人种自认为高人一等，千方百计地贬低、侮辱别人，找别人的软肋，然后带着施虐者的快感精准刺痛别人脆弱的心灵。为了能为所欲为，这些虚荣而傲慢的人故意反其道而行之：你亲近他，他就把你推开；你说"请坐"——他就躺下；你请他说出来——他就沉默，一言不发；你想高兴高兴——他就变得比乌云还阴沉。一句话，就是要让你恼怒，让你崩溃。对了，这样的人数不胜数。然而，在这片罪恶的土地上，还有库拉西普这一类人。乍眼一看，他完全是个普通人。他不固执，不做作，不骄傲。总之，你似乎说不上来他有什么不好。而且，坦白讲，比起那些爱给别人使绊子并幸灾乐祸的人，库拉西普看上去简直是天使，让人情不自禁地想拥他入怀。而他唯一的缺点就是——无节制地胡吹乱嗙，没完没了地编故事……

这个库拉西普……痴迷于诗歌。但不幸的是，他不仅写诗，还认为自己是一位无与伦比、才华横溢的诗人。当他有机会在众人面前发言时，他就会按照惯例说道："我们只能如此创作。"然后一首接一首地吟诵，有意无意地引导听众发出"哎哟""啊呀"的声音。不可置否，库拉西普的确比他的许多同行有才能。但这不是我们要说的。既然他是一位诗人，真主安拉在上，就让他爱写什么写什么吧。然而，近些年，这个库拉西普表现出了相当奇特的作风。这才是我们要细细说来的。

库拉西普拥有一项令人羡慕的能力，他轻轻松松就能获取达官显要们的信任，随随便便就能找到开启他们心扉的钥匙。他经常出现在权贵人士中间。当你遇见他时，往往会忍不住去倾听，他是如何巧妙地用最荒唐的故事"款待"人们竖起的耳朵。

"你一定想不到，我昨天才跟他聊过（他指了指上方）……我就在这个人身边。整整两个小时，我们一起打台球。他对我赞不绝口，我也只好投来李答。"他得意洋洋地看着自己的听众说道。

下一次，他又说：

"我前不久才与（某某）部长聊过。就在他的府邸。我先给他打了一个电话，仅此而已，可我们刚聊了两句，他就立马逮着我说：'喂，亲爱的，我需要你，你快到我这里来，我有话跟你说。'当然，我立刻就去了。他讲得津津有味！你根本插不上嘴！"

第一次听库拉西普吹牛的人，几乎都会被他的话震惊到。他们怎能不信以为真地感叹道："这就是影响，这就是声望！"

当库拉西普有机会到各地访问时，他会特地变个样子。他在那里越讲越兴奋，以至于所有官员、领导都张大了嘴巴，听他说话。

这天，库拉西普按照惯例，意有所指地开始了他的讲话：

"这个春天……不，初夏的某个时候……我通过直线电话给一位大人物打了一个电话，大人物来自所谓的白宫。不用说，是他亲自接的。'出什么事了？'他问。'我必须马上和您见一面。'我说。'哎呀，不巧，'那位悲痛地回答我说，'我正准备出访。得啦，这样吧，我挤出宝贵的十五分钟给你。你得快点。'他同意了我的请求，然后挂断了电话。我急忙赶过去，他已经准备出发了。我没有占用太多时间，很快向他说明了我的问题。大人物认真地听我把话说完，然后像朋友一样拍了拍我的背说：'你不要担心，这事儿我来解决。你就努力创作吧，去寻找灵感，写诗，歌唱我们的独立。'说完，他向等待着他的车走去……"

听众震惊不已：

"天呐！与我们喝茶的竟然是这等人物！……如果大人物亲自接见了他，如果那位乐于与他进行这样的秘密谈话……那么，库拉西普无疑是伟大的天才……"

如今，节日的宴会上，各地最精美的菜肴都摆到了库拉西普面前。如今，他得到了顶级的尊重与关注……

就这样，库拉西普在变幻无常的人生道路上阔步前行。如果他不是自找麻烦，去招惹了仍然健在的大文豪，或许，他能一路走花溜冰，登上人生巅峰。

有一次，他跟一群资质平庸的新晋诗人聊起了自己热衷的话题。

"我相信，你们所有人都听说过我们仍然健在的文坛泰斗。我指的是尊敬的阿别克。这不，我曾有幸与他进行过一场文学辩论……"

这时，一个看热闹的人怀疑地说：

"啊，库列克[1]，据我们所知，我们的阿别克老先生不会同一般人什么都说……"

"真是的，"库拉西普粗鲁地打断那人说，"我——是从头到尾仔仔细细研读过阿别克作品的人。我读过他所有的小说……我甚至还为其中几部写过书评，提出了批评意见……"

"噢，是吗？"另一位严谨的青年文学家也开始表示怀疑，"库列克，您似乎吹牛吹过头了。我们的阿别克已经年过八十。而您提及的那些小说，都是他三十年前写的。那时候，您年纪尚幼。既如此，您

---

[1] 库拉西普的别称。——译注

究竟是如何做到给他的小说写评论的呢？……"

"为什么不能评论？"库拉西普激动起来，"我的天呐，众所周知，这位大师的小说经常再版。他一次又一次地对它们进行了修正和校订。这不，我就是在他对作品进行例行修订的时候发表的书评。"

众人的沉默令库拉西普振奋起来，他满意地心想："看样子，我随便说几句，就堵住了他们的嘴。"于是，他热情倍增，继续说道：

"就是这样，我和阿别克……在山中，在别墅里，东一句，西一句，不着边际地聊着天，他挑我的毛病，我找他的不是，就像人们常说的那样，双方深入交换了意见。末了，阿别克把手一挥，说他说不过我，然后请求我说：'你嘛，据我所知，是个不错的诗人，天才诗人。那么，究竟为什么，你至今还没有一首作品是献给我的呢？你记得吗，穆卡加利为那位阿布季利德写下了多么美妙的颂诗？……'我承认我慌了神，我没有料到会有这样直接的逼迫。要知道，我这一生还没为谁写过一首颂诗。如果我告诉他这件事，想必，我们这位仍然健在的文豪也不会因为我的玩笑话而感到委屈……"

"真没想到，然后呢？"一位诗人忍不住问道，"您是如何应对的？……"

"我能推辞吗？我说，我一定会写的。只不过我请求他给我一些时间。但文坛泰斗却带着责备的语气对我说：'我还以为，你是一位才思敏捷的天才诗人。如果拖拖拉拉，先构思个三十天，再找灵感找个四十天，有这样的时间，那随便一个普通诗人都能写出颂诗来……'"

"真的吗，那然后呢？"

"于是我拿定主意，激动地对大师说：'既然如此，我现在就写！您这就能看到，我是如何创作出前无古人的诗篇的。'说完，我正要提笔，文坛泰斗却劝阻我道：'唉，好吧，好吧，你冷静点。不要激动。就按你说的办吧,你再想个一两天。'"

正当库拉西普用自己胡编乱造的故事糊弄听众时,他突然打了个激灵,话说到一半,猛然回头一看。真是没想到!原来,拍他后背的真的是……悄悄来到青年文学家队伍中的那位文坛泰斗本人。

"亲爱的朋友,"阿别克温声细语地说,语气中没有一丝责备,"撒谎要在合理范围内。你为何会心血来潮产生'阿别克请求我为他写颂诗'这样的念头?朋友,难道除了我,你没有其他可以开玩笑的对象了吗?"

文坛泰斗没有再多说一句话,他从容地走进了作协大楼。库拉西普愣在原地,羞愧得满脸通红。围观的人都用厌恶与不屑的眼神看着他,似乎在说:

"原来如此,你竟是个厚颜无耻的骗子!"

库拉西普认为自己同偷东西的喜鹊一样小心谨慎,他非常懊悔,懊悔自己过分沉浸在惟妙惟肖的虚幻故事中,忘乎所以,为此,他被文坛泰斗嘲笑了。

好在……还没失去所有。

如果不提大文豪阿别克,那还有举世闻名的获奖作家卡别克。看来,现在只能将他放进我虚构的故事中了。当然,要在合理范围内……当然,如今我得比偷东西的喜鹊还小心谨慎……当然,要让听者一点也不怀疑我,完全相信我。

如此一来,想必,会好很多。

庸　俗

卡尔马汉撇了撇嘴，一副酒醉未醒的样子，用不满的语气责备同事——隔壁部门的主管，一位蓬头散发的卷毛人士，说道：

"你，老弟，为什么不称呼我为'您'？你记住，我可比你大了整整一岁……"

但是他看错人了——卷毛竟是个硬骨头，当场就顶了回去：

"你怎么回事儿？你到底为什么要逼我，反复念叨你比我早从娘胎里出来一年？有什么了不起的？我很好奇，要是你比我大上十岁，你能搞出什么花样来？……"

"喂，你别要嘴皮子！别瞎扯！"卡尔马汉火冒三丈，"我比你岁数大，就是比你岁数大。你要搞清楚自己的位置。要遵照祖先的习俗——尊重长辈。无论如何都不要忘记，我不是你的同龄人。"

"啊哈哈！"卷毛大笑起来，"很久很久以前，这种事就发生过……我们村的两个老头儿，直接在婚宴上大打出手。就为了一个可笑的理由。其中一人由于气愤，唾沫横飞地反复强调：'我比你大整整一天，所以，按照长幼有序的原则，羊头应该归我。'可另一个人不同意他的看法。于是两人就因为鸡毛蒜皮的事撕破了脸。我们为什么要像他们一样？"

"随便你怎么想。我就是比你大了整整一岁——这就说明了一切。对于你而言，我不是'你'，而是'您'……永远记住……"

话说到一半，卡尔马汉愤然转身离去。卷毛也在这场奇怪的对话之后久久不能平静。

但事情没有就此结束。

一次，工作例会结束时，公司领导突然与员工们谈论起了团队中的相互尊重、道德准则与道德规范：

"其实，坦白讲，我们的时代基本上是在这套准则内运作的。所以，我们应该像对待亲人一样对待彼此，在相互尊重的氛围中开展工作。争论可以有，但也要团结。良好的工作氛围有利于提高工作效率……"

卷毛立刻说道：

"不好意思，可有一点我始终想不通。我们中间有一些同事，仗着自己年龄稍微大一点，就想方设法教训年龄小的。这像话吗？"

"在工作领域，年龄——不是主要标准。"公司领导回答说，"必须考虑职位、职权范围。试想，部门主管年纪较轻，而下属虽然年长他几岁，但也必须执行他的指示，否则就没有条理。至于日常生活中年长者和年幼者的关系，那完全是另一回事。绝不能将二者混为一谈。"

"看吧，看吧，"卡尔马汉插话道，"要是年龄小的不尊敬年龄大的，那社会将变成什么样子？说到底，我们可是哈萨克人。而哈萨克人总是习惯称年长者为'您'……"

"当然，这话有一定的道理。"公司领导表示同意。

"我们也从骨子里接受这项民族传统。如果某人确实年长五到十岁，那没有什么可说的。可要是年龄上只相差一岁或半岁，这到底算什么老资格？"卷毛气愤地说。

"这当然算老资格！"卡尔马汉怒吼道。公司领导劝阻他说：

"噢，你们怎么回事儿？一岁两岁的问题，有什么好掰扯的

庸 俗

吗?……这实际上就是同龄嘛。毕竟,我们的祖先不是无缘无故地断言,就算'相差五岁——也是实实在在的同龄人'。"

会议结束后,卡尔马汉对由领导发起的讨论印象深刻,但他怎么也无法认同他的看法。"'相差五岁——也是同龄人'……你看,他还为我找到了同龄人。我比他大,就算只比他大半岁——也是比他大。而对待年长者就应该拿出对待年长者的态度。如果不尊老,何来爱幼?如此一来,毫无疑问,自然会有损'互相尊重'的情感……"

最近一段时间,类似的想法开始让他不得安宁。他自己也不知道为什么,但他经常想办法挑毛病,而且专挑亲朋好友的毛病。那个卷毛比他小了整整一岁,这本来就是不争的事实。他们俩在同一时间被任命到两个不同的部门。那位已经当上了主管,而他卡尔马汉还是副……在那之前,他们之间没有任何矛盾。一切都是从那场职位任命开始的。不久前,同事们在一起聚餐。当然,大家都带上了自己的家人。事情是这样发生的:那天,坐在卡尔马汉对面的就是这个卷毛,他一个劲儿地劝卡尔马汉:"嘿,你再来一杯。"卡尔马汉没有拒绝,他想没什么大不了的,就说:"干杯!"喝就喝!更何况是愉快的朋友聚餐。在饭桌上,应该表现得爽快、大方,要玩得开心。这就是我们喝酒的原因……

但在回家的路上,卡尔马汉的妻子日别珂一路嘀咕:

"你就是个没脑子的蠢货!你自己都不尊重你自己……"

"这又是为什么?"心情愉悦的卡尔马汉惊讶地问。

"你当真一点不明白?难道你没发现,那个比你小了整整一岁的卷毛总是称呼你为'你'?而且他还灌你酒:'嘿,你来一杯!'"

"那又怎样?多大点事!他称呼我为'你',因为我们几乎同龄。我们只相差了一岁……他说'你来一杯',就是说,他想单独跟我喝酒……"

"你可真是个蠢货!"妻子哂笑道,"你还说'那又怎样?'!这就是问题所在……他的意思是,你职位比他低。所以他用领导的口吻跟你说话。所以他不愿称呼你为'您'……"

尽管卡尔马汉喝得相当醉,但他什么也没有说。不过那些难听的话还是令他不好受。"职位低……就是说……他认为自己是高高在上的领导……觉得自己更有权威,所以他大喊大叫的……呸,去你……"

第二天早晨,他在走廊上与卷毛相遇。那位显然很匆忙,只玩笑般地丢下一句:

"上头等你都等得不耐烦了。你下崽子去了吗?现在才来,跟个公子哥儿似的……"

而卡尔马汉仍然被妻子昨天恶毒的挑唆所影响,气得不得了:

"你怎么称呼我为'你'?难道我不比你大吗?!"

卷毛耸了耸肩,笑了起来,继续走自己的路。面对怒气冲冲的同事,他甚至没有什么反应。

从那天起,他们之间展开了一场旁人难以理解的争斗。

* * *

卡尔马汉的父母有四个孩子。两个姐姐已经组建了自己的家庭。弟弟叫扎尔马汉。

他们与卡尔马汉都生活在家乡城市。工作上,大家一切顺利。弟媳巴杨是个了不起的女人。她生了一个儿子。

弟弟一直以来都很依赖哥哥,所以大学毕业后,他留在了这座城市工作。一路顺风顺水。扎尔马汉是一位能干的专业技术人才,因此事业有成,很快就获得了晋升。他们——扎尔马汉与巴杨、卡尔马汉与日别珂——相处得十分融洽,像一个友好的大家庭。扎尔马汉总是听取哥哥的意见，巴杨也乖乖听从日别珂的吩咐。周围的人都羡慕他们其乐融融、田园牧歌似的生活。

无可否认，卡尔马汉非常宠爱弟弟，他坚信，他们会一直这样和和美美地生活下去，直到生命的最后一天。但意想不到的事情发生了……

一切都是从巴杨诞下儿子的那一刻开始的。扎尔马汉欣喜若狂，当即奔向嫂子日别珂，说道：

"我太高兴了！我的另一半生了一个男孩！"他高兴得喋喋不休，"我刚从产科医院跑出来。现在，我们有儿子了，我妻子也对我们的第一个孩子喜欢得不得了！……"

然而，扎尔马汉初为人父的欢喜只能让日别珂心情黯淡。尽管她没有表现出来，但她的内心充满了忌妒。"你看他，怎么爱都爱不够，看见了吗，'生了一个男孩'。我的女儿哪里比他的儿子差？女儿和儿子，谁给这个家庭带来的好处更多，还说不准呢！……"

晚上，卡尔马汉下班回到家后，日别珂趁着喝茶的工夫，开始不露声色地给丈夫做工作，她小心翼翼地吐露自己满腔的愤怒：

"你真是天真单纯！你还常说，扎尔马汉是亲兄弟，他媳妇儿巴杨也是个可爱的人。可你听见你欣赏的女人说什么了吗？"

"没有。"

"她生产前就不消停：'我要生的是儿子。日别珂生的是女儿。可儿子就是儿子！'"

"那又怎样？"

"噢，天呐，你当真不明白？哥哥还没有继承人，而弟弟已经有了。"

"哈哈哈……"

"你就知道'哈哈哈'！原来，做你媳妇儿就是这样……"

尽管卡尔马汉没有吭声，但他感觉自己的心被尖针狠狠扎了一下。无论是白天还是黑夜，他都感到心烦意乱……

巴杨出院的时候，扎尔马汉打电话给哥哥说："来我们这里吧。"卡尔马汉则冷漠地回答道："我们改天再来，我工作很忙。"

时间一天天过去，弟弟的事业稳步上升，很快，他就成了一家小公司的负责人。他在家与同事们一起庆祝升职。然而，哥哥对此却毫不知情……

这类看似微不足道的事情让小心眼儿的日别珂不高兴了。她又开始对卡尔马汉施压：

"你看，你弟弟刚一走上坡路，就立马骄傲起来，不再重视你了。难道请你赴宴并把你安排在上座很难吗？"

"那是因为他只邀请了自己的同事……而我在陌生环境中也会感觉不自在……"

"你说你不自在？如果家人飞黄腾达，那最高兴的是谁？难道他不应该最先和你，和哥哥庆祝自己的成就么？"

卡尔马汉照旧没有吭声。

然而，日别珂阴阳怪气说的这些话，让他感到不痛快，在他脑海里徘徊。

很快，扎尔马汉要去国外出差。卡尔马汉和日别珂去送他。

一星期之后，弟弟从国外回来了。第二天，他带着妻子和儿子，兴高采烈地来到哥哥家。扎尔马汉送给嫂子一方雅致的手帕，送给侄女一条漂亮的裙子，送给哥哥一块精致的手表。日别珂高傲地接过礼物，没有表现得特别欣喜，还不时斜睨扎尔马汉儿子身上穿着的华美套装。

客人刚一出门，日别珂就没好气地对丈夫说：

"看见了吧，他给自己儿子带回来多好的套装啊！再看看给你女儿的——多么廉价的裙子……"

"你够了！"卡尔马汉生气道，"你总是在鸡蛋里挑骨头。这只能说明他手头有点儿紧……"

日别珂不依不饶，仿佛没有听见丈夫说什么。她用平静而又刻薄的语气继续诉说自己的委屈，试图刺激敏感多疑的卡尔马汉的自尊心。

"还有他带给我的手帕，不过如此，普通布料做的……给你的表也很普通，看得出来，买得非常便宜……"

恼怒的卡尔马汉冲妻子大吼一声，然后夺门而出。可即使在街上，他也始终无法冷静下来，无法获得内心的平静。妻子的刻薄话到底还是刺痛了他的心，狠狠打击了他的自尊，唤起了他最沉重的思绪……

那是一个星期天。

卡尔马汉漫无目的地在街上溜达。最终，他没有忍住，走进了电话亭，拨通了弟弟的电话。电话接通了。

"扎尔马汉，是我。我们需要严肃地谈一谈……"

"那您来我家吧！"

"不，最好在外面。"

"好，我都可以。这就来。"

当弟弟出现在身边时，卡尔马汉犹豫了很久，不知从何说起。他东一句，西一句。敏锐的扎尔马汉发现了，哥哥有心事。

"您怎么了，哥哥？是不是工作上有什么不顺心的事？……"

"不是。一切正常。"

"既然如此……您为什么情绪低落？我感觉，您有心事。"

"没什么大不了的……我就是在想……我们越长大，不知为何，彼此就越疏远……"

"您为什么这样想？"扎尔马汉惊讶地说，"我们之间好像没有发生过什么不愉快……"

"可是你媳妇的行为不是那样的，她经常炫耀她生了一个儿子……"

"她生了一个儿子，这都过去多少年了。"扎尔马汉惊讶得甚至有些不知所措，"说实在的，这难道就是今天严肃谈话的主题？！嫂子日别珂也会生下儿子的。况且，女儿就不可爱吗？"

"可你也……你升职升得越快，就把我们忘得越干净……"

"您说什么呢，真主安拉在上！……怎么可能忘记你们！难道职位可以与亲哥哥相提并论？……"

"我不是说我和你嫂子……你去国外的时候……就不能给我们的女儿准备一件贵重的礼物吗？"

"唉，哥哥！"扎尔马汉笑了起来，"您怎么像个受了委屈的孩子似的？这不像您。我猜，您此刻是在用我嫂子的舌头说话。所有女人都爱嚼舌根。有必要在意那些话吗？"

"可你却给自己的孩子买了一套华丽的套装……"

"天呐，哥哥，我没有那么多钱！还有，那里的东西本来就很贵……我根本没想过要亏待谁……"

"说到底，你变了。"卡尔马汉完全不理解弟弟的正当理由，继续钻牛角尖，"我觉得，是职位、财富、地位毁了你……"

"何必怪我，哥哥？难道我事业上那点微不足道的成就碍您眼了吗？！"

卡尔马汉勃然大怒：

"你认为，我们嫉妒你？！看在真主的面子上，你发达吧，继续高升。而我们——没有你也能凑合过下去。兴许，我们自己也会过得不错……"

说完，他转身就走。

庸　俗

扎尔马汉愣在原地，一头雾水。

哥哥头也不回地离开了。

* * *

在卡尔马汉与日别珂、扎尔马汉与巴杨刚结婚的时候，熟识的人都为他们之间的爱、和睦以及大家庭的友谊而感到高兴，人们把一对新人比作日别珂姑娘与托列根，把另一对新人比作科济·科尔佩什与巴杨·苏卢。[1] 如今，浪漫爱情故事的主人翁都已年过三十，两个家庭之间也开始失去温情。

有一次，巴杨忍不住问扎尔马汉：

"你们兄弟之间发生什么事了吗？你不去找他，他也不来找你。你们吵架了吗？"

"说了你也不会懂。"扎尔马汉回避地说。

的确，他们兄弟之间的关系不仅变得疏远了，而且生分了。发展到不再交流、拒绝来往，甚至连寻常的家庭欢乐也不一起分享的地步。

就这样过了一段时日……

卡尔马汉的公司岗位扩编，增添了一些部门。卷毛交了好运，被任命为重组部门的主管。

现在，卡尔马汉直接归猖狂的卷毛管辖，这让他无论如何也无法忍受。在那倒霉的一天，卡尔马汉带着比乌云还阴沉的脸色回到了家。

"怎么了？看你的样子，发生了糟糕的事。"日别珂不安地问道。

---

[1] 日别珂姑娘与托列根、科济·科尔佩什与巴杨·苏卢：哈萨克民间文学中的主人公，分别出自《日别珂姑娘》与《科济·科尔佩什与巴杨·苏卢》，前者有"哈萨克的罗密欧与朱丽叶"之称，后者也可类比中国的梁山伯与祝英台。二者都歌颂了主人公对爱情的忠贞。——译注

"工作上有大变故。"

"什么变故？"

"公司成立了新部门。主管是那个……年轻人。就是那个目中无人的卷毛……"

"这也太委屈了……你该怎么与他共事？更何况，他那样傲慢……如今更是趾高气扬了……"

"我走！去其他公司……天无绝人之路……"

第二天早上，卡尔马汉向上司递交了辞职信，然后去了另一家公司。以前，遇到类似的情况，他一定会和弟弟商量。但这一次，他没有去找他。甚至没让他知道。卡尔马汉做了自己认为必要的事情。

可老天爷像故意跟他作对似的，新上司比他小了整整两岁。第一次开会，那位上司就毫不客气地直接称呼他为"你"。而卡尔马汉又没有勇气打断上司说："喂，你为什么不对我使用敬语？"他感到怅然若失。

日别珂又马上开始说教：

"得立刻教教他规矩，让这个无礼的人摆正自己的位置！要让他称呼你为'您'，而不是'你'。"

但卡尔马汉却像被黄蜂蜇了一样，勃然大怒：

"'你'又怎样？'您'又怎样？你老是来这一套！人与人相处，这难道是最重要的吗？难道阴险的嘴脸还少了吗？他们带着谄媚的微笑称呼你为'您'，暗地里却挖空心思将你置于水深火热之中，给你使绊子……"

就连心灰意冷地出门散心的时候，忧郁的思绪也纠缠着卡尔马汉。

"'你'……'您'……这是纯哈萨克式思维……难道我也是那种仗着自己年长，就在宴席上为了得到拿羊头的权力而大打出手的哈萨克人吗？……为了维护自己的自尊心，并不是非得让别人称呼你为

'您'……问题并不在于此。在这上面过分执着,只会成为别人的笑柄。"

卡尔马汉蓦地想起了弟弟。

"噢,天呐!我们是同父同母的亲兄弟,到头来,竟陌生得不愿见到彼此了吗?……这究竟是谁的错?!"

往事浮现在眼前。昔日的画面……死一般的沉寂……以及日别珂千篇一律、喋喋不休、萦绕不去的声音……"他们家是个儿子,我们家是个女儿……"她一遍又一遍地说,一遍又一遍地说,像上了发条一样……嗞嗞嗞,像拉锯子一样……"他高升的时候,不重视你……"嗞嗞嗞……"他送给自己儿子精致的礼物,却送给你女儿一个破玩意儿……"嗞嗞嗞……

卡尔马汉头痛欲裂。

等他回过神来,发现自己站在一家啤酒吧旁。他决定进去看看。他买了两大杯啤酒,都喝光了。已经开始喝第三杯了……酒吧大厅里挂着一缕缕灰蓝色的烟雾。角落里,有两个人正热火朝天地聊着什么。卡尔马汉本想靠近他们以排遣孤独,可转念一想:"合适吗?万一他们对我说:'别妨碍我们!我们有自己的话说!'"这时,其中一个人回头看了一眼。那是一张熟悉的脸庞……没错,正是弟弟扎尔马汉!卡尔马汉背过身去,但下一秒,弟弟就来到了他身边。

"哥哥,您什么时候来的?……怎么一个人?……"

"亲爱的,我觉得人这一生中,有时候一个人待着也不错……"

"这是什么奇怪的话?!您在说什么,哥哥?!为什么这样说……"弟弟的声音颤抖了一下,顿时泪流满面。哥哥也忍不住流泪。两兄弟一下子激动地抱在一起……

* * *

自那之后,卡尔马汉和扎尔马汉像久别重逢一样,开始了新的生活。他们又频繁走动起来。

然而……俗人就是俗人：他们生性狭隘、庸俗。他们会暂时隐藏自己，消停消停，然后又恢复本性，开始用自己的标准去衡量所有人，用自己的思维去理解所有人，这见怪不怪。

就在昨天，两个兄弟的家庭之间又发生了一些不愉快的口角。至今没有弄清楚是谁挑起的：日别珂还是巴杨。这场毫无意义的庸俗对话完全有可能再次导致他们之间的关系破裂，使憨厚的两兄弟反目……

好心没好报

"为什么我孤身一人？你知道原因吗？"

这话是谢伊先阿兄在几年前说的。

那时候，扎斯罕没有特别在意他的话。

"公开的敌人容易应付，'忠心'的朋友防不胜防。"谢伊先阿兄如是说。

可那时候，扎斯罕竟然一点都不明白……

***

对于一些人来说，事业有成是一种幸福。可对于另一些人来说……

自从扎斯罕坐上这个位置（一家小公司的总经理），他就感觉心里难受，如石压胸，如鲠在喉。"难道我是那种夸耀自己善举的领导，还是那些人太虚伪？……究竟孰是孰非？……是谁逾越了人性的界限？……"

最近，这些折磨人的想法每天纠缠着他。他竭力摆脱，但它们却持续让他觉得，它们需要他的关注。这些刺人的想法好像在说："你得给我答案，否则你休想得到安宁……"

这一切究竟从何而起？事情已经过去很久了。可是，扎斯罕，你也不是没有错。你行事太过轻率，滥做好人，口口声声地说："到我这里来，我给你安排工作、职位……"你还不如像某些领导那样，坐在椅子上，惜字如金，吹胡子瞪眼睛……由此还抬高了自己的身价。这样一来，亲家公不吭声了，亲家母也满意了——皆大欢喜……

不知怎的，他开始回忆往事。他总是竭力与人为善。是的，他自己经历过失败，迫不得已在那些领导面前卑躬屈膝，毕恭毕敬……他想起他是如何忍辱负重，忍受他们这样那样的无理要求……每当回忆起这些，他总是竭尽所能给那些尊敬他的人行个方便……可结果呢……

一切从何而起？……

是的，他在某一天成了一家小公司的总经理。他不曾想过、指望过的幸福，自己落入了他的手心。他甚至没有想到，他纷乱的人生有一天能达到这样的高度。但后来……

一天，他曾经的同学萨格然简直飞一般冲进了他的办公室。

"噢，亲爱的朋友，扎斯罕，我非常高兴。还在大学时代，我就意识到，你会有大出息。看吧看吧，正如我所料。"他大声嚷道，同时竭力展现自己的真诚，一个劲儿地往扎斯罕怀里扑。他与萨格然有多少年没见面了？不过，萨格然也没有特地约他见面。但扎斯罕还是深受感动（毕竟，他们在一起学习了五年）。

"噢，萨格然，你呢……你怎么样？你在哪里工作？"扎斯罕用亲切的口吻询问起自己的同学。原来……同学暂时没有工作。谈及此事时，同学低垂着脑袋，呢喃道："现在是关系社会，没有谁对你的能力和潜力感兴趣，没有谁会轻易伸出援手。"

扎斯罕试图让同学振作起来。

"你干吗这样泄气？……如果没有人聘用你，那还有我呀。我不是你同学吗？！"

此话一出，萨格然瞬间恢复了生气：

"扎斯罕，把我留在你身边吧，任何事我都肯干。只求你让我在其他人面前抬起头来。"

他的声音听上去真的十分谄媚。

"哎，你够了！"扎斯罕因他的阿谀而感到不自在，于是打断他说，"我已经说过一次了，你明天带着求职申请过来，你会得到中意的工作……"

像老鼠一样窜进扎斯罕办公室的萨格然，离开时表现得像一只骆驼……

过了一段时间……生活在这座城市里的同乡好友库尔然打电话给扎斯罕说：

"扎斯罕，听说你当上总经理了。恭喜你。你现在可以关注关注像我这样的普通人吗？……"

"噢，天呐，你说的是什么话？职位——毕竟是暂时的。而我和你——是多年的朋友、同乡……"

"我想去找你。"

"没有问题。明天就来吧……"

第二天，库尔然及时赶到。他们又说了一些暖心话，相互鼓励。库尔然此行实际上是为了跳槽到朋友的公司，因为他自己的公司开始裁员了。而他很有可能被裁掉。当然，在被公司直接扫地出门之前，最好提前离开。

扎斯罕不能让库尔然落得如此下场。

"我聘用你。不过你不要生气，我暂时把你安排到普通的职位上。之后我们再看……"

"好的，"库尔然高兴地说，"我只求留在你身边，不会让你为难的……"

日子一天天过去了。

起初，扎斯罕对于把同学萨格然和同乡库尔然安排到自己身边工作这件事还颇为沾沾自喜。一开始，他毫不介意出现的闲言碎语。当听见"噢，天呐，我们老板任人唯亲"这种话的时候，他装作没听见。如果连自己人都不信任，那还能信任谁？他还能与谁推心置腹？旁人尽管表面正常，但你不知道他内心的想法……或许，他也猜不透那些不怀好意的人想干什么。由此可见……身边有值得信赖、心怀好意、你说上句他就知道下句的人，还是不错的。通常情况下，他不会把琐碎的工作交给别人，而会交给自己的朋友。因为信任……有时候，他甚至会与他们分享关于他本人的隐私，更别提家庭与孩子了。因为他相信……相信所有话都只会留在他们之间……

但扎斯罕大错特错了，待他明白时，已经太晚了。当然，帮助身边的人很好，但与他们推心置腹……

一次，萨格然直言不讳地说：

"喂，扎克[1]，我还要在这个位置上磨很久吗？你难道不愿意稍微提拔我一下？"

"提拔到哪儿去？"

"小组长的位置不是还空着吗？"

"行吧，我考虑考虑。"

扎斯罕寻思起来："萨格然说得对，我何不在事业上帮他一把呢？他到底是自己人，而且总是按时完成任务，有执行力，做事认真……既然如此，为什么……"

一段时间之后，扎斯罕实施了自己的计划。萨格然被提拔为组长。但这似乎还不够，很快，部门经理被调走了，萨格然立马又坐上了部门经理的位置。如此一来，他成了这家公司屈指可数的高层之一。

---

[1] 扎斯罕的昵称。——译注

这件事之后，库尔然也急切地闯进了扎斯罕的办公室，开门见山地说：

"所有好事你都让你同学占尽了，也关照关照我吧。"

"那你想去哪个位置？"

"组长的位置不是还空着吗？"

"行吧，我考虑考虑。"

"为什么不提拔一下他呢？库尔然哪里比萨格然差？他是我的同乡、朋友……就连最私密的事我都毫无保留地与他分享……他愿意为我做任何事情……"扎斯罕如是想。

就这样，库尔然也开始步步高升……

扎斯罕做这一切是真心实意的。他希望朋友们成长。他想："就算他们不在这个位置上，也会有其他人在这个位置上。既然如此，还不如把自己人放在身边。毕竟，他们非常理解你，你求他也好，骂他也罢……那都是你们之间的事……任何争吵、任何问题，都可以你们自己解决，与旁人无关。"

时光飞逝。就这样，几年过去了。一天，萨格然出现在他面前，宣布道：

"扎斯罕，谢谢你为我做的一切。如果不是你，我至今还在四处摇尾乞怜。"他几乎颤抖着声音说道，然后迟疑了一下。

扎斯罕惊讶地扬起眉毛，说道：

"哎，萨克[1]，你怎么了？"

"我没有想到，我也有得到幸运女神眷顾的一天。一家大公司请我去担任他们的副总经理。从下个星期起，我就去那边了。"

扎斯罕由衷地为朋友感到高兴。

1　萨格然的昵称。——译注

"噢，天呐，你为什么现在才告诉我这个消息？恭喜你！你去飞吧，往高处飞！……"

他紧紧抱住萨格然。他并没有其他想法，而是真心诚意地拥抱他……

这件事之后不久，同乡好友库尔然也来到扎斯罕的办公室，说：

"一家贸易公司的老总一再邀请我去他们公司。他承诺的薪水很高。我想听听你的看法，我去还是不去？"

"我不会赶你走。你知道的，我甚至不想与你分开……但是，当然……如果你想去，你自己决定吧。谁会跟钱过不去呢？钱永远不会多……"

就这样，扎斯罕与朋友们分开了，他祝贺一个成了大公司的副总经理，祝福另一个得到了高薪职位。日子一天天过去，他感觉自己似乎被遗弃了，被丢在孤独之中。公司还是和以前一样。大家各自忙碌。扎斯罕从来不与下属聊自己的私事。除了业务上的交流，以及根据职责给他们指派必要的任务，扎斯罕跟下属无话可说。他们无论如何也代替不了萨格然和库尔然……

可是……随着时间的流逝，无论是萨格然还是库尔然，都开始露出自己的真面目和无耻本性。难道他以前感觉不到，察觉不到？还是说他们的这种表现与新的职场环境有关？……像常说的那样，他们也想证明自己不是草包……不，不！萨格然和库尔然可是他的老朋友。他们为何要背叛？极有可能是他误会了他们。不过是没有根据的怀疑……毕竟先前他还护着他们，真心与他们相交，把"我们在一起，永远在一起"的话挂在嘴边。当时，好像大家都发过誓，会永远这样，没有人可以破坏他们的友谊，没有人可以把他们分开……

突然传来某高层五十大寿的消息。扎斯罕也在受邀之列。可两手空空去参加寿宴又不合适。那送什么呢？送钱，可能会引起误会。扎斯罕左思右想，最后决定去找萨格然出主意。以前遇到类似的情况，他总是与他商量。萨格然轻轻松松就能找到解决问题的办法。他还记得……

"喂，萨克，"他拿起话筒，"是我，我有事找你。我想听听你的建议……是的，见面之后，自然……你说什么？……现在没有时间？我懂，我懂……那就在电话里……"

毕竟，萨格然也是领导。显然，他的意思是，就在电话里讨论问题。

"事情是这样的……我要去参加别人的五十大寿……需要准备一件拿得出手的礼物或者其他什么东西……你能帮帮我吗？……"

"噢，天呐，我手头也很拮据。"

"不，不，不是钱的问题。我有钱。以前出现这种情况的时候，你总是有主意……"

"你说得对。可是现在……"

"嘿，以前你在我身边的时候，处理这种事情总是很高效。你忘了吗？你怎么了，萨格然？……"

"我现在不行。下次吧……你别生气……"

萨格然就此结束了谈话。听筒里传来他挂断电话的声音。

过了一会儿，扎斯罕拨通了同乡好友库尔然的电话。

"哎呀！我现在忙得很。"库尔然没有给出什么建议，而是立马推辞起来。

扎斯罕不怪他们任何一个人。有什么好责怪的呢？如果他们没有时间，那也无可厚非。他只得自己想办法，不过老板的寿宴似乎办得不错。但是……

出现了一些不好听的闲话。已经传得沸沸扬扬。扎斯罕一听到那些闲话，心就开始隐隐作痛，心里透出一丝不解与难过。而那些闲言碎语竟出自萨格然和库尔然……

"噢,"萨格然在某处说道,"扎斯罕不值一提。他是老板吗?他只是一个记账的小雇员。他自诩为救世主,像做善事一样……"

"他一边吹嘘自己曾经施舍给我的小恩小惠,一边断送我。使唤我做这做那……"库尔然添油加醋地说道。

怎么会这样?……我信任他们,把他们当自己人,到头来,却搬起石头砸了自己的脚,我几乎变成了一个勒索分子,一个令人讨厌的、吹嘘自己善举的人……退一万步讲,他们为什么不当着我的面说出自己的想法?他们到处散布流言,添油加醋地抹黑我,煽动群众,毛躁行事,要知道,我无论如何也不该得到这样的回报。如果他们帮了我,我一定会心甘情愿……自觉自愿……死心塌地……发自肺腑地为他们效劳……莫非我错了?或许,他们是为了生活才像猴子一样在我面前卑躬屈膝,而背地里却对我冷嘲热讽?……

这些想法每天夜里折磨着他,白天也让他不得安宁,经常逼得他喘不过气,又无法摆脱。

有时候,他想……原来谢伊先阿兄是多么正确,他老早就表达过自己的想法。他不与人深交,不作恶,但也不滥做好人。

"人和人从来不会成为真正的朋友。"他带着训诫的口吻说道,"不管怎样,人的善念与盲从本质最终会使他们分道扬镳。有一天……那个你认为是朋友的人,可能会变得比你的敌人更恶劣。最可怕的是,恰恰是你的朋友变成了与你势不两立的敌人。因为他对你了如指掌,在这个敌人面前,你没有秘密……"

谢伊先阿兄一边倾诉,一边托腮沉思。然后继续说道:

"我一直孑然一身。所以我很幸福。因为没有敌人能够战胜我。他们不知道我在想什么,不知道我有什么秘密……而且怎么也打听不到……"

一天，谢伊先阿兄在愤怒的状态下读了一首诗：

有一天，我也会死去，
被闪电击倒，
被背叛者的子弹打穿……
然后悲伤地说：
那些没有登上高位的人，
从低处的低处窥视我。

他激动地读完了全诗。
他为什么读了这首诗，为什么呢，我可怜的兄长？
倾诉完内心的感受，谢伊先阿兄也舍弃了这个美好的世界……
他走之后，现在轮到弟弟扎斯罕陷入孤独，饱受思想的煎熬。
"……他们从低处的低处窥视我……多么沉痛而苦涩的话语！……难道他想说：要评论一个人，就要站在他的高度……否则就是，自己躺在底部，却想评论站在高处的人……诽谤站在高处的人！……泼脏水……抹黑……"

扎斯罕的脑袋嗡嗡作响。他感觉自己在摇晃，惊慌起来，仿佛思想在灼烧他的灵魂。

"……难道为了苟活于世，交朋友、讲心事、投入心思，都可以成为手段？或者……也许，谢伊先阿兄说得对？莫非最好是——不作恶，不行善……自己过自己的生活，活着……然后死去？……"

"不！"内心有个声音反对他说："如此一来，活着还有什么意义？人到这世上来走一遭，为的就是参与生命活动，尽情倾诉，留下自己的后代。至于与谁相交——这是每个人自己应该决定的、深思的，须慎重处之。如果你自己不会选择恰当的人交往，还能责怪生活与命运不成？……当然，不能这样。只能怪你自己，都是你自己的错……"

* * *

扎斯罕双手抱头，坐了很久。

此前所经历的一切磨难、一切痛苦，就连一部分人的两面三刀，与他现在的状态比起来，都变得再寻常不过。

"谢伊先阿兄是对的。没有比朋友更危险的敌人。毕竟只有他……"

坐了很久之后，他抬头望着天空，喃喃自语：

"善事应给予有人品、有良知的人。嘿，我这颗脑袋太愚蠢了。"

奥莉加与"伏尔加"

致诗人捷米尔罕·梅杰特别克
——作者

从前,有一只无家可归的黑色公猫,他寄居在天台和地下室,四处漂泊,居无定所。有一天,他认识了……友善的母兔。他时常在她身边打转,加之他又善于引诱这种易感动、易轻信的动物,于是,他们之间发生了亲密关系。

没想到的是:一段时间后,单纯的家养母兔为引诱她的流浪公猫诞下了可爱而奇怪的后代。

这份惊喜简直把多情母兔的主人吓坏了。他们不知道这些怪模怪样的杂种到底属于什么品种,它们只知道茫然地吱吱叫,或者疑惑地摇摇头。

品种不明的生物一天天长大,带着令人称羡的伶俐劲儿积极地开创着新世界。

* * *

"姑娘,坐我的'伏尔加'吧……"

金发碧眼、杨柳细腰的漂亮姑娘一言不发地站在路边。面对出租车司机的盛情邀请,她眉头都没抬一下,仿佛没听见。

"当然,您可以瞧不起我的老破车'伏尔加',但您别被它的外表吓到了。这台车的魅力尽在其律动的心脏。"爱说话的出租车司机文绉绉地说。

金发姑娘依然不为所动。她对司机生动的招揽毫无反应。但司机没有放弃。

"一句话,我的老破车不费吹灰之力就能把任何一辆趾高气扬、自以为是的进口车甩在后面。这一点,您可以亲自确认。请吧,请坐……"

姑娘犹豫不决地移了一小步,然后踩着坚定的步子迈向了外表不怎么好看的出租车。

"您请坐。我一眨眼工夫就能把您送到您要去的地方。"司机满意地搓搓手,准备开车。

"嘿,您说吧……"

姑娘惊讶地问:

"说什么?"

"我是问,您去哪里?"

"额……额……"

"嘿,那么……"

"直走吧。"

"明白了……"

出租车又破又脏,但它的发动机确实非常好。司机轻轻一转动钥匙,它就平稳地发动了。

"伏尔加"像箭一样在宽阔的公路上飞驰。司机时不时瞟一眼坐在后排的姑娘。显然,她有心事,陷入了沉思,对周围的事物漠不关心,完全沉浸在自己的世界中。"所有人都是根据神的意志被创造出来的。所有人都一样:无论你是白种人、黑种人,还是黄种人……都一样的有头，有眼，有手，有脚。大家都是普普通通的人，没什么可自吹自擂的。虽然如此……人们还是彼此疏远……"

司机决心让愁眉苦脸的陌生女郎振奋起来，于是竭力吸引她聊天：

"姑娘，我想说，我并非一直以来都是出租车司机。车是我的日常爱好……曾经，我毕业于一所相当不错的技校。但是……您也看见了，我们活在一个什么样的时代。现在不光中专生，就连受过大学教育的人也很难找到工作。所以……"

他又瞟了一眼后视镜里姑娘那张面无表情的脸。她还是那样阴郁。也不知道她有没有在听他的废话，还是都当耳旁风了。她像雕塑一样坐着。

"人们为什么彼此疏远？为什么这样？要知道，所有人都源于亚当与夏娃，后来才出现了……民族、国家。

"这就是为什么……能怎么办呢？有家庭要维持，有妻儿要养活。妻子天天埋怨，天天纠缠愚蠢的问题：'钱呢？钱呢？'就像我是印钞票的一样。最后，我把自己的文凭压在箱底，出来找工作。我几乎踏破了这座城市所有单位的门槛。我什么工作都愿意干。某单位的一位主管曾挖苦我说：'我这里还有一个保安的空位。不过你能胜任这份工作吗？'他的话伤了我的自尊心。'您怀疑什么？我有手有脚，身体健康。难不成您觉得我不能胜任保安的工作？''正是如此！''为什么？''这是因为，我们要求很高，朋友。这项工作不是你想象的那么简单：裹上皮大衣，然后从晚上到黎明在行军床上打发时间……如今不一样了。一切都得符合我们单位的用人要求，而且保安——是重要人员。他得身强体壮，吃苦耐劳，具有较高的综合素质。''那么，这份工作……''是的，是的，朋友，就是这样的工作。首先，你需要通过一些测试：做引体向上二十次，举哑铃十次，跑步和射击的考核也要达标……诸如此类。如果这些你都通过了,那你就可以得到保安的位置。可暂时还没有哪个中年人能够通过这些考核。你不要往心里去,大多数超过四十岁的人体能都不行。他们的身体已经大不如前了,所以无法胜任这样的工作。'

"听见这些要求,我寻思起来……二十次引体向上……举哑铃……跑步……射击……'噢,天呐,应聘部长都比应聘这份工作容易。我放弃。'于是沮丧的我忙不迭地离开了那家公司。我挖苦主管说:'按照这种要求,您不容易招到合适的人选吧?您看看,可别没有保安留下来。'可他却毫不在意。

"后来正好有机会,"好打趣的司机大笑两声,"我找到了一份普通警卫的工作——不过跟进特警队没什么两样。这可真是奇了!"

姑娘依旧面无表情,目光冷峻。

"你区分不出他到底是哪国人……管他是英国人还是土耳其人,德国人还是哈萨克人……这并不重要。管他是谁呢。人与人之间究竟为什么要彼此疏远?毕竟,说到底,不都是人吗?既然如此……

"姑娘,您怎么了?您为什么如此悲伤……"

"不为什么……"

"我们去哪儿?往哪个方向……"

"直走……"

车辆在绵延不尽的公路上飞驰。陌生女郎还是没有说她要去哪儿。司机又看了一眼镜子里一声不吭的乘客,他想起了自己的女儿。几年前,他无意中伤害了她。

于是,司机情不自禁地讲起了自己的家庭。

"我有一儿一女。"他说,"儿子还在念中学,而女儿……就是她,我的小可怜,让我于心不安。几年前,她为了考入自己喜欢的学院,去了另一座城市。可还不到一年,她就挺着大肚子回来了。唉,不用说,我们责备了她。一个是我这个父亲,另一个是她母亲。噢,天呐!多丢人!这让我们以后在其他人面前如何抬得起头来?当时,女儿缩成一团,但还是顶嘴道:

"'你们要是不乐意,我就把这个孩子送到乡下去,让奶奶照顾他。'说完,她夺门而出……至今过去两年了。父亲不详、被认为是私生子的孩子,一直是老母亲在教养。现在的年轻人就是这样。不知羞耻,没有良心。亲爱的乘客,您不要介意,这些话不针对您。我气的是我那放荡的女儿。您莫见怪。真主安拉保佑,愿我们乡下的奶奶们长命百岁。只要她们还在,这世上的安谧与良心就还在,哈萨克的优良传统就还在。可是,当我们善良、正派的乡下女人、乡下奶奶离世之后呢,等待我们的会是什么?难道到时候苦命的母亲们要开始将私生子草草放入襁褓中,将无辜的孩子通通交给孤儿院吗?噢,多么不像话!简直可怕……"

司机又看了一眼镜子。似乎,没有什么能打动这位奇怪的陌生女郎。她完全无动于衷。

"人的优点——不仅仅是某一个民族的财富。它属于全人类。自人类诞生以来,就是如此。没有优等民族,没有特殊民族。可是有一些群体,尽管为数不多,却一本正经地宣称,只有他们的民族才被赋予了人类最卓越的特点与品质。人为什么要搞分化?分国家,分民族……"

司机明白了,他的废话又没有成功引起姑娘的兴趣。他想:"是啊,她为什么要对我的家庭问题感兴趣?我就是一个普通人。我干吗要提自己那放荡的女儿?"他决定停止不必要的废话。可保持沉默——以他外向的性格,他无论如何也做不到。跟她说点什么呢?对了,姑娘一开始不是对他的老破"伏尔加"持怀疑态度吗!怎么会没有话题呢?

"亲爱的姑娘,或许您看不上我这辆外表难看的车。顺便说一句,很多人都这样想。而事实上,我的发动机能够同任何一辆优质进口车的发动机一较高下。都说外表具有欺骗性,我的车就是如此。它只有从外表看是'伏尔加',不过这只是躯壳,里面的所有东西都被换掉了。发动机是全新的、进口的。不过,其余的零件和组件都是我从别的品牌的汽车上取下来的。它们之间配合得相当不错,仿佛本该如此。我自己收集部件,自己组装,自己设计。您看,它的内里不是一个机器,而是一件艺术品。这些都是我近些年完成的。一点一点地累积:今天做一点,明天做一点。我买'伏尔加'的时候,它还很新,可以说,它是被我从生产线上买下来的,那是遥远的一九八五年。对了,那时候报纸上天天叫嚣,说高尔基汽车厂生产了一百万辆汽车。凡事皆有可能:说不定我的这辆就是那第一百万辆呢?!当然,时光流逝,它出现了磨损,变老了。这可以理解:不光是金属,人也会变老。但现在,它又叫人认不出了。我的'老太婆'变年轻了,焕然一新。她变快了,舒适了。任何进口车都要向她低头。我把她叫作'进口伏尔加'!"

司机又斜睨了姑娘一眼。陌生女郎好像恢复了些许生气。先前的阴沉似乎从脸上消失了。

"在这个凡人的世界里,一切都如此短暂。如果,我举个例子,英国男人同哈萨克女人,哈萨克男人同德国女人,德国男人同土耳其女人,土耳其男人同中国女人建立了亲密关系……如果他们彼此相爱,不会发生任何异乎寻常的事情。甚至还挺好,如果他们相处融洽、相互理解,一起过着幸福的生活……

"我的汽车故事似乎让她开心了一点。"憨厚的司机暗自欢喜,决定继续说下去:

"所以,您现在知道了,这辆车不是什么破车,而是非常经典的机械工艺品。您想叫它什么，就叫它什么。您可以按照习惯，把它叫作'伏尔加'。它的奥妙之处在于，它身上的零件取自各种品牌的汽车。有的来自备受追捧的'奔驰'，有的来自'丰田'，还有的来自'奥迪'和'沃尔沃'。所有零件都配合得很好。我的目标是继续改良它，把其他汽车上最好的东西拿过来。不过要使这些部件、零件相互配合，需要聪明的头脑和灵活的手脚。不是我自夸，这些我都具备。所以这辆车是我心爱的孩子，您看，私人订制。不错，有些自作聪明的人喜欢嘲笑我的'老太婆'，把她叫作'组装车'。但他们大错特错了。要知道，自古以来，聪明人就爱钻研改良机械的方法，他们提出并实践自己独特、新颖、有趣的点子。这就是进步。谁没有从中受益呢？如果具体拿我的'进口伏尔加'来说的话，也是一样。特别是车的速度很快，马力很强。它像一只野兽。而且有耐力，一点不任性……"

　　司机又瞥了一眼镜子。他感到郁闷：姑娘的脸又阴沉了下去。

　　"……如果人类有着共同的起源，那为什么极端民族主义者认为，异族通婚产下的后代是有缺陷的？为什么混血的产生让他们感到愤怒？毕竟，这样想很浅薄、愚昧。

　　"车也是一个有机体。它也和人一样。如果你合理地改造它，它就会变得更好、更可靠。只不过你得会挑选所需的配件……"喋喋不休的司机唠叨个没完。

　　"停车！"姑娘用颤抖、不悦的声音命令道。

　　司机迷惑地耸了耸肩，迅速刹车。乘客掏出钱，默默地结了账。她依旧一声不吭，没有与司机告别就下了车，然后砰的一声关上车门。司机一怔。好家伙！陌生女郎这一路就只说了一句话："停车！"真是个怪人。她心情不好吗？为什么……莫非是有什么苦衷……他甚至感到不好意思，因为他说了一路也没能让姑娘振作起来，让她摆脱不愉快的思绪。或许，本不应该跟她倾诉，唠唠叨叨地说这说那。可他的本意是好的，他只是想让乘客振作起来……

司机踩下油门，骤然离去。

姑娘沿着公路缓步前行。她满脑子都是出租车司机的话。

"现在找工作很难，即便有文凭也一样。"是的。她深有体会。她也暂时还没找到合适的工作。她也为此苦恼。

"但愿乡下女人与乡下奶奶们长命百岁，否则放荡的母亲们就要开始把私生子通通交给孤儿院了……"

姑娘不禁潸然泪下。

她的脑海里浮现出孩子可爱的脸庞。两年前，她生下孩子后，便把他送去了孤儿院……如果她在乡下有奶奶，情况会不会不一样？……可她上哪儿去找什么奶奶呢？更何况，这不是有没有奶奶的问题……

"这不是'伏尔加'，而是与'伏尔加'完全不同的一辆车。您想叫它什么，就叫它什么……组装车……"

面色苍白的姑娘感到头晕目眩："'伏尔加'不再是'伏尔加'……变成了奥莉加！"她的朋友和熟人经常纳闷地问她："你为什么叫奥莉加，你为什么不取一个哈萨克人的名字？"这都是因为她的父亲是哈萨克人，而母亲是俄罗斯人。如此一来，奥莉加是什么人呢？当然，她继承了父亲的姓氏，她认为自己是哈萨克人……但她外祖母是德国人。而外祖母的母亲又是波兰人。这就是她的家谱……

她的耳畔依旧回响着出租车司机的声音："这辆'伏尔加'——不是'伏尔加'……"该怎么理解这句话？这意味着奥莉加也已经不是奥莉加了吗？……是这样吗？……

她早就习惯了朋友们无端的指责，他们经常强调："你是半个哈萨克人，所以，你有缺陷。"她甚至已经不再将这些数落放在心上。

174

要知道，地球上所有人都源于亚当与夏娃。既如此，何必去理睬那些蠢话呢？只不过，父亲无意中说的话触碰到了她的痛处，使她心情忧郁，他说："我准备二婚。这一次，对象是哈萨克女人。但愿我们的下一代血统纯正……"当时，奥莉加什么也没说。直到现在，她才明白父亲话里的意思。两年前，她与一位哈萨克小伙子关系亲密。她给他生下了一个女儿，但她没有得到父亲的理解与支持。显然，孙女的到来没有触动他的心。而未婚夫呢，在感受到未来岳父的不友好后，连忙溜走了。消失得无影无踪，就像从未出现过一样。奥莉加一个人带着孩子。然后……

出租车司机关于自己组装"伏尔加"的言论无意间唤起了姑娘的记忆，使她回想起了父亲那时说的话……

尽管她当时什么也没有说，但内心却像火烧一般。火势之猛烈，足以将她的心化为灰烬。"呵，那我究竟算什么呢？……我也是'组装的'？"

姑娘放声大哭。泪如雨下……

我究竟是谁？……我该如何看待自己？为什么他们认为我有缺陷？我到底哪里比别人差？我有什么错？……

这是一颗饱受煎熬的心发出的呐喊……

* * *

那些谜一样的存在——流浪公猫与善良母兔的结晶——渐渐长大，开始表现出攻击性。而无依无靠、轻信他人的母兔则在惊恐中成了好斗分子的血战牺牲品。

哈萨克有梅塞纳斯吗？

公元前八世纪[1]，著名的古罗马有一位热爱诗歌的公民，名叫盖乌斯·梅塞纳斯。他一心想成为著名的诗人，却没能如愿，但全世界的人们至今景仰他的名字，把他视为贤德之士，视为艺术与科学的庇护人。

摘自古老的文献：
啊，罗马，倘若梅塞纳斯重现罗马！
——马尔提阿利斯[2]，古罗马诗人

比起作品，斜眼诗人更以他乖张、狂妄的性情和过于自负的心理著称。此刻，他正像演员一样，手舞足蹈、情绪激昂地说服大家：
"是我救了他！……是我——而不是别人——将他从疯人院里解救出来……"
机灵的秃头博士也不甘示弱，在虚荣心的驱使下，捶胸顿足地说：
"哎呀，是我将他毫发无损地从可怕的陷阱中拉出来的。只有我……多亏了我的努力……"

1　此处有误，梅塞纳斯活动的年代在公元前一世纪。——译注
2　马尔提阿利斯（约40—104），古罗马诗人，以铭辞著称。——译注

"不！没有人动一动手指……所有事情都归功于我……"
"不对！……是我想方设法……我帮了他……"
"我救出了他！……我为他操心……"
这类沾沾自喜的炫耀和厚颜无耻的自夸随处可闻。

* * *

仿佛被无尽的、深沉的黑暗所俘虏，塔斯图列克怎么也摆脱不了汹涌的思绪。他因不祥的预感、内心莫名的难受而日夜不安。无论他如何费尽心思地逃脱，它们还是一次又一次地钻进他内心深处。那些黑暗而愁苦的思绪不断蛀蚀他的大脑，变成他的炼狱。活到这把岁数，塔斯图列克曾有不少难得的机会去抓住灵感，回味苦难，将自己的所思所感诉诸文字。不过那些感想太过苦涩，太过折磨心灵。它们让人精疲力竭，痛不欲生，甚至不敢靠近书桌一步。或许，一个星期过去了，也或许两个星期过去了，塔斯图列克一直处于精神痛苦的重压之下。起初，他安慰自己，奇怪的现象是短暂的——来得快，去得也快。然而事与愿违：他无论如何也摆脱不了那些磨人的思绪……过去所经历的一切：被强制隔离在幽暗僻静的病房，极度的精神紧张，与疯子一起喝的稀汤，对造物主的怨怼——与这些挥之不去、折磨大脑的思绪比起来，此刻，一切都显得空洞与微不足道。在那里，在病人中间，至少还有某种渺茫的希望与微弱的信念，他相信，即使不是明天，他也一定会在某一天逃离那个邪恶的陷阱。

的确，那时是这个信念帮助他挺了过来。当然，他本人没有停止对自身命运的关切，而且显然造物主也没有将他抛弃。最重要的是——他突然越过了那座疯人院的大门，获得了自由！啊，天啊！这辈子还有什么是不会发生的？他能想到自己有朝一日会陷落疯人院吗？他自认为不比别人差，也不比别人傻。

而这一切的发生，都怨可恶的妻子，怨冷酷无情的哈内姆。她向来纠缠不休，像啄木鸟一样往你身上打洞，说你不像正常人，行为举止不得体，整天醉醺醺的，还说你走不远，会一事无成。

"我宁愿眼瞎，也不愿看到像你这样的蠢货，像你这样卑微的作家。"哈内姆怒吼道。

他责怪妻子冷酷，是因为她对他的作品漠不关心，甚至对稿件毫无兴趣。可是，也不能说乖张的妻子不知道稿件的价值。一旦他的作品出现在某个地方，她就立刻对应付稿酬表现出兴趣。然后开始埋怨，歇斯底里发作："你什么时候把稿费拿回来？让那些吹毛求疵的批评家爱说啥说啥吧，这对我来说一文不值。钱才是最重要的，钱，只有钱……"她经常教训他说："与其浪费时间，无所事事，跟朋友喝得烂醉，不如就钉在书桌前，你要多写一点，一本接一本地写。写吧，不要停……"

就是这样：写，写，写……

厄运降临的那一天，他与几个知心好友出门放松。不喝酒自然是行不通的。是的，显然，他们喝高了。他横竖想不起自己是如何回到家中的。当他恢复意识、清醒过来的时候——他不敢相信自己的眼睛：他置身于精神病院，在疯子和白痴中间。该死的哈内姆！她真的阴险、愚蠢到如此地步了？！如果这世上有正义可言的话，那么，首先被抓进来的应该是你，而不是我……

与认为他一无是处、百无一用的妻子不同，塔斯图列克大大方方地把自己纳入了人民需要的文学家之列。然而，一夜之间，他沦为了基本上失去自由的生物，一个毫无价值的被压垮了的人，仿佛经历了一场突如其来的迎头痛击。他自诩为哈萨克民族带来金玉良言的人，却在须臾间变成了卑微的可怜虫，与疯子生活在一起……

他的内心饱受煎熬，像是淌着血、流着泪。对他而言，丑陋的病房、医院的院子、高耸的围墙以及墙上带刺的铁丝,比监狱还糟糕。塔斯图列克学着囚犯的样子,双手交叉于后背,日日在院中徘徊。胡思乱想之际,他有时也感觉自己精神有问题。每当这时,他就会被自己的想法吓得一哆嗦。整个人陷入恐惧中,动弹不得。

他时常痛苦地回忆往事,回忆自己究竟是如何萌生了当作家的念头。他感到心如刀割,因为他没能如愿获得洞悉世事的思维力和天马行空的想象力,因为他囿于悲伤的情思。但是,当然,他之所以走到今天,是受到童年梦想的驱使,是它一步步攻占了他的意识,直到将他整个占为己有。而且这个童年的梦想经常催眠他。他自己也弄不明白:令他迷了心窍的是儿时的梦想,还是某种神秘的力量。的确,谁没有梦想呢?尤其是在童年。但那些梦想真的会紧紧跟随人的一生吗?不见得!不过塔斯图列克对于自己走上作家之路还是无怨无悔。令他痛苦的另有其事。他不停地追问自己:"谁需要你耗费数周、数月不断推敲出来的思想产物?谁需要你像蛀虫一样,挖空心思插入明显与既定框架不符、与预设内容相抵触的废话?你自己吗?如果只是你自己需要,那还有必要写下去吗?"痛苦的思想以及来自灵魂深处的感觉……折磨着他的大脑……"啊,或许有人需要你的作品?……人民?……这似乎有道理。可要是没有慧眼识珠的庇护人看重你那国家和民族都需要的作品呢?谁会理解你、支持你?!而在哈萨克,那样的人凤毛麟角,甚至可以说是完全没有。'如果你是作家——你就是你自己的作家,如果你写作——就为了你自己而写作!我不在意你的看法!……'或者说:'为什么逼迫我?莫非你们不知道我是为了荣誉而创作……'自古以来就是如此。上个世纪也是如此。十个、二十个世纪以前亦是如此。作家——不过是自己的作家,诗人——不过是自己的诗人……也许,这种情况还将继续……"

塔斯图列克独自思索着这些问题,可越思索越抑郁。他终日追忆百年不遇、千载难逢的慷慨仁义之士，追忆庇护了伟大艺术并因此在永恒时间中留下不灭印记的艺术庇护人。特别是，他经常怀念古罗马的儿子盖乌斯，盖乌斯给后世树立了慷慨、恩厚的榜样，使梅塞纳斯成了这种佳誉的代名词。那时，他庇护了才华横溢的诗人们。有维吉尔、贺拉斯、普罗佩提乌斯……他鼓励他们。他慧眼识人，帮助痴迷于创作的天才。梅塞纳斯阁下就是这样……"啊，罗马，倘若梅塞纳斯重现罗马！"这是渴望梅塞纳斯再次出现的古罗马后期诗人发出的哀叹与感慨。然而只有古罗马人怀揣着希望寻找他吗？当然不是。到处都有人等待着他的到来。塔斯图列克也思念着他。不过，为什么塔斯图列克要对梅塞纳斯抱有幻想，要徒劳无益地去怀念一位慷慨的古罗马公民？哈萨克人在哪里？嘿，哈萨克人到底在哪里？……难道在他的族人中至今未出现过梅塞纳斯那样的人吗？究竟什么样的哈萨克天才才能拥有那种被庇护的幸福？哈萨克人在哪个领域一马当先并赢得了全世界的掌声？热情好客……这也是一个模糊、笼统、空泛的概念……哈萨克人不是每时每刻都在思考欢迎谁、尊敬谁、臣服于谁。哈萨克人没有工夫去分析：在他面前的是什么人——朋友还是敌人。唉，憨厚的哈萨克人……但这不是艺术庇护，这是另一码事。把这二者混为一谈是白费功夫。

令人惊讶的是，如今，并不是所有的哈萨克人都处于贫困之中：有不少一下子富起来的暴发户，以及相当有钱的当权者。但他们所有人……似乎都把自己的善意，如果他们有的话，用在了无意义、风过无痕的事情上。或许，他们不知道该如何明智地支配自己的财产？……还有一个引人注目的群体——那就是名人和权威人士的孩子。只不过他们，唉，并没有将自己亲属和亲近之人的善举发扬光大。

整整一个月，作家置身于疯人院可怜的居民中间，他没有寻得内心的平静，相反——他经常穿梭在广阔的思想密林中，本人似乎也开始失去理智。他为自己的无能与胆怯感到难过，为自己面对困难时的无能为力感到痛苦。"难道我就这样留在这座陷阱之中？难道我崇高的理想与志向注定囚困于此处？难道我要加入那个悲戚戚的在疯人院寻求安宁的作家队伍？……太可怕了！……"

这些令人绝望的念头好像让他清醒了，他想："没有梅塞纳斯，我也得凑合过完这一生。不过得去战斗，去争取一些东西。我会去争取的——会成功的……"

一天早上，他摸了摸口袋，高兴地掏出一张白纸。他匆匆写下几行字："我——完全正常，具有刑事责任能力，是一名健康的哈萨克作家，因妻子的恶作剧被困精神病院。请您和医生谈一谈，尽快救我出去。塔斯图列克。"他制作了若干纸条，决心把它们传递给几位朋友。终于，他趁人不备，把这些纸条递给了一位来访者……

他实在是猜不到，也始终不知道，究竟是哪个收到纸条的人做了好事。不管怎样，某天早上，他的主治医生将他请到办公室，向他道歉，并把他送到了门口……

那些日子里，内心的压抑与痛苦如影随形。可为何痛苦的思绪如今依然灼蚀着他的大脑？！尽管塔斯图列克对一切满不在乎，但他还是会不自觉地被沉重的思绪所俘虏，离开疯人院后，他去了偏远山村，希望在那里获得内心的平静。但——没有用。都是白费力气！

"我为谁而创作？为了什么而吃尽创作的苦头？难道我写出来的东西对别人毫无吸引力？莫非我错了，需要这些东西的只有我自己？"挥之不去的念头让塔斯图列克感到疲惫，它们一个接一个不间断地浮现在脑海里，使人感到烦闷、恼怒。没有在山村寻得安宁，他开始思考自己该去往何处。去何处才能寻得梦寐以求的心安呢？

"难道我是为我自己写了这些书？如果我的民族、我的祖国完全不需要这些作品，那它们有什么价值？显然，我是在浪费生命。看来，我的确是疯子……"

在这段灰暗的日子里，对于塔斯图列克来说，一望无际的哈萨克草原与大都市里的疯人院并无二致。他又像那时候在疯人院里一样，双臂交叉于后背，漫无目地地在草原上徘徊。他的步调散漫、亢奋、茫然、绝望……他还能指望什么呢？他身边还有谁？……

"既如此，我到底为谁写了这些书？我是谁的作家，是哪个国家的作家？……这个国家需要小说家和诗人吗？……"

还有一个感悟撕扯着他的神志："在这个世界上，真正的作家、真正的诗人从来都不幸福。尤其是在哈萨克……这个国家的思想家生前遭到迫害和侮辱，身后才被捧上天。或许正因如此，我们的先贤们年纪轻轻就急于前往彼岸世界……"

他又开始浑浑噩噩地徘徊，心如刀绞地胡思乱想：

"我的妻子将我关进都市里的疯人院，而我的人民被驱赶至草原，不能住人的草原！……"

这短短一段时间，他变了许多，变得消瘦、发黑，你完全认不出他就是从前的塔斯图列克——那个朝气、热忱、开朗的人。而且空寂的草原也没能带给他梦寐以求的解脱，没能将他从痛苦中解脱出来。草原也没有他的容身之地。他曾试图在人群中寻找心灵的良药，可不仅没找到，还跌进了孤独的深渊，爬不出来。他觉得，他和他热烈而天真的梦仿佛被沉重的镣铐禁锢着，从今往后，他的人生无可期待。现在，他甚至不想看到房间里厚厚的装着手稿的文件夹。他感觉，哪怕只是瞥上一眼，他也一定会呕吐。可那里面装着的——是他多年来不眠不休的创作成果啊……它们会有得见天日的一天吗？或许，它们将一直这样孤零零地躺在冰冷的文件夹里？曾几何时，它对这些手稿爱不释手，他日夜面对它们，对待它们就像对待自己的亲生骨肉一样，充满了爱与温情。而现在，每一份手稿都变成了继子，让他感到陌生又寡情。

"就算你登上了思想的巅峰，那又怎样，小说家塔斯图列克，孤独的塔斯图列克，如果你无法超越你自己，无法登上自己的人生巅峰？……谁需要你？……你！……你究竟算什么?！"

塔斯图列克在极度抑郁的状态下失去了理智，他感觉头昏脑涨。以前，遇到类似的状况，他都归咎于酒精。那现在的痛苦又从何而来？多少个月过去了，他一滴该死的酒精都没沾，可他还是得不到解脱，找不到灵感，心绪不佳。妻子曾经常对他说："你要是把酒戒了，体内的毒素排除了，病痛自然就走了，人也会清醒。"原来，那些话就是骗人的。自欺欺人罢了！

"文学同行们！"塔斯图列克在心中呼唤，"不管你是滴酒不沾的虔诚教徒，还是放歌纵酒的俗世之人，你横竖无法摆脱忧伤与痛苦。唯有死亡，方可解脱……"

有一天，他突然想起妹妹前些日子从城里寄来的信，于是拆开来读。"哥哥，我们周遭熟悉的作家都躁动了。每个人都拍着胸脯夸耀说：'是我把他救出来的！'他们拼命自吹自擂。"妹妹以委屈的笔调在结尾处写道。塔斯图列克把信揉作一团。他的心灵受到了某种伤害。他心脏一缩，仿佛被冰冷无情的钳子夹住了。

"我可怜的哈萨克人！……难道这就是你高贵品格所到达的高度？"作家捂住胸口，缓缓坐下。

* * *

大都市里，这个热门话题至今没有平息。还有很多人坚称自己参与了将塔斯图列克从疯人院里解救出来的行动。而且这类"恩人"的数量还在增加。

"我！这是我办成的。"白发苍苍的教授唾沫飞溅地证明道。

"不，任何人都没能救出他。只有我帮到了他，我说话有分量，令人信服！"著名作家虚荣地宣称。

唉，我的民族有着一颗残缺的心灵！如果这就是你们高贵的品格和关心照顾所衍生出来的一种特殊的文艺庇护形式，那我无话可说。这样的事情我无论如何也无法理解。

难道你要告诉别人，这就是哈萨克的文艺庇护吗？对谁说呢？！

作　文

　　萨德尔别克是整个这一带著名的拖拉机司机，他开一辆黄色的 DT 牌拖拉机，突然，没来由地，他决定去首都上学——这件事发生在遥远的二十世纪八十年代。但是，几乎没有人对他的这一反常举动感到意外。只有农场主任萨加图拉将他的离职申请看了又看，若有所思地敲着信纸说：

　　"真没想到，如此说来，你准备去上学。嗯……是的……那么，你讨厌工作……"萨加图拉不愿在他的离职申请上签字，不悦地拉长声音说道。

　　萨德尔别克似乎被领导的最后一句话刺痛了，他打了个激灵，说道：

　　"绝不是您想的那样！我从不畏避任何工作，您知道的。而且我也不愿意辞职。所以，您不要责备我。还有……请您理解我……我想发掘自己的天赋……"说完，他神经质地拨弄了一下自己浓密的、已经一个星期不知道水和肥皂为何物的头发。以防万一，他又谦虚地低下头，提醒道："或许，您正好在我们区的报纸上读到过我的文章。我在上面发表了一些……"

　　"原来如此，那么，你认为，"萨加图拉气得拍桌子，回答说，"那么，你准备成为一名作家……当然，你的追求十分值得赞赏。而且……你写书的冲动实在是好极了。不过有一点我不明白。比方说，医生为了成为专家，为了做手术，以及医治各种各样的疾病，他必须得去上学。还有一些工作不上学也无法胜任。但为了提笔写点东西，有必要专门去上学吗？你觉得呢？！"

萨德尔别克垂下脑袋，开始专注地观察自己那双相当破旧的毛毡靴里的袜子。

"嘿，怎么会……学习总是有必要的……"

"不，亲爱的，要成为作家，首先需要的不是学习，而是天分。如果你没有天分，那就不要去愚弄大众了。无论你给自己倒多少墨水，也倒不进你脑子里面去。你同意这一点吗？"

"也许吧……也许您说得对。"萨德尔别克耸了耸肩。

"不是也许，是一定！罢了，既然你执意要去，我也不劝你了，我的意思是，我同意了。不过你听好了，我放你走，是鉴于你这五年的勤勉态度和优秀表现。你明白吗？可如果你遇到了什么事……我是说，如果你失败了，有这种可能性……就立刻回村。你的拖拉机我暂时不会交给任何人。就这样吧！你现在自由了。"

随后，萨加图拉将写得歪歪斜斜的离职申请扔进了桌子抽屉。

回到家，萨德尔别克开始为远行做准备。妻子阿伊甘莎当时正在给一岁的女儿喂食，在确认丈夫心意已决之后，她叹了口气道：

"你一门心思想着上学！万一你突然走运考上了，我们该怎么办？"

妻子焦虑的语气令萨德尔别克感到不快。

"你别怕，我养得起你们。如果经济上出现了困难，我会在一年后转入函授部。你可千万别盼着我不好。"

妻子无言以对。也默默地收拾行李。

午饭过后，熟识的司机将萨德尔别克送到车站，送上了开往首都的列车。

一路上，萨德尔别克都在苦恼，该如何通过考试。直到头一天晚上,他才从报纸上得知,考生将首先参加写作考试。他立刻琢磨起来,但脑海里一片混乱。于是他振作精神,将疑虑赶走。

"如果连在区报上发表过数篇文章的我都考不上,那谁还能考上?"萨德尔别克自信满满地想。他想起了区报记者,那个秃头的年轻人。"呸,该死,都是因为你,我的人生才出现了这等麻烦事。"萨德尔别克差点儿没骂出声。

那天,当那个秃头因采访任务来到村里时,萨德尔别克正开着拖拉机加固水渠两侧的土堤。记者挥动相机,示意他熄火。

萨德尔别克停下自己的 DT,怏怏不乐地跳到地面上。

"难道您无事可做吗?一直跟在别人后面拍照,妨碍别人工作……"拖拉机司机用衣袖擦着额上的汗水说道。

秃头友好地向他伸出手。

"我们认识一下吧。我是区报记者。"

"报社来的?好吧。那就另当别论了。"萨德尔别克犹豫了一下,也向他伸出手,然后咧嘴一笑,露出一排歪歪斜斜的牙齿。

记者轻松地与他聊了起来。"你们领导夸奖了你。所以我想写一点关于你的报道。"他轻松而坚决地说道。

不一会儿,他俩已经在萨德尔别克家喝上茶了,为的是增进对彼此的了解。萨德尔别克曾经还给报社投过稿,但他的文章没有被采用,他感到难过,这事便作罢了。萨德尔别克一提及此事,记者就立刻缠着他说:

"啊哈!这简直太棒了!我们迫切需要民间作者。你来负责这件事吧,再试一次。写吧,把你写好的东西直接寄给我。"

"嗯,值得考虑。"萨德尔别克表示同意。

可能说会道的记者还不肯罢休:

"没什么可考虑的!所有记者都应该像你一样。你才是真正的劳动人民，处在日常劳动生活的最中心，你周围有多少素材啊！你来负责写这一方面，其他方面——你也可以写，写吧……记者可不是从天上掉下来的，他来自人民。谁知道呢，也许你身上隐藏着非凡的天赋，而你，就像未被挖掘的泉水一样，在厚厚的土地下喘息……振作起来吧，兄弟！把泉水掘出来！否则，你就是在坑害你自己，坑害……"

接着，记者开始详细打听萨德尔别克的生平，他解释说，这是报道所需。"你为什么决定当拖拉机司机？你的中学学习成绩怎么样？你想继续学习吗？你把谁视为自己的老师？"爱刨根问底的记者抛出一连串问题。

"呵，我想成为拖拉机司机，于是我就成了拖拉机司机。中学的时候，与同龄人相比，我没什么出众的地方，但与部分中途退学的大学生相比，人们还是更看好我。很多人都还没有找到自己的方向，在现实与梦境的虚妄中挣扎。这能算得上成功吗？举个例子，我一个叫马赫塔别克的朋友，已经整整一个星期没去上学了。他是大学生。据说，休了一整年的学。他不出门露面。将自己关在僻静的小屋里，成天研究厚厚的书本……"

记者赞同地点了点他的秃头。然后郑重其事地指出：

"如你所想，生活的真谛并非只有一种。但在这件事情上，我们应该去适应。换言之，有些人应该好好学习，而有些人应该成为劳动人民。比如，你就是农场非常需要的人。一看便知，你擅长与人交流、与人相处。你也乐在其中。而你的马赫塔别克——显然，完全是另一种人，与你截然不同。或许，他想专心从事科学研究。也许，他觉得自己的天赋在那方面。"

"不知道，不知道，"萨德尔别克微微一笑，"他没工夫跟我们聊天……我还有一个朋友……他和我一起留在了村子里，也没有继续学习。他现在是一名司机。你一跟他聊天，他就把话题引向他最喜欢的个人收入方面。他开口闭口都是：'我正在考虑买一辆小轿车，我想修一栋新房子。我有不少需要花大钱的烦心事。所以我没日没夜地埋头苦干，为的就是赚更多的钱。还是你这样好。你没有什么烦心事。今天赚的钱今天花，明天赚的钱明天花……'他就是这样生活的，只不过，有他自己的烦恼。"

"他这种人叫作守财奴！"秃头快快地说道，"难道生命的意义只在于囤积财富吗？！我不赞同这样的观点。就是那种家伙使人变坏，抹黑我们的时代。"

萨德尔别克笑了笑，说谁知道呢……

记者很快就离开了，拖拉机司机故作严肃地对妻子阿伊甘莎说：

"把纸和笔给我找来。我想到了一个计划。"

自那天起，他重拾写作，他的大作开始不时出现在区报上……当然，报社没有刊登所有内容，去掉了冗长的议论，只选取了最核心的部分。但即便是这样，萨德尔别克也很满足。

第一篇简讯发表的时候，他高兴得像个突然收到礼物的孩子。很快，他又发表了第二篇。在第三篇小文章问世后，他备受鼓舞，开始认真地考虑去上学的事情。

……

唉，考试的时候，所有备选作文题目都不在萨德尔别克的认知范围内。他不知该如何起笔：起义发生的原因，马哈姆别特[1]抒情作品中的浪漫主义……萨德尔别克对这一切一无所知。最后，他选择了自由命题作文《我的乡村——金色摇篮》。

---

[1] 马哈姆别特·乌捷米索夫（1803—1846），哈萨克诗人，1836—1837年哈萨克农民起义的领导人之一。——译注

他卷起袖子，坚定地将答题纸挪向自己。然后毅然决然地握紧笔，心想："如果我不写故乡那些令人鼓舞的人和事，那我从此以后还算什么人？就应该写！什么都写！从自己的领导萨加图拉开始，把每个人都写进去。写我是如何用拖拉机平土的，这里需要我——我就去修堤，那里需要我——我就去填坑……我写不好这些吗？……"

他奋笔疾书，挥洒自如。

萨德尔别克的随笔很长。这不，发放的答题纸已经快用完了。但有必要因此而限制自己的才思吗？！他举起手，又要了几张答题纸……可他奔涌的灵感似乎就在这一刻枯竭了。于是，萨德尔别克用一句话总结了自己的作文，概括了他是如何因拖拉机而成为全村上下的名人：

"……我们村家家户户都有瓜地。春天来临的时候，土地需要翻耕。因此，所有村民都会来找我。对于我的黄色拖拉机来说，这段时间是最繁忙的时候。乡亲们都用自己的方式肯定我的劳动，适当地酬谢我……"

萨德尔别克画上句号，将答题纸整整齐齐地叠好，交给考官。走出考场的那一刹那，他松了口气，全身上下感到无与伦比的轻松。他自信满满地想："至少也有四分，毕竟我写完了。"他对自己很满意，于是不慌不忙地去市里闲逛……

几天后，公告栏上张贴出了未通过作文考试的考生名单。萨德尔别克不以为意地瞥了一眼。结果……天啦！他的名字赫然出现在名单正中央。那一刻，萨德尔别克感觉自己体内燃起了熊熊烈火。他用余光扫视了一圈周围的人，害怕他们猜出他就是其中之一，他被羞愧之火烧得面红耳赤，于是悄悄挤出喧嚣的人群，匆匆离去。

考试失利就像一场灾难。萨德尔别克一连几天都没能缓过劲儿来。他脑海里一片混乱。他漫无目的地在城市里游荡，不知是该回村去，还是以防万一留下来。最后还是决定：应该离开。

离开那天，他看上了一家还不错的咖啡馆，于是坐下来喝杯啤酒。不一会儿，一位中年男人也寻了进来。他的脸让萨德尔别克觉得十分熟悉。

"我在什么地方见过他？"萨德尔别克绞尽脑汁地想，"可我在这座城市里没有认识的人……"

就在这时，男人选了萨德尔别克邻桌的座位坐下。他点了午餐。用完餐后，男人又抽了根烟，然后沉思了很久。萨德尔别克鼓起勇气，站起来，向他走去。

"可以和您谈谈吗？"

"当然当然，快请坐。"

"我们好像在哪里见过。可我就是想不起来了，到底在哪儿呢……您在什么地方工作？"

"哎呀，兄弟，最好不要打听我的工作！一说就头痛……啊，对了，你一个人坐在这里吗？"

"是的……"

"那你坐过来吧。我们坐一坐，聊一聊。你这个？……"

"您的意思是喝两杯？……"

"嘘……不要这么大声。这事儿不需要声音来理解。"

"懂了。"

然后他们聊了起来。陌生人问萨德尔别克来自哪里。萨德尔别克刚一说出他之前准备考大学，但初试就失利了——作文没写好，对方就突然来了精神。

"顺便问一句，不会是你写了黄色拖拉机的故事吧？"

萨德尔别克惊讶不已：

"您是如何得知这件事的？！"

"评阅你作文的正是我。哈哈哈！黄色拖拉机……哈哈哈！'他们肯定我的劳动！'噢，我的肚子！……难道正常人能写出这样的作文？……"

考官简直要笑断气了。眼泪都笑出来了。那嘲讽的哈哈声让好胜心强的小伙子感到愤怒。

"您笑什么？"

"嘿，你告诉我，怎能不笑？！你其实不爱自己的村子。难道一个热爱家乡的人会写出那样的文章？那不是作文，而是对乡亲们的挖苦。语法上的错误我就不提了。哎哟，我肠子都要笑断了！我好不容易才读完了你的作文，当场就笑得上气不接下气……"

"您……不要再笑了……"

"你要让我哭吗，亲爱的？你大概就是一个爱坐享其成的机灵鬼。你显然非常乐意接受别人塞给你的谢礼。是的，兄弟，我一眼就看出了你的浮躁。"

"请您不要这样说！您没有权利侮辱我。我……我是不会用自己的村子去换任何城市的。我也一点不像您想的那样浮躁。"委屈的萨德尔别克激动地说道。

"怎么说呢！我有点不大相信你的话。你如果不是浮躁，怎会在此闲逛？"考官不依不饶，"更何况，你失利的那场考试已经结束好些日子了。怎么，你还不打算重新投入到繁重的工作中？这我知道，我遇到过很多像你这样的人。现在呢，你打算在城市里闲逛，找一份轻松的工作吗？"

萨德尔别克没有继续忍受老师的侮辱性言语，那些话狠狠刺痛了他的自尊心。怒不可遏的小伙子气红了眼，猛然起身，一把揪住侮人者的西装领子。两名警官听见他急切的呼叫声，连忙向他们跑过去。

在街边的时候就已经弄清楚了，其中一名警官是老师的熟人。多亏了这一点，警官免除了他们做笔录的麻烦，还宽宏大量地释放了冷静下来后感到后悔的肇事者。

回到宿舍，萨德尔别克又失落起来。在这里，他找不到一个可以倾诉的人。

第二天，没有成为大学生的萨德尔别克踏上了归途。在车上的时候，他痛苦地思索着那位不公平的老师所讲的刻薄话：

"那些傲慢的人对我一无所知。如果他们读过报纸上的文章就好了，上面还有我的照片。那位秃头记者把我写得连我自己都没立刻反应过来他说的是谁。乡亲们甚至还暗示，应该更加隆重地庆祝这件事，毕竟不是每个人都能成名。总之，报社的人很了解他们的主人公。他们不仅研究表面现象，还探究人内心最隐秘的角落。这才是专家，他居然能在你身上找到那种连你自己都没有发现的品质。唉……如果评阅我作文的是像秃头那样总能洞悉事物本质的人，那我多半已经是大学生了。或许，我以后会成为全国著名的记者。中央媒体会争相刊登我的文章，而乡亲们也只会啧啧赞叹：'原来，我们的萨德尔别克不应该开着一辆黄色拖拉机在乡间乱窜！'而且萨加图拉大叔大概也会骄傲地说：'这就是我们培养出来的好男儿，吸引了全哈萨克的目光！'

"好吧，罢了！不上学，我们也能够写作。可要是我抛弃了我的黄色拖拉机，它会落到谁手里？毕竟，我们是多么依赖彼此。我甚至有点想念它。想念它发动机的隆隆声，想念它缓慢而沉重的步伐……有些人不喜欢拖拉机的噪音，但我不这样想。我会和我的拖拉机长长久久地待在一起，一起去做许多有益的事情。到那时候，地方报纸和国家报纸的记者们会恭恭敬敬地涌向我们。而上大学对我来说不算什么。且行且看着吧。萨加图拉大叔说得对：对于写作来说，上学不是必需的。只需要有能力，有天赋……如果没有这些，那有必要白白浪费时间,绞尽脑汁写作吗?……我应该证明,我不是一个好逸恶劳的人,我没有躲避劳动的重担,而且我完全忍受不了无所事事的生活。但愿能快点到家……到那时——坚持住!……"

萨德尔别克一回到村子,就立刻换上工装,着急忙慌地去见他的拖拉机。出门时,他冲妻子说道:

"去主任那儿把我的离职申请拿回来吧!"

"拿回来之后呢?"

"撕了它!烧了它!总之,随便你怎么处理……"

老板的司机

你们不应该跟他置这么久的气。也没有必要将这件事严重化。它半个铜板都不值！俗话说，"蜗牛有自己的壳，人有自己的朋友"。要知足。他毕竟不是穷人家的孩子，不像你我，一双鞋可以穿到破旧不堪。噢！他绝对不是这样的人。要知道，他向来脚不沾地。如果他是一个普通的用脚行走的人，或许，我们可以与他平起平坐，谈笑风生，礼貌而恭敬地相互倾听。但这种可能性，至少在目前看来，还没有。

简言之，应该把个人的委屈藏在内心深处，然后埋头解决日常生活中的迫切需求……

是呀，我正是以这种方式在极力劝慰你们。不过，我更想劝慰的可能是我自己。我其实是想让自己冷静下来。或许，这就是虚假的自我安慰……

老实说，我很想忘记他。但天不遂人愿——忘不掉：我有一肚子的委屈，不吐不快。那个败类有什么理由认为自己属于上流社会？

好巧不巧，一天晚上，我在下班回家的路上，在狭窄的小道上正好遇见他。他假装成那种横行无忌的飙车族，以疯狂的速度开着车，仿佛后面有鬼在追他。要不是他差点撞死我，我何至于需要他的问候。可他事后的表现真不是畜生行径吗？！他为什么要那样突然刹车？他明明可以放缓速度，并向我微微点头示意，这就完全足够了。

但他没有，他偏偏要在我面前炫耀。

他得意地一笑，然后旋风般疾驰而去。他好像在嘲笑我，好像在说："就算你在上层机关工作又怎样？你以为，你是什么大人物！我就是瞧不起你这种人！你在那儿不过是只小喽啰。真要论谁的生活过得滋润——那还得是我。即便我只有中学文凭又怎样？这对我来说绰绰有余了，足以让我过上衣食无忧的生活。主要是，我享受着全世界的福利。开着最新款的'伏尔加'。不多走一步路。我的双腿可不是公家的。当有小轿车在我脚下殷勤轰鸣的时候，我何必劳烦自己去完成多余的肢体动作？但愿我的老板稳稳当当地坐在自己的位置上。像他那样的人不好找了。他可真是个好人呐！他出奇地有礼貌，有分寸，体恤下属。他甚至不会称呼我为'你'。'亲爱的，'他早上说，'您现在回家去吧，休息吧。下午或者傍晚的时候，您再跟我联系。'就这样！现在，我是自己的主人，我知道如何支配自己的时间。去哪里、做什么，都由我自己安排。我会尽情玩乐。开着我的小宝贝。沿途我会让永远匆忙的可怜虫搭个车，赚点小钱。然后……我们不是吉吉特吗，我们不正处于年轻气盛的时候吗？身边什么最多，自然是漂亮、轻浮的姑娘最多。去呀！毕竟人活一世，生命只有一次。剩下的——就都明了了，何必惺惺作态……"

他满脑子都是这类粗鄙的想法。这个庸俗而傲慢的人不会想其他任何事情。我还不清楚吗？我是看透了这类人的，我了解他们的底细，所以我才会这样说。

这位老板的司机隔天去一趟商场和贸易中心。如果你恰巧在这时遇见他，他不仅不会跟你打招呼，还会像雄火鸡一样，昂首挺胸地从你身边路过。

一天早上，我们又撞个正着。我真希望我没有看见他！偏偏不凑巧，我上班快迟到了，本来想请他捎我一程，于是我跟他打招呼，希望他停车，可他才不肯呢！他从我身边疾驰而过，让我看上去愚不可及。他吹着口哨，心情愉悦地开着车。他似乎觉得自己是最幸福的人。他会搭理我？……他大概会刻薄地想我：

"真是个可怜虫！何必花整整四年去上大学，就为了如今这般卑微地活着！人们不是常说'脑子不灵活，跑断你双脚'吗？现在，你就目瞪口呆地站着吧！甚至可以在这儿杵到中午。然后你会知道，你的领导会如何看待这个问题。而我们的生活是这样的：苦尽甘来。穿的、吃的，应有尽有。谁也不会挨饿受冻。所有最好的东西，都会连同给我老板的那一份，首先送到我这双能抓善握的手上来。人生苦短，就该如此度过。像你那样围着琐碎的事情转，有什么意思？！"

这就是他的想法，不要怀疑。也不用怀疑。他洋洋得意地吹着口哨，意思还不明显吗？他以此来表达对周围人的不屑。他就是妄自尊大。

简直可恶至极！我做了什么对不起他的事吗？他捎我一程，又不会有什么损失。而我——只会由衷地感谢他。他以为他是谁？我实在是无法理解他一个司机在有学历的专业技术人员面前的那种傲慢。这可不是开玩笑的……噢，天呐，我陷入了多么尴尬的境地！要说，跟他比起来，我是什么人？专业技术人员。名校毕业生。我是名校毕业生。如果他也上过大学，接受过高等教育，那么，或许还能跟我一较高下。就让他继续当他的司机吧，如果他喜欢的话，这不关我的事，只是他的狗崽式派头把我气坏了。

当我出去午休，在公交车站等车时，我又想到了这些事情。不知为何，那天的小巴也慢悠悠的。等车的时候，我踟躇了许久。忽然，老板司机的车从我身旁疾驰而过，但驶出一小段距离后，突然急刹车。就应该这样嘛，好样的！看来，他知道自己的行为有多愚蠢了！而且，我们毕竟是旧识！……不管怎样，我们曾在一所小学学习。一起度过了童年时光……尽管不是十分亲密的朋友，但相识多年，是老熟人了……

我赶忙奔向轿车，一股暖流涌上心头。

"他显然是想通了。没关系的，一切还来得及，迟到总比……"

正当我沉浸在愉悦的幻想中时，老板的司机在一位站在路边的美女面前打开了车门，美女也毫不迟疑地钻进了车里，他随即踩下油门。

我窘得无地自容！当场气得脑充血。我感到两眼发黑。绝望的感觉包围着我：我恨不得将手中的红色文件夹狠狠摔在地上，让一切都见鬼去，然后找一份给随便什么领导当司机的工作。如果我的人生真的不会变得更好，那我这样做也没什么丢脸的。而且没有了许多麻烦事，一生很快就过去了……可现实中，一切都井然有序。当我自欺欺人，日夜埋头苦干，梦想着升职的时候，不知不觉，已年过四旬。我还能有坐上领导位置的那一天吗？没错，这只是一个梦想。不知何年何月，我才能爬上领导的位置，才能分配给我一辆个人专用车……

晚上，我在车站等车时，又看见了他。他也再一次无耻地无视了我。再一次从我身边疾驰而过。怎么样，你就是无可奈何。你们想知道他从我身旁驶过时的想法吗？……他无非是想……自己很了不起。不过他想什么，真的重要吗？他的脑袋长在他肩上。我一点儿也不生他的气。

你们会认同我的。用不着跟他置气。俗话说："蜗牛有自己的壳，人有自己的朋友。"要知足。

而他不过是老板的司机……

丹特士之死[1]

1

"唉，普希金！……该死的普希金！……"他抑制不住内心汹涌的委屈，愤怒地大喊，"唉，我们为什么相遇……我何年何月才能摆脱你的魔咒……"

僻静的房间里，心烦意乱的乔治不停地徘徊。他恰恰在今天状态很糟糕。而令他心情烦躁、情绪低落的不是工作，不是一起工作的同事，而是他的亲生女儿夏洛蒂和俄国诗人普希金……

2

回忆过往的生活，他对命运无可指摘。他从小就被各种幸运包围。他现在也非常幸运……很久以前……如果不算他在俄国追寻梦想的那段日子，他余下的人生，他在祖国法兰西的境遇，像是一场童话。被俄国驱逐后，他的事业很快走上了正轨，生活也开始好转。亲

---

[1] 乔治·丹特士（1812—1895），法国保皇党，近卫重骑兵军官，十九世纪三十年代生活于俄国，曾与普希金决斗，重伤普希金，并致其死亡。——译注

爱的叶卡捷琳娜[1]若无其事地追寻着他的脚步，只身来到法国。她不在乎他惊扰了整个俄国，也不仅仅是俄国，他惊扰了全世界。或许，她有点愚钝，也或许，她真的爱他，所以她俏皮地对他说："我跟普希金说再见了！"她说她既然爱他，就应该跟他在一起。

就这样，命运女神继续眷顾着他，很快，他成了苏尔特市[2]的市长。他张开手掌或者握紧拳头，整座城市都在他的掌控之中。是啊，命运真是变幻莫测，他在彼得堡当骑兵军官的时候，何曾想过自己会有这样的成就？这就是命运女神的眷顾！……事实上，乔治并非贱民，而是高贵的法国贵族后裔。还在年少时，父亲就对他寄予厚望。后来，乔治不确定自己能否承担得起这份厚望。他知道自己性格有些冒失，对自己产生了怀疑："显然，我有负父亲的期望。"原来，是他低估了自己与生俱来的优势。而且很长一段时间，他都没有意识到这一点。这不……他出乎意料地成了一座城市的市长。当然，乔治这一生都无法偿还他欠路易·德·格克连男爵[3]的债。如果那时候不是这位男爵……他可能已经像狗一样死在了去德国和俄国的路上。他怎能忘记格克连当时伸出的援助之手？

后来……作为市长，他进一步提高了自己的威望，成了一系列银行、企业、保险公司的创办人，乃至保护人。反过来，这些银行、企业、保险公司也赞助他，后来把他推上了议员的高位。乔治觉得自己是一个十分善于交际的人。他总认为，任何时候，他都能做出正确的选择。可是，又一次……偏偏在自己的祖国，在法兰西的土地上，热

---

1 叶卡捷琳娜·冈察洛娃（1809—1843），丹特士之妻，普希金妻子娜塔莉娅·冈察洛娃的姐姐。——译注
2 位于法国上莱茵省的小城，今苏尔特奥兰县。——译注
3 荷兰外交官，很有可能与丹特士相识于去俄罗斯的路途中，并在此后收养了丹特士，在决斗事件中保护了他。——译注

爱艺术的人不喜欢他。维克多·雨果就时常与他作对。不知为何，他的想法与那位的想法总是背道而驰。

很久以前……在俄国，他与普希金不睦，他们最终走上了决斗之路。普希金死了，而他活了下来……这就是决斗的规则。注定有人死亡。这难道是他的错吗？因为这件事，整个俄国敌视他，结果警察逮捕了他……最后，一句"你应该离开我们国家"，就将他驱逐出境。没错，他知足了，至少他健健康康地活着离开了那里……

格克连男爵曾说：

"亲爱的乔治，你不应该为了某个在决斗中死去的俄国诗人惩罚你自己。决斗就是决斗。不是你打死他，就是他一枪打死你。如果你在这里惩罚你自己，是因为雨果不喜欢你，那也不太好。雨果也是人。即便他是作家，他也是为自己而创作的作家。而你——是议员。就在不久前，你还是市长。打起精神来……"

男爵的话鼓舞了他，使他心情好转。可是……

是的，偏偏他怎么也搞不懂自己的女儿夏洛蒂。她似乎一天比一天讨厌自己的父亲，他们之间的距离也越来越远。

她为什么这样？……

3

乔治开始注意到，他的女儿夏洛蒂经常独自阅读。她津津有味地读着，头都不抬一下。父亲想知道女儿读的是什么书，可始终无法探得究竟。有趣，为什么夏洛蒂总是在父亲面前藏着那本书。她一发现父亲靠近，就立马把书藏起来。

这已经不是一次两次了……

不久前,她又做出了同样的举动。在这之后,父亲乔治寻思起来。

"为什么我的女儿会这样?她在背着我读什么书?她为什么不想让我知道?……"

他琢磨了好些日子。一次,趁女儿出门散步的时候,他走进她的房间,找到了那本不祥的书。才一打开……从第一页上望着他的正是那个卷发青年普希金。素描画像冲着他微笑……乔治心神一凛。那一刻,普希金复活的灵魂仿佛出现在画像中,要求与他决斗。

"女儿!……噢,宝贝女儿,这些时日以来,你读的究竟是什么书……他可是你父亲不共戴天的仇人啊……那时,他提出决斗,他想杀了我,那个直来直去的普希金……"

乔治坐了很久,始终无法平静下来。唉,无论如何也无法平静下来。

这时,门"嘎吱"一声开了,他心爱的夏洛蒂从房间那头走了进来。父亲依旧沉默不语。女孩儿睁圆了眼睛,猛地扑向父亲手中的书。

"不,女儿,不!从现在起,不要再读这本书了……我求求你……"

这时,夏洛蒂全身一激灵,忤逆父亲说:

"您已经害死了活着的普希金一次。现在,您还想从我这里夺走死去普希金的灵魂转移……"

"难道法国没有诗人吗?难道你没有其他书吗,女儿啊?……"

"没有,父亲!在我心里,普希金胜过一切……"

夏洛蒂泪眼涟涟,猛地扑向父亲,拼命夺下厚厚的精装版普希金抒情诗集。

"虽然您杀了他这个人,但您永远抹杀不了他绝妙的诗……"

说完,她将书贴在胸口,哭着倒在了床上……

乔治缓缓走出房间。今天的天空阴沉沉的。周围一片晦暗。到处都弥漫着压抑的感觉。他沿着花园小径静静地走着,可脑海里浮现的仍然是书上的普希金画像。

"或许,我这一生都无法摆脱你。唉,可怜人,究竟为什么我遇见了你……为什么与你决斗的人偏偏是我,而不是别人。结果就是,你让我被全世界唾骂……谁人不知,丹特士杀害了杰出的俄国诗人……"

他静静地走着,又抬头望了望天空。只见头顶灰蒙蒙的,阴沉沉一片。

"……或许,苏尔特市的市民,甚至整个法国,都知道曾经的市长丹特士。某些法国人可能知道议员乔治……而全世界……所认识的丹特士,是杀害了普希金的凶手……"

他的手似乎在微微颤抖。它为什么颤抖?心脏似乎也刺痛起来。他最爱的女儿夏洛蒂给了它最沉痛的打击,她宣告说:"我爱普希金,他的诗永远不会消失!"当乔治再次回想起这些话的时候……他真的感到心情沉重。

"唉,普希金!普希金啊……你已经在全人类的心目中拥有了一席之地。这意味着,我也不会死去……不,不,恰恰相反,你……现在复活了。而我……好像面临着死亡……你为什么不死!丹特士杀害了天才诗人……谁还会爱他?谁需要这样一个丹特士?……谁会尊重他……就在刚刚,我的亲生女儿还当着我的面说出了难听的话。她维护普希金,责怪我……"

乔治在花园里游走了很久,他始终无法看清自己的心。他仿佛听见有人在耳畔低语:"诗人——是不可杀害的不灭创造,诗人——是全民族、全人类的心灵捕手。"曾几何时……他以为,普希金死在了俄国,所以一切都应该被遗忘在那里。结果……他哪里知道,诗人竟在人们心中生了根,而且岁岁年年越发根深。他哪里知道,诗人的灵魂不会随他死去的躯体一道被埋葬……

总之，丹特士被诗人的灵魂击败了。它折磨着他的心灵，凌虐着他的心灵⋯⋯

4

一天，夏洛蒂在许多观众面前表演，并高声朗读了普希金的诗。她眯着眼睛，沉浸在诗中，读了很久很久。丹特士不敢制止她，不敢说："别读普希金，读其他诗人⋯⋯"

那些日子，全法兰西最权威的人士乔治·沙尔利·丹特士在任何地方都得不到安宁。在他的太阳穴周围，额头附近，普希金的诗咚咚作响，一遍又一遍，经久不息。

丹特士感觉自己已经是个死人了⋯⋯

我是你的儿子

卡连，牧人温杰梅斯的独子。上学后，这个无忧无虑的小男孩开始深思。他活泼好学，渴望知道一切，对一切感兴趣。很快，他成了班里的优等生，数学成绩特别优异。卡连总是认真、努力地听老师讲解，从不厌烦重复。当遇到不懂的问题时，卡连会自己先记下来，然后等到老师提出那个习惯性问题"都明白了吗"，他就会立刻举手，大方提出自己不懂的问题。这时，老师会重新讲解一遍，纠正他。

叶列乌利也是一个聪明的孩子。但自尊心阻碍了他的发展。"既然不懂，"叶列乌利心想，"那就算了吧，为什么要去问老师，回家吧，回家捧起书本，自己寻找答案，独立自主是一种优秀品质。思考，努力，你就会成为无所不知的人。卡连不害臊吗?！'这就是我不懂的地方，请您再解释一遍……'"

不过，叶列乌利还是承认卡连有能力的。卡连不愧是卡连！而且玛伊古尔经常把卡连挂在嘴边，她说：

"卡连是一个正直的人，他是最棒的！"

昨天，在放学回家的路上，叶列乌利向卡连提议交个朋友，但他们的谈话特别不成功。

"我有话想对你说……"叶列乌利结结巴巴地说道。

"你说吧。"卡连愉快地回答。

"要知道，你是我们班最优秀的。你学什么都易如反掌……"叶列乌利没有注意到自己说话的语气，后来他才明白，他伤害了卡连（但卡连没有表现出来）。

"你快点说，我还有事。"

"好吧，我想说……如果我和你成为朋友……"

卡连看着他，大笑起来。但很快又恢复了镇定，他回答说：

"叶列乌利，你说得有道理，我不反对，但友情真的是可以约定的吗？随着时间的推移，或许，我们会成为好朋友。"

卡连向家的方向跑去。留下叶列乌利一个人。他感到很委屈。

这时，梅瑟克拜冷不防地冒了出来。

"喂，你面色苍白，怎么了？"他的同班同学惊讶地问。

"没什么，就是在卡连那里受了委屈。"

"卡——连，"喜欢胡说的梅瑟克拜拉长声音说道，"我知道，我知道，他不肯放下自己的高姿态，毕竟，他是那样傲慢。你不要对他抱有幻想，他不会跟你做朋友的！"

"你是从哪里知道的？"叶列乌利有气无力地反问道。他怎么可能猜到！沾沾自喜的梅瑟克拜非常喜欢叶列乌利的反应，搓了搓手答道：

"我们都知道。你不是第一个，也不是最后一个。他跟所有人都'你'呀'你'的，说什么，'你配不上我'。他就是这样的人。"（哎呀，管他的，最后一句话是梅瑟克拜瞎编的。）

他们一起走了很久。分开的时候，梅瑟克拜放缓脚步，说道：

"你难道没听说过？卡连不是牧人温杰梅斯的亲生儿子，他的父母是车臣人。而他真名叫——哈龙……"

这个消息让叶列乌利大吃一惊。

"这是谁告诉你的？！"

"大家都知道。是大人们说的。"

"不会是真的吧?"

"千真万确!他不是温杰梅斯亲生的。"

"不得了!令人震惊的消息!"

他们久久不能分别,口无遮拦地聊了个尽兴。

第二天早上,全班同学都知道了他俩知道的事情。

流言传到了卡连耳中。他开始感到难受:"我是车臣人?……这是谁想出来的?我的父亲不是还活着吗?我的姓氏是温杰梅斯。还需要什么?这是梅瑟克拜和叶列乌利编造的谎言。那……万一是真的呢,我是车臣人!!!"

传闻对卡连的敌人极为有利。他们时刻不忘提醒卡连这件事。只有玛伊古尔维护卡连,刚才,她回击梅瑟克拜说:

"不要散布谣言,如果你不知道自己在说什么!你比女孩子还爱说闲话。你有什么证据,既然没有,就管好自己的舌头,否则,舌头会变长。"

这件事情也传到了班主任哈米图耳中。于是他召开了班级会议,当着所有人的面把梅瑟克拜叫到讲台上,批评了他的所作所为。

"作为十月儿童[1],你应该为自己的造谣行为感到羞愧。这太可笑了。你记住,十月儿童是诚实、懂事的孩子,他们不喜欢散播各种各样的谣言。卡连就是温杰梅斯的儿子。有人想出了荒唐的故事,你就竖起耳朵听了,下不为例。"

梅瑟克拜差点儿哭了出来。

而这一切让卡连非常痛苦。他变得沉默寡言,一放学就匆匆回家。他得帮老头儿放牧,有时,他想听老头儿亲口告诉他全部真相,

---

[1] 准备加入少年先锋队的低年级儿童。——译注

但他又下不了决心，他记得，从小，老头儿就关心他，担心他受委屈。在卡连看来，世上没有比老温杰梅斯更善良的人了。他亲自送他去学校，总是希望他顺利。卡连要是稍微耽搁一会儿，他就心急如焚。起初，他骑着自己的蓝色毛驴去学校门口接卡连，并让卡连坐在驴背上。可女孩儿们都盯着卡连瞧，于是卡连对他说：

"老头儿，你不要再来了，挺难为情的。"

老温杰梅斯一口答应了（他总是这样，只要是卡连提出的要求，他从不拒绝）。

* * *

过了很长一段时间。人们渐渐忘记了流言，卡连也恢复了平静。下课后，形影不离的好伙伴梅瑟克拜与叶列乌利开始取笑玛伊古尔，说她与卡连是新娘与新郎。

有一天，一个艺术团到访了小小的马赫塔雷村。晚上，温杰梅斯有意无意地问卡连："你想去看演出吗？"卡连点点头。老头儿早就察觉了男孩儿的变化。温杰梅斯把钱递给卡连，男孩儿默默接过。

"这其实是不允许的。老师叮嘱过我们这件事。"

"得啦，艺术团也不是次次都来我们这里。况且明天是星期天，去吧。"

温杰梅斯麻利地喝完茶，起身说道：

"既然如此，我们一起去吧，孩子！"

团内总共只有五名演员：一个年轻女人和四个男人。他们表演了唱歌、独舞和群舞。但这些节目都不是很吸引卡连，他坐在老头儿身边打盹儿。轮到最后一个节目时，一位身穿紧身裤的高个子光头年轻人走上舞台。可真是一个怪物啊！年轻人从一只小口袋里抽出了红、绿丝带，最后还变出了一只雪白的兔子。大家啧啧称奇。接着，年轻的魔术师将水倒入杯中，翻转杯子，却不见水滴流出，他又翻转了一次，才将杯中的东西倒入桶中。

卡连抬起头，来了兴致。他相信，在他面前的是一位真正的魔术师。

这时，年轻人邀请两位观众上台，并当众宣布：

"我来说说你们是谁。我可以说出你们的名字、你们父母的名字以及你们个人生活中的一些事情。"

太厉害了！他一次也没有说错，他甚至猜到了其中一位被叫上台的观众是技术学校的青年学生。

"显然，这位叔叔知道我们任何一个人的秘密！"卡连心想，"他是如何做到的？如果我上台去，他也能猜出我究竟是谁的儿子吗？或许，他可以……可万一他说：'你不是温杰梅斯老头儿的亲生儿子。'"卡连感到身体不适，他小心翼翼地看了看老头儿，而老头儿却全神贯注地看着台上的表演。

"我曾认为，这世上没有无所不知的人！"卡连浮想联翩，"多好啊，有那样的人存在，有时，你可以相信童话故事。要知道，这很愚蠢。大概没有人能欺骗魔术师，你骗不了他。难道梅瑟克拜的话是真的？！……到底是谁告诉他的？……万一那就是真相呢？……为什么老头儿一直保持沉默？……或许，他不想……"

卡连感到头晕目眩。他出神地望着魔术师，脑子里却一片混乱。

"我明天就去找你，魔术师！今天不行，今天所有人都看着我。而且在老头儿面前不方便。你就只告诉我一个人真相吧。"

表演结束了。观众开始鼓掌。魔术师向观众表达了谢意，然后退下了舞台。

卡连辗转反侧。他一闭上眼，就想起那位魔术师，他在心里与他交谈，告诉他一切。

卡连醒得很晚。洗漱后,他立刻跑去艺术团。他想见那位无所不知的人,可当他赶到的时候,艺术团的车已经走了。他看见了昨天那位魔术师,他最后一个上车。可惜没赶上,车已经走了,而且走了很远了。

他先是感到一阵失落,但迅速振作起来,决定无论如何也要追上远去的车。

"喂,喂!停下。我要见无所不知的人!等等我!"

卡连在尘土飞扬的乡间小道上狂奔。

"等一等!我想和魔术师谈一谈。他当真知道我是谁的儿子吗???……"

车没有停下来。魔术师看见奔跑的卡连,向他挥了挥手,说了些什么。看来,他也不想说出实情。他为何逃避我?

卡连仍然希望追上车,并在后面追了很久。当车消失在视野中时,他摔倒在地,嚎啕大哭。他感到委屈。他指责魔术师,叫他"逃兵"。他将自己所有的委屈都算在梅瑟克拜和魔术师头上。

"你逃避我,是吗?……逃就逃吧!你要是不想说,可以直说。我不会有怨言,或许,他是对的。我只是想知道全部的真相,当一个人不知道该相信谁的时候,很痛苦,不是吗?"

有人拍了一下他的肩膀。他看见是玛伊古尔。她是如何找到他的,毕竟,他跑了这么远。

"我们回去吧。"她轻声说道。

卡连不情愿地站起来,但也没有反对。玛伊古尔望着他哭过的双眼,什么也没问,明白了一切。

* * *

第二天早上,卡连起不来了。温杰梅斯心疼不已,其实,老头儿早就感觉到了，他什么都知道。以前，他不想伤害男孩儿脆弱的心灵。"等他长大，就明白了。"他心想。可不能如此折磨一个孩子呀。

"听着，我的孩子，"他抚摸着卡连的脑袋说，"你早晚会知道这一切。你已经是大人了……多年前，在战争年代，你的父母病逝于我们马赫塔雷村。那时你还不到两岁，我决定收养你，并且爱上了你。我希望你成为一个高尚、正派、聪慧的人！这是事实，你的父母是车臣人。"

说完，温杰梅斯陷入了沉默，肩膀控制不住地抽动，泪水落在雪白的胡子上。

"老头儿，我的亲人！"男孩儿放声大哭，老头儿心疼不已。"我是你的儿子，就是你的，不是别人的……"

自然的欢歌

循迹老猎人

听老猎人讲动物居民的故事

羚羊的孩子也是孩子

"嘿，孩子，准备上路！"卡列克一边调整肩上的猎枪，一边说道，"我们离阿克柯尔滕克村已经不远了，它就在这座山上……"

我拿起猎枪，与卡列克一道气喘吁吁地向山顶进发。

目之所及，一片死寂。只有几株镶着雪边儿的铃铛刺支棱在那儿。

"显然，它们不在这里！……"

"看样子，是不在……"

"这样吧，"卡列克望着我，一副豁出去的样子，"不管怎样，我们爬上山顶再说。在这座山的背后应该有一大片谷地，一定有羚羊在那儿吃草。"

我表示同意。我俩又开始爬山。我心想：老人家开心就好；我希望他心情顺畅，从小，他就是我最亲近的人，这位骨瘦如柴的老头儿前不久失去了长子，他刚从打击中走出来没两天，就又操起了老本行。这次出行就是他安排的。我们的目的——只是改善心情……

我们踏雪而行，踩得雪地嘎吱作响。我们埋头赶路。登顶前，我俩都默不作声。登顶后，爷爷停下脚步，取下羊皮帽，抚了抚汗涔涔的额头。

"终于到了！"他说，"孩子，从现在起，我们得谨慎一点儿。羚羊非常敏锐。它们一旦闻到气味，就会飞奔而逃。"

老卡拉拜[1]在前，我在后，我俩手脚并用地爬上一处高地。忽然，卡列克蹲下身子，一只手顺势一划。"它们来了。"他想说。我明白这个动作的意思。

他小心翼翼地做了个手势，示意我靠近他。我轻脚轻手地爬过去。他压低声音说：

"好多呢！"他两眼放光，"起码有二三十只。它们没闻到我们的气味吧？！"

"难说……"

"不能错过这个机会。我们一人顺着那片凹地走下去（他指了指狭长的山沟），一人匍匐至谷底。在它们逃跑之前，我们还来得及做点儿什么。猎人还是应该尽可能地谨慎行事。你走下山还是……"

"最好是您走下山……"

"好吧。"卡拉拜表示同意，说完便伏地钻进了狭窄的山沟。从老头儿的动作中，你可以感受到他的兴奋。想当初，他可是这一带远近闻名的大猎人。甚至还有老人编撰了一系列关于他的神话。你瞧，他正风驰电掣般滑行而去。仿佛渗进了土里。不一会儿工夫，他已经隐匿不见。现在，只需静待枪声响起。那时，就该他登场了。

枪声没有让他等太久。回声在清晨的空气中迅速传播。他一跃而起，径直飞跑起来。

爷爷放了一枪后，愣在原地。显然，他射中了一只。其余的仓惶而逃。可……爷爷仍然一动不动地呆立着。我顾不得羚羊，转而向他奔去。他挂枪而立。那是我生平第一次见到一个成年人像死了一样僵

---

[1] 卡列克的别称。"拜"有时也译作"巴依"，一般加在有钱老爷的名字后面，以示尊敬。——译注

立着（不算因高兴而发呆的）。我吓了一跳：

"卡列克，发生什么事了?！"

他默不作答。从不轻易落泪的卡列克哭了，泪珠划过满是皱纹的脸庞，滴落在银白的胡须上。

老头儿适才还摆出猫扑耗子的架势，准备扑向猎物，这会儿却模糊了双眼。这个双眼模糊的人看上去完全变了一个人，变得陌生了……

卡列克啊！……

"为什么中枪的是只小可怜?！"他这才激动地开口，"罢了，中枪的那只羚羊竟是只幼崽。对于人类来说，幼子夭亡是一件多么悲痛的事。羚羊的孩子也是孩子……它让我想起痛苦的往事，心如刀割！……或许，它的母亲正在羊群中悲伤，哭泣。想必，它在咒骂我们！……"

卡列克哽咽着打住话头。忽然，他指着空地说道："你看它……你看，它跑起来了，跑起来了！……"我一瞧，只见刚才还死尸般躺着的小羚羊，这会儿正大步流星地追赶着羊群……

这时，我不由得想起了父亲的话。"羚羊非常敏锐，但胆小如豆。它们听见突如其来的枪声或者叫声，就会被吓得原地摔倒。尤其是小羚羊。"父亲曾说。今天，我亲眼见证了他的话。

想起这些，我的心柔软下来。呆愣在原地，不知所措……

库迈与狼

老猎人长叹一口气，这是他最后一次回忆当时的情景。

对痴迷于打猎的卡拉拜来说，今天是个悲戚的日子，他失去了忠犬库迈……

今天，卡拉拜金盆洗手，他静静地、无声地、沉痛地与自己的猎人生涯告别……

* * *

那些凄惨的画面再次浮现在他眼前……

……清晨，万物兴旺，生意盎然。最近几个月，老猎人原本已经忘了打猎这件事，可今早一起床，他便坐立难安。来来回回地咳嗽、叹气。

"尿床了吗，这是？……为什么不多躺一会儿？！"莎丽帕老大娘埋怨道，她感到不痛快，实在不想起个大早。

库迈开始呜呜叫："呜呜呜，呜呜呜……"

显然，库迈想念在辽阔草原上飞驰的时光了，主人骑着马，它跟在主人身旁……

枣红马嘶鸣了好几次："咦儿……咦儿……"

看来，马蹄子也痒了。它也想在无边无际的草原上自由奔跑……

卡拉拜来到枣红马身旁。他驻足思忖，打定主意后，前往畜棚取马鞍与其他骑具……

"老头儿，你今天怎么了？你这是又要到哪儿去？……"

莎丽帕一边往外走，一边裹头巾。

"嗯，我出门一趟，随便走走，活动活动筋骨……"

"噢，你个不讲信用的！……你还想入教，你前阵子还说：'到此为止，我再也不杀生了！'"

卡拉拜默不吭声。他备好马，喊了声："库迈！"公狗立马反应过来，跳起来冲到枣红马前面……

卡拉拜一如既往地哼着记忆中的老调，走在熟悉的小路上。枣红马迈着矫健的步子，沿着山间古道前行。他一上马，它就腾空而起，

循迹老猎人

他登时夹紧马腹，纵马驰骋……

今天，他抛开一切来到野外，他什么也不想干，不想开枪，不想由着自己的猎人性子胡来。他会本能地发起攻击，这源于旧时单调而苦闷的生活和改不掉的猎人习性……所以，他没有将挂在《摩西五经》[1]上方（以示尊重）的双筒猎枪带在身上……

枣红马越跑越带劲儿，连骑手对它的束缚也不管不顾。突然……马儿打了个激灵，想原路撤回……老猎人也感到不对劲儿，试图安抚马儿。然后，他转身看向熟悉的小径。目光扫过……又走了两步，发现前方有个影子。但那东西不像是死物，倒像一只竖起毛来的活物。

"……会是什么呢？！为什么不动弹一下？"他用脚后跟踢了踢马腹，示意它靠近些。他们渐渐靠近，可那东西仍然一动不动。

库迈也不见了踪影，定是没跟上。

"或许，是动物尸体……可如果是活物呢？它为什么纹丝不动？倒是有点儿像狼？……"

差不多走了十米，枣红马惊恐地嘶叫起来。先前纹丝不动的活物铆足了力气，猛扑过来。枣红马随即往后一闪，卡拉拜差点儿没从马背上摔下来。

神秘的野兽在不远处伏地而卧。他即刻明白，他面对的是一只狼。猛兽双眼血红，滴溜溜地泛着凶光。"发狂的狼！……而我居然没带枪……"他顿时慌了神……还好忠心的库迈赶来了。

老猎人有些担心起来："库迈！库迈……"狗和狼殊死搏斗。二者苦战良久，拼尽力气，互不退让。库迈趁其不备，将对手掀翻在地，死死咬住它的喉咙。片刻后，发狂的狼露出了可怜的模样，周身

---

[1] 指《旧约》的首五卷：《创世记》《出埃及记》《利未记》《民数记》《申命记》。又称《法律书》或《摩西法律》。——译注

一哆嗦，耗尽了生命。

过了一会儿，猎犬挣扎着走过来，一路跌跌撞撞，然后"咚"的一声扑倒在地。老卡拉拜这时才看见血迹，血是从小可怜的后腿滴落下来的，他悲痛欲绝，哭喊道："我可怜的库迈……我能为你做什么？我该怎么办？……"

猎人突然意识到：库迈很快就会发狂，会成为这个村子的灾难。老猎人做了难以置信的事情：他亲手结束了忠心耿耿的库迈的生命，挖了一个深深的坑，将它埋葬了。

与库迈一起被埋葬在那处的还有老猎人对打猎的热爱。

* * *

……今天，卡拉拜告别了多年的打猎生涯。这一天，他的内心经历了说不出的煎熬，他为自己的所作所为感到万分痛苦……

"阿凡提"老头儿

有些人喊他"老猎人"，有些人则唤他"阿凡提"。

据说，他天生不凡，异于常人，任何行为都与众不同。就算年近古稀，他的性情也颇为少见、古怪：随和的时候，天塌下来，他也泰然处之；可有时候，他可能又换了一副面孔，变得敏感，为鸡毛蒜皮的小事吹鼻子瞪眼。

他从早忙到晚，料理农务十分卖力，总是快人一步，仿佛除了他，没人能胜任那些工作。他穿得很滑稽：他先给自己套上那条四季不离身的破旧棉裤，然后在内里搭上一件浸印着经年累月的汗渍的夹克衫，再将他喜欢的地毯纹样的灰色棉袄穿在外面，最后在腰部系上一条军用皮带。

卡拉拜和他这个年纪的人都十分喜欢这种军用皮带,卡拉拜尤甚,并将这种皮带视为与骆驼和马匹同等珍贵的东西,把它当成形影不离的朋友……

穿戴整齐后,老头儿便一头扎进忙乱的日常中。他先将十来头绵羊和山羊放出圈,再牵出那唯一的一头奶牛,把它拴在不远处的木桩上。然后,爬上储藏室的屋顶,将苜蓿草扔下。把草分给羊群、奶牛和毛驴。

接着,他一边将水注入食槽,一边倒入饲料,一边搅拌。这是给奶牛做的吃食。难道还要加牛奶不成?布比然大娘出现的时候,老头儿已经等得不耐烦了……

此刻,为了尽快取出粪肥,他开始料理牲口。

布比然大娘挽着木桶,匆匆赶来。

"你怎么才来?都日上三竿了……"

"我——的——天——呐!你在慌什么,善良的人们可还在被窝里呢……"

随后,布比然大娘开始默默挤奶。卡拉拜牵着牛犊,等待她挤完奶。

她挤完奶了。老头儿立刻把羊群赶至牧场,张罗起牧羊事宜。待牛犊喝饱奶,他又将牛犊牵回牛舍。再给奶牛添一抱苜蓿草,洗洗手,他便回家喝茶了。

接下来,老头儿的行为才叫人捧腹,叫人意想不到!早茶后,他又扎上皮带,背上他那 16 口径的老式猎枪。往荷包里胡乱塞些子弹,牵出奶牛,备好鞍子,神气活现地跨上驴背。卡拉拜从不好好骑驴,他老是歪向左边,像被什么东西压扁了一样,一路哼着歌,慢悠悠地走向草原。或许这就是他被戏称为"阿凡提"的原因!

黑驴用自己的方式摸透了卡拉拜的怪癖。他歪着身子坐在它背上,它也不跟他较劲,只要老头儿吩咐一声"驾",它立刻知道该去哪里。毛驴的步态也很别致:非驴非马。有人说,"这不就是阿凡提的毛驴",也有人说它是"卡拉拜的小红马"。他们为什么给一头黑驴取这样的外号?

卡拉拜赶着家里唯一的一头牛向视野尽头的阿克托别山进发。途中,他必须经过好友阿济利别克的家。阿济利别克比卡拉拜小几岁,但看上去比卡拉拜老,没精打采的,脸部皮肤更是下垂得厉害,皱得像没理顺的裤子一样。卡拉拜一见到好友,就用他独特的方式招呼道:

"嘿,蠢货!……"

"总算来了,叫谁蠢货呢!你才是蠢货!"那人气极。

卡拉拜乐呵呵地从好友门前路过。行至阿克托别山山脚,他将奶牛留下,自己继续沿着卡伊纳尔河前行,沿着潺潺流水来到山林深处。老头儿曾在这里猎过野禽。卡伊纳尔河一带向来栖息着不少野禽,尤其是鸭子。村里喜好打猎的人,无论老的少的,都喜欢来此处打猎。

他沿河而行,身下的毛驴慢腾腾地挪着步子。他对此并不在意。慌什么?他端着猎枪,伺机而动,摆出老猎人的架势,准备随时打死一只野禽。毛驴早已习惯了枪声,一副气定神闲的模样。几只鹌鹑咕咕咕地从他脚边扑腾而过。卡列克瞄准鹌鹑,但他立即发现,对于16口径的猎枪来说,目标太远了。如果它们再近个几十米,或许能打中。老头儿本来还觉得挺可惜,不过转眼就作罢了。

他继续往前走。一边走,一边出神:这是他最近养成的新习惯。打猎时,抓鸟时,他经常想东想西,自言自语。

此刻,他想起了家人。他与妻子不多不少养育了六个孩子。大女儿和二女儿都出嫁了,组建了还不错的家庭。三儿子巴伊坦也已长大成人。老头儿早就想给他娶一房媳妇儿,主要是他想喝媳妇儿备的奶茶了。不过,就在昨天,他的美梦破碎了。区里来了通知书,征召儿子入伍。他可能要被他们带走了。一旦入伍，就得当上整整两年的兵。这么长的时间！……

他正为此发愁……

卡列克看见一个黑点。仔细打量，他发现黑点逐渐变大。竟然是一大群野鸭在溪边戏水。他一把抓起猎枪，将枪口对准黑点。他瞄准了又瞄准……眼看就要传来嘣的一声，只待扣动扳机。但出乎意料的事情发生了。老头儿将枪杆子重重摔在地上。他对野禽生出了怜悯之情，不忍开枪。他踢了踢驴肚子，继续往前走。鸭群听见响动，抖擞了精神，急忙拍拍翅膀飞走了。"你们飞走时，一定沾沾自喜，自以为身手敏捷，摆脱了笨拙老猎人的追捕，"卡列克望着它们的身影，心想，"而实际上，是其貌不扬的老家伙心软了，可怜你们，可惜你们不知道这些……"

卡拉拜勒住缰绳，决定到此为止，打道回村。

这时，一个声音从背后传来：

"哇，卡列克！……卡列克！……"

卡列克回头一看，只见卡肯骑着青嘴毛驴向他飞奔而来。他在附近放羊。

"卡列克，祝您猎得好猎物！嘿，跟我说说，您都猎到了什么珍禽异兽……"

"我刚刚才逮到了一大群野鸭。差点儿就开枪了，但在最后关头，我对那些可怜巴巴的鸭子起了恻隐之心。我决定，让它们都活着吧。若非如此，我至少可以在那儿猎获两只野鸭……"

"啊呀，啊呀，卡列克！……"卡肯又气又恼，"您怎么可以随随便便地放走那么好的机会？猎人不需要同情心。猎人就该残忍一点儿，哪怕只有一点儿。否则……"

"罢了，罢了！……当你的猎人去吧，这个建议对你适用。但我不想再做猎人卡拉拜了。"卡列克踢了一脚黑驴肚子，骤然离开。

"阿凡提就是阿凡提。"卡肯留在原地，坚持自己的看法。

"……每个人都想展现自己的聪明才智。如果我想说服别人，那别人也会立刻站出来反驳我。然后开始滔滔不绝地讲述自己的观点，根本不顾及你对他的想法是否感兴趣。我活了六十多年，从来不将自己的思想强加于别人，也不征求别人的建议……唉，这些纠缠不休的人！……"

老头儿一边踢着驴肚子，一边寻思。这是他第一次挺直了腰杆儿，端端正正地坐在驴背上……

兽　行

只要有人说起性格迥异的人，村民们就会下意识地想到卡列克和阿列克。可要是有人说，这两个老是被人挂在嘴边的人来自同一个家庭，那不熟悉他们的村民就会啧啧惊呼："噢，我——的——天——呐！"可他们确实是兄弟，而且，是亲兄弟。只不过老天爷赋予了他们不同的性格。

卡拉拜走起路来有点儿驼背，他宽阔的肩膀上能放下两个人，是个皱巴巴却又身手灵活的老头儿，旁人说起他，都莫衷一是。但有一点很清楚，大家都说，"你看他强有力的手掌就知道，他曾是一位出色的叼羊好手，痴迷于叼羊比赛"，或者说，"他是一位酷爱打猎的猎人，捕获了不计其数的兔子、野禽、狸子和沙狐"。

这些推断与事实相符。

卡拉拜虽然不曾给马儿编上辫子并骑着它去参加叼羊比赛，可他毫不逊色于自己的同龄人：他可以在马背上灵巧地下捕兽夹，他捕获的盘羊虽不多，但兔子和沙狐却不少，他是公认的狩猎行家。卡拉拜身上至今保留着猎人的习性，他喜欢在院子里饲养鸡鸭，训练狗猫。当它们表现优异，他会由衷地感到高兴；当它们状态欠佳，他也会真心地感到难过。

而阿利拜[1]呢——他与卡拉拜截然不同。他不仅不喜欢打猎，不喜欢叼羊比赛，甚至不愿意听人提及此。更忍受不了猫啊、鸭啊、鸡啊这些小动物。有时，他看见卡拉拜的鸡惦记母牛的饲料，会立刻驱散它们，然后久久徘徊在侧，嘟囔个没完。

"真想弄死这些鸡。"阿利拜气得火冒三丈，"真觉得自己僵硬的爪子很美吗？"

对于这些怨言，卡拉拜很少介怀。

就在今天，卡拉拜料理完牲口后，来到院中清点被妥善安置在胡杨树枝丫上的家鸡数目。有两只公鸡：一只正在成长，一只已长成领头公鸡。还有八只母鸡。他亲自过了数，确认它们都已回窝，然后转身回屋。就在这时，他目光掠过拴晾衣绳的长木棍，看见上面还挂着沉甸甸的捕兽夹。老头儿微微一笑，想起去年冬天他是如何用捕兽夹抓住一只野狸猫的。

那天，他感觉身体不适，于是决定早些躺下。他先料理完牲口，然后将鸡群赶回鸡舍，并搬来两个磨盘挡住舍门。可他没有料到，竟然有野兽能将沉重的石盘挪开。第二天早上，卡拉拜见鸡舍的门半敞着，吓了一跳。他往里一看，只见鸡舍内羽毛零落，鸡腿四散。

卡拉拜单凭足迹无法辨认出"来客"的身份。他觉得不像猫，猫的脚印更大。也不像狸子和沙狐。卡拉拜十分爱自己的鸡，他对每只鸡的颜色、习性都了如指掌，此刻，他正坐在鸡舍前黯然伤神。

---

[1] 阿列克的别称。——译注

直到晚上，卡拉拜才接受他的两只鸡死于野兽之手的现实。他把余下的鸡赶回鸡舍，并仍旧用磨盘挡住舍门。然后又找来以前用的捕兽夹放置在野兽昨晚经过的地方。他心想，匆匆赶来的"嗜鸡者"定会中圈套。第二天，卡拉拜起了个大早，他径直赶往鸡舍……结果差点儿没晕过去。野兽又来过了，但它绕过了他放置的捕兽夹，从第二个磨盘处打了个地洞钻进去，又捻死了几只鸡，把它们撕成了鸡块。就连他的领头公鸡也被拧断了脖子。

伤心难过的卡拉拜不住地摇头，不知如何是好。

"……这是什么野兽？怎会如此狡猾！听说这一带最近有野狸猫出没。难道是它？！想必是的！想当初，我抓到过多少狡猾至极的狐狸，这点事儿算什么？！"

卡拉拜愁眉不展地徘徊了一整天，不时摇头叹气。终于，他想到了一个主意，他从地窖里找出尘封多年的捕狼器，剪下一块毛毡盖在上面。他打算晚上将其放置在鸡舍门口。

卡拉拜找不到人商议。于是将此事告诉了阿利拜。"进狸子了吗？也可能是猫？！"兄弟淡淡地说道。卡拉拜没有再接话。

晚上，他先将劫后余生的鸡赶回鸡舍，然后把捕狼器与个头小点儿的捕兽夹并排放置在鸡舍门口。最后再用干净的碎雪盖住周围的脚印。

卡拉拜辗转反侧。半梦半醒之时，他突然身子一震，惊醒过来。想到陷阱，他快速披上外衣，裸脚踩着毛毡靴，直奔院中。儿子阿拉拜正躺在床上戒备着，心里想着今天会不会有动物中圈套。听见响动，他揉了揉眼睛，匆匆赶到父亲身旁。[1]

---

[1] 儿子阿拉拜与全文中经常听爷爷讲故事的孙子为同一人。根据哈萨克的"还子习俗"，成年儿女成婚后的第一个孩子要交还给父母，以代替自己尽孝道。"还子"后，自己的孩子要叫爷爷奶奶或外公外婆为父亲母亲，叫自己哥哥姐姐。——译注

果真有野兽中了圈套。捕狼夹不在原处,被什么东西拖走了,但有一只杂色大猫被中号的捕兽夹夹住,正喵喵直叫。阿拉拜本想冲上去踹它两脚。

"别,小祖宗!这是只无家可归的可怜虫,它明显是冲着灯火来的。"卡拉拜劝住儿子,然后释放了杂色野猫。那家伙一重获自由,就一瘸一拐、头也不回地溜走了,仿佛想说,"我再也不来了"。

"去看看,好戏在后头。"卡拉拜领着儿子开始寻找足迹。猛兽没跑多远,行至村后融雪聚集的洼地附近便倒下了。它的右爪被捕狼夹死死钳住。阿拉拜停下脚步,不敢继续向前。

"怕什么,它已经死了。"说着,卡拉拜俯身靠近,"狸猫浑身是血。显然,它不是死于捕狼夹。你看,这周围的脚印杂乱无章。"

老头儿寻思起来。

"父亲,父亲!被捕兽夹夹住当真如此痛吗,它痛死了?"阿拉拜好奇地问。

"据我所知,狸猫非常坚韧,"卡列克说道,"你看到了吧,它是如何拖着沉重的铁制捕兽夹行至此处的。它的死不是捕兽夹造成的。我猜想,事情是这样的:这只狸猫每天都带鸡肉回来,亲属们在此热烈地迎接它,然而今天,它们见它被重物夹住,于是心生歹意,用锋利的爪子挠破了它的喉咙。这就是所谓的兽行。它们一出生就被这样教育。人与野兽的区别就在于人有感情,人不会这样对待自己的同类……"

阿拉拜一边听父亲说,一边同情地望着浑身是血的野狸猫。"它们怎么可以冷血地迫害自己无助的亲人?比起撕破它的喉咙,赶快将这个可怜虫从捕兽夹的禁锢中解救出来才是要紧的……如果父母不在身边,它的孩子都干什么去了?太可怕了,当不幸的野狸猫被冰冷的金属束缚而受尽折磨的时候,没有谁表现出对它的同情!……"

"父亲,不要再用捕兽夹捕捉野兽了。"回去的路上阿拉拜恳求说。

永恒的悲歌

卡拉拜没有回答。他感觉到了儿子内心的起伏。野兽满身伤痕、倒在血泊中的样子给孩子留下了深刻印象……

从那时起,他再也没有碰过沉重的捕狼夹……

那天之后,捕狼夹找到了自己的安身之所……

卡拉拜将自己从回忆中拉回。他抖了抖精神,麻溜地回到屋内。

阿利拜的两个儿子阿尔马泰与努尔拜,以及他自己的孩子阿拉拜纠缠上他,连茶都不让他安静地喝完。

"我们父亲不像您这样会讲故事。您就随便给我们讲点儿什么吧。"阿尔马泰和努尔拜请求道。

"讲吧,讲吧!"阿拉拜央求着说。卡拉拜清了清嗓子,开始娓娓道来。他的故事主要来源于别人的生活经历和他自己的打猎往事。

不一会儿,孩子们困了,他也决定打个盹儿。

"明天该去打猎了……"老头儿昏昏睡去,喃喃呓语。

别拿心脏开玩笑

卡拉拜阿塔[1]喜欢闲谈。只要有人听,他就愿意说。

"如今的年轻人啊,不听老人言了!"他时常感叹,"我们的祖辈说,'要向六十岁以上的人请教'。年轻人多听听老人的话,从他们的言谈中吸取经验,长大后会更睿智。"

每当说起关于猎人的故事,老头儿就特别兴奋,像展翅欲飞的鸟儿一样充满能量。开讲前,他习惯用宽大的手掌轻轻抚着爬满皱纹的额头放声大笑一番。

---

[1] 哈萨克语中,"阿塔"有"爷爷"的意思。——译注

他现在也还是老样子。

"哎哟,这个饶舌鬼、狭鼻猴儿!"他若有所思地笑着说道。

"狭鼻猴儿究竟是谁?"我心想。

"好吧,孩子,我给你讲一则趣闻。"他转过身来,对我说,"这事儿确实叫人惊讶。自那之后的很长一段时间,邻里乡亲们还会取笑我那同龄的伙伴狭鼻猴儿。他本人见了我也是怒目圆睁,说我'毁了一切',准备与我拳头相见……

"没错,狭鼻猴儿这个外号还是我取的,同龄人之间就是这样,他真名叫塔纳塔尔。啊,已故的塔纳塔尔,就是现在那位中学门卫的父亲,他曾是这一带有名的猎人。他有一匹健步如飞的溜蹄马、一只训练有素的神鹰和一条个头堪比两岁牛犊的狼狗。没人知道那条狗是不是真正的狼狗,但观它习性,多半是条普通公狗。哎呀,你鼻子翘那么高干吗?狭鼻猴儿,愿你入土为安,毕竟你吹牛的时候,可差点儿没吹到天上去。他给那条体大如牛的公狗取名博里布萨尔('咬死猛兽'的意思)。那时,我俩在集体农庄共事,一起放羊。一天清晨,他赶着羊群向我走来,冲我嚷道:

"'嘿,伙计,我给你讲讲我的博里布萨尔吧。'他唾沫横飞地说起来。

"他说,他的狗是名贵犬种。

"他说,它不是随便什么都吃。

"'真可惜,我不能带它去与狼搏斗,否则,它一爪下去,无论什么样的猛兽都会匍匐在地。我们这一带还有这样的狗吗?!'

"'这种狗是从哪儿冒出来的!'

"'你知道我是怎么遇到它的吗?这事儿说来也有趣。我捡到它的时候,它还是一只狗崽子,被扔在炉灰里。我把它带回家,养着它。你看,名犬也有流落街头的时候。'

"'它还是狗崽子的时候你就看出它出身高贵了?……'

"'那可不是!我见它竖着耳朵的样子,就立马猜到了。我握住它后颈时,它也不吭一声,不动弹一下。我妻子本来还很怀疑,她说:"显然,它会长成一只其貌不扬的狗,你何必为难一只普通小狗呢?"但我不认同,我仍然坚持自己的看法。我说,如果我没看错,这是一只品种高贵的狗。你看,被我说中了吧!……'

"这附近住着几户牧羊人家。后来出现了关于狼的传闻,说有狼冲进羊群,叼走了小羊。不过狼暂时还没惦记上我的羊。大约一星期之后,牧羊人阿利芒别特骑着马向我走来,他肩上披着的正是那几次三番来犯的狼的皮。

"'瞧,就是这混账,昨晚偷袭我羊群的时候,正好撞到我枪口上,'他得意洋洋地笑道,嘴角咧到了耳根处,'我一枪就结果了它。'

"我一摸狼皮就知道:是一匹不折不扣的猛兽。

"同龄人之间难道不能开玩笑么?!我突然想使坏。

"'嘿,阿利芒别特!'我招呼他说,'我们先喝杯茶,然后去狭鼻猴儿的帐子转转。去试试他那条所谓的狼狗。'

"阿利芒别特表示同意,片刻后,我们出发了。

"靠近目的地时,我们望见狭鼻猴儿的绵羊群正在不远处吃草。他迎面向我们走来,笑得一脸赤诚。

"'噢,你们好!我这儿一切正常,有事吗?……'

"'你好!我们来看看你。'我俩跳下马背。狭鼻猴儿一眼便瞧见了阿利芒别特马鞍上的狼皮,惊讶不已。

"'真是了得,你们怎么干掉这匹狼的?你们既没有枪,也没有狗。像我,多少年来一直训练博里布萨尔与猛兽搏斗,但都没有成功。'他指着不明所以、睡得正香甜的'高贵公狗'说道。

"我悄悄扯下马鞍上的狼皮,神不知鬼不觉地摸到博里布萨尔身边，为了让它闻到气味，我还将狼皮凑到它鼻子底下。博里布萨尔浑身一震，猛然惊起，冲了出去。我们没有看清公狗如何迅速地越过高高的羊圈栅栏。我们一齐哈哈大笑起来，狭鼻猴儿面露尴色。但笑声没有持续太久。当我们跟随公狗追出栅栏时，摆在眼前的是悲剧的一幕。狼狗一动不动地趴在地上。狭鼻猴儿喊了好几声：'博里布萨尔！博里布萨尔！……'摇它，它也没反应。它确实……死了……

"狭鼻猴儿眼里噙着泪水。他想哭，但想必在我们面前觉得难为情。

"我们吓傻了眼，遣人去请兽医。兽医检查后，诊断道：'心肌梗死。'

"天呐！公狗竟然害怕成年狼的气味害怕到心脏骤停。

"兽医一面收拾诊断器具，一面说道：

"'不要拿心脏开玩笑，它很脆弱。'

"那一刻，我们所有人都感到愧疚。谁能料到这样戏剧性的结局呢！……

"……这就是心脏，孩子！拿它开玩笑很危险。"

卡拉拜阿塔以欢快的语调起了故事的头，讲完时，内心却有说不出的悲伤。两个人都久久地陷入了沉默……

羚羊的荣誉

老头儿时常含嚼烟解闷。在将烟草放入舌根前，他替自己辩解道："多年前，我因为好奇迷上了这该死的东西，如今却为戒掉它而伤透脑筋。不过这毒药也不是一无是处！……"

"你们还年轻，路还长，不要迷恋烟草。"他意有所指地教训道。

他将一粒淡绿色的嚼烟放入舌根，然后像往常一样开始讲故事，这时，他的嗓音已经变了。他的声音很清晰，甚至让人觉得，如此特别的声音让语言也变得美妙了起来。

今天，他又与我分享了一件往事……

"这个叶尔杰什拜……你是熟知的……我说的正是我那位断臂的老朋友，噢，他曾经确实酷爱打猎……但现在没人相信了。只有天使知道。"

"我还以为，叶列克[1]这辈子从来没摸过枪……"

"看吧，看吧！所有人都这样想，类似的话我还听很多人说过。但事实上，叶尔杰什拜当年是这一带公认的打猎好手，他的名声从阿克柯尔滕克村传到了卡伊纳尔河，甚至还传到了卡拉套山谷。无论是走兽，还是飞禽，都无法从他的枪口下逃脱。但这一切都过去了。有一次，他像往常一样出猎，回来时却悲伤地对我说：

"'卡拉拜，从现在起，我不打猎了！'

"我惊讶地望着他，一脸茫然。他的话令我感到困惑。

"'究竟怎么了？不会遇上什么倒霉事儿了吧？……'

"'瞧你说的什么话！我生平第一次见濒死的羚羊在人类面前捍卫自己最后的荣誉。我仿佛看见一双眼睛，它的眼睛……充满恐惧。我想，它还会一次又一次地出现在我梦里……'

"'噢，别跟我打哑谜，说清楚！到底怎么回事儿？'

"叶尔杰什拜摘下皮帽，拂去额上的汗水，继续说道：

"'当时，我莫名其妙地亢奋起来，骑着我的白色溜蹄马向阿克萨依方向一路狂奔，连马鞍都没套。途中，我遇到一群羚羊。我身上背着双筒猎枪，脚下蹬着疾行骏马。"呵，就是你们了。还真是得来全不费工夫！休想从我手中逃走。"我心想，于是加快速度。白色溜蹄

---

[1] 叶尔杰什拜的别称。——译注

马兴奋地飞驰。羚羊嗅到气味,慌忙四散逃窜。哦哟,还挺机灵!竟想出了分散逃跑的办法。我来不及多想,径直向着跑向我左边的那只大羚羊追去。心想,定要放倒最大的一只。'

"'简直要命!它非常敏捷……我们之间的距离不断拉开。我纵马驰骋,可羚羊也不甘示弱。我试图瞄准它,可怎么也瞄不准……'

"'你深知一点,当羚羊改变方向的时候,就是它要截断你去路的时候。这是它的天性……它可能因此不幸被猎,也可能因此走运逃走……对它而言,这是命运的转折点。不知过了多久,羚羊开始左拐。机会来了!但我没有急于行事,而是调转马头,取下肩上的猎枪,伺机而动。我没有等太久。雄壮的高鼻羚羊在草原上健步如飞,它的身体划破苍穹。让人不禁联想到飞驰的箭。'

"'我不动声色地放缓速度,集中精力将枪口对准羚羊。来了,来了!羚羊画着弧线,跑进了我的射程。'

"'我扣动扳机。你知道我的白色溜蹄马,就算枪声在耳,它也纹丝不动。我以为自己没有打中,于是稀里糊涂又扣动了一次扳机。枪声响起。传来一声隐隐约约的呻吟:不知是羚羊的叹息,还是我在耳鸣……有一瞬间,我感到两眼发昏。我看向前方,只见不幸的羚羊拖着一双后腿吃力地向我走来。而它的前腿仿佛是由于惯性继续前行。我没有让我的白色溜蹄马停下,所以当受伤的羚羊猛然一侧身向我发起进攻时,我们之间只隔了一步之遥。我与它四目相对……它的目光让我感到毛骨悚然。羚羊眼底满是怨恨。它的眼神仿佛在说:"你……你——不是人,你是恶魔!……"'

"'在某个瞬间,那双充满仇恨与怨念的眼睛告诉我,它不是在奔跑,而是在飞翔。确切地说,是直线飞翔。我失去了镇定:身体一会儿热,一会儿冷。我生平第一次感到手足无措,感到惊慌、茫然、失去理智,完全被那双充满仇怨的眼睛吸引。'

"'噢，老天，你相信吗，羚羊拼尽最后一口气扑向了我，它前腿一蹬，狠狠撞击在马腹上。直到听见撞击的声音，我才从茫然中回过神来。但为时已晚……'

"'白色溜蹄马在猛烈的撞击下后退着嘶鸣，跌了个底儿朝天。我也摔下马背，在地上打了两个滚儿，还好我能站起来。我当时处于震惊之中，不知何去何从，于是向羚羊奔去。'

"'这是它最后的荣誉——临死前的最后一击。它在我眼前死去。奄奄一息之际，羚羊一次又一次地向我抛来冰冷的、鄙夷的目光。"你——不是人，你是不折不扣的恶魔！……"'

"'我跨上马背，匆匆赶回家……'"

* * *

"叶尔杰什拜遵守诺言。"卡拉拜总结道，"自那之后，我再也没见过他出门打猎。自那天起，他彻底告别了打猎。"

"羚羊以这种方式表达了自己对生命的热爱。动物也能感觉到善与恶、仁与歹。尽管它们不能言语，但会用心意表达……"

神枪手与鹰

"塔纳塔尔有一只名叫'神鹰'的神鹰，是一只名副其实的神鹰。"新故事的开头，卡拉拜如此说道，"不过我想，已故的老伙计并没有正确认识那只猎鹰的气度。他是个油盐不进的人，哪怕当时他一窍不通，也不会听取行家的建议。良禽也因为他的糊涂吃了些苦头……"

他稍作停顿，一副若有所思的样子，似乎想到了什么。

"嗯！没错！……我想起来了。有这样一件事。那厮脾气暴躁，一点就燃。我说的是神枪手申杰米尔……"

"他是什么人?!"我忍不住打断老头儿。他不以为然地瞥了我一眼,继续说道:

"呵,申杰米尔!他后来自己改名叫申塔克,那小兔崽子!他就是住在库滕尔甘峰上的拖拉机手阿贝兹罕的父亲……噢,当年,这位神枪手能够打中飞行中的铃鸟,小小的铃鸟……我想讲一件发生在申杰米尔和塔纳塔尔之间的趣事。当时我也在场。

"一次,我在猎屋遇见塔纳塔尔,我们聊得正酣,突然,申杰米尔不知从哪里冒了出来,他像飘忽的风滚草一样骑马飞奔而来。我们三人尽情分享了打猎的见闻,正准备散去。这时,深知塔纳塔尔性情急躁的申杰米尔偏要哪壶不开提哪壶。

"'塔克[1],你还不肯放弃打猎吗?你的狼狗已经因为心脏骤停而长眠于地下。你的鹰似乎也病了,它在咳嗽吗?……'

"塔纳塔尔气得火冒三丈。

"'你,你,你……我不跟你发火。其他的我不知道,但我的神鹰无与伦比。仅仅一个月,它就抓住了两只狐狸和七只兔子。这还少吗?嗯?……'

"'哎哟喂!'申杰米尔哈哈大笑道,'像你这样说,它的确是一只神鹰,但它除了一根棒子都能敲晕的狐狸和一无是处的兔子,还能抓到什么?这没什么可骄傲的。说实在的,逮兔子用不着飞禽,一顶帽子就足够了……'

"'你……我还不知道你!'塔纳塔尔气不打一处来,'不过背着猎枪装装样子,你的狙击术其实并不怎么样。很多人都知道,你那次为了打一只狼,开了两枪,但一枪都没打中。'

---

[1] 塔纳塔尔的昵称。——译注

"'谁说的?！是我没有打中？……'

"'没错，你没有打中。大家都这么说。'

"'让他们别胡说八道！'

"'听者无罪。'

"'谣言罢了……'

"'无风不起浪，申杰米尔。'

"'谣言！我说了，是谣言！'

"起初，他们只是开开无伤大雅的玩笑，后来争辩起来，动了肝火，竟然开始侮辱对方。

"'你们怎么像小孩子一样争论不休？行了吧，回家回家。'但他们对我的劝告置若罔闻。

"突然，申杰米尔提议：

"'我有一个办法！'他道，'我可以立刻证明我的狙击术。喂，你觉得呢，你接受吗？'

"'你先说是什么办法？'塔纳塔尔打起精神。

"'把你手上的神鹰放上天，'他一字一顿地说：'我开一枪，把它的尾翎打下来。如果没打中，我将我的马皮扒下来送给你，以此作为我误射的代价。你接受吗？'

"出乎意料的赌注惊得塔纳塔尔目瞪口呆，他下意识地看了看神鹰，又看了看申杰米尔胯下的乌青条纹马。应该接受。可申杰米尔也不是开玩笑的。他能打中神鹰的尾翎吗？万一他把它打死了呢？……他可能放空吗？他可是公认的神枪手。可打中飞行中的鸟儿本就不容易！而这家伙不仅要打中鸟儿，还要打中鸟儿的尾翎。难不成他还能远距离测量出尾巴到身体的距离？！

"塔纳塔尔解开神鹰的脚链，将它高高托起。神鹰随即展开翅膀，翱翔于草原上空。它目光犀利，一眼便能捕捉到地面的猎物。但这次却一无所获。什么意思？难道主人欺骗了它？

"飞禽如何能知道人打的什么主意？！

"申杰米尔开始瞄准，可手指却迟迟不肯扣动扳机。他瞄准得越久，塔纳塔尔就越担心。'主啊，难道我要失去我的鹰了吗？是我亲手将它送到了枪口下？'我知道，他满脑子都是这样的想法。

"紧要关头，我也跟着担忧起来。'真希望鹰能毫发无损地活下来！它要是平白无故丢了性命，该多可惜！对于神鸟来说，这实在是不公平……难道像神鹰这样的猎禽是随处可见的吗？！……'

"突然，枪声响起。我们三人一齐目不转睛地盯着天空。所有人都看见，一根羽毛从神鹰尾部飘然落下。但飞禽没有失去平衡，没有掉下来。只传来神鹰气急败坏的叫声：它显然是动怒了。稍作盘旋后，它像子弹一样直击地面。塔纳塔尔没注意到，他正欣喜若狂地拍手欢呼：'它还活着，它还活着！'

"发现神鹰已经近在眼前时，我们所有人都吓坏了。它狂怒地拍打着翅膀。申杰米尔感觉不妙，扔下猎枪，仓皇逃走。可神鹰却没有放过他：它铁一般的爪子一把抓住申杰米尔的帽子，一屁股坐到他头上，然后展开翅膀，噘起弯弯的鸟喙，发出低沉的吼叫。

"我和塔纳塔尔上前搭救。

"'神鹰！神鹰！'主人边跑边喊。

"神鹰强有力的爪子像虎钳一样攫住申杰米尔的头。

"我站在申杰米尔身后，塔纳塔尔则负责向鹰靠近。但神鹰却冲主人竖起了羽毛。它气势汹汹地拍打着翅膀，喉咙咕噜作响，不让他靠近。

"我们好不容易才将申杰米尔从铁爪下解救出来。他满脸通红。

"'我为什么要去开一只神鹰的玩笑……'他上气不接下气地说，'自作自受。'

"套上脚链后,神鹰久久不能镇定,它在脚架上瑟瑟发抖,惶惶不安……"

婴儿与蝮蛇

"关于蛇的生活习性你们还知之甚少,"卡拉拜又像往常一样讲起引人入胜的故事,"要想了解它们,研究它们的生活习性,应当与大自然深入交流。而你们,据我所知,对动物界、植物界还非常陌生……"

我想反驳老头儿,可又不想打断他。我怕话题一岔开,我们就会偏离这个有趣的主题……

"民间有个说法:'奶水滴落,蛇将退缩。'这可不是说说而已,小可爱们。我要不是亲眼所见,可能也不会相信。我之所以讲这个故事,是因为我当时在场。"

卡拉拜习惯性地停顿片刻,然后又恢复了神气:

"故事发生在战争年代。我指的是法西斯狗发动的那场战争。那段岁月非常艰难,所有适龄青壮年都被征召上了前线。后方只留下老头儿和老太婆,女人和寡妇,孩子和傻子……我那时四十多岁。可能是因为超龄,也可能是因为跛脚,我没有被抓去打仗。

"所有人的心愿都只有一个:战争早日结束,父亲、儿子和兄弟早日从前线归来,世界早日和平。

"我们起早贪黑。在村子不远处终日劳作。大伙儿播种小麦,培植小麦。田间的工作多得很。从初春到深秋,我们都为收成战战兢兢。能有什么办法呢?人们饿着肚子,举国上下都用信任和期盼的目光望着你。

"田间的男人屈指可数,清一色都是女人。我们这儿忙活一下,那儿忙活一下,觉得很不好意思,感觉自己像被抛弃的人。男人就该上战场。可又有什么办法呢?……

"有一天,发生了一件匪夷所思的事。

"少妇阿皮库莉在丈夫上前线前怀了身孕,半年后,她顺利诞下一名婴儿。但那时候,没有产妇能得到悉心照料。阿皮库莉产后只休息了两天,第三天,生产队长就将她领到了田间。女人出门的时候,将孩子绑在背上。

"阿皮库莉用麦秆给婴儿铺了一张床,安置好孩子后,便操起镰刀开始干活儿。其间不时回来给孩子喂奶。

"生产队长十分严厉,只要阿皮库莉在孩子身旁多逗留一会儿,他就会激动地冲她说道:'这就是不折不扣的偷懒。'

"这位生产队长便是胡子及腰的苏伊尔别克长老,他虽然自身能力不出众,但善于用言语鞭策、鼓励他人劳动。

"他这个人一般不会去招惹女人,今天却破天荒地直接找上了阿皮库莉:

"'好媳妇儿,乖媳妇儿,挤点奶在碗里吧。'他递过去一个金属碗,请求说。

"一开始,阿皮库莉感到难为情,她涨红了脸,心想:'他想干什么,是开玩笑,还是取笑我?'但见长老一副忧心忡忡的样子,她沉住气,在干草堆后面找了个僻静的地方,然后露出胸脯,用双手挤按乳房,将丰盈的奶水慢慢注入碗中。

"周围的人不约而同地凑过来。长舌妇们开始议论纷纷:

"'天呐,知不知羞,这老头儿显然是疯了。他要饿死了么,居然去跟一个奶娃抢口粮?你且看着吧,他定会将奶掺进茶里,然后美美喝下。'她们交头接耳,流言随之传开。

"苏伊尔别克没有理睬这些话。

"他接过盛着母乳的碗,向婴儿和麦秆床方向跑去。

"原来这里发生了不得了的事。只见天真的婴儿安然熟睡,在他温热的胸口上盘着一条黑乎乎的蝮蛇。先前所有的闲言碎语都在这一刻烟消云散。聚集的人群一齐屏住呼吸。仿佛只要呼吸声再大一点儿,蛇就会立刻向婴儿发起攻击。

"眼见这一幕,阿皮库莉大惊失色,准备冲过去解救自己的孩子。人们好不容易才将她制住,轻声安慰可怜的妇人说:'小声点儿,冷静。'这下,我们所有的希望都寄托在苏伊尔别克长老身上。他到底是见多识广的人,总是有办法的。

"苏伊尔别克端着碗小心翼翼地向蛇靠近。这时,在婴儿怀中酣睡的蝮蛇动了一下,微微抬起头来。老人斜着碗,滴了几滴奶在蛇头上。蛇探着脑袋凑过去。接着,老人开始往地面滴奶,一边滴,一边后退,蝮蛇离开婴儿的身体,顺着奶滴爬过去。苏伊尔别克没有停止动作,他在地面留下一连串奶滴。灰黑色蝮蛇拉长了身子跟在老头儿后面。不时伸出长长的蛇信子,似乎想把奶水舔光抹净。

"我们像观看免费电影一般,津津有味地注视着眼前这一幕。

"多亏了这个方法,老苏伊尔别克不费吹灰之力就将蛇引开了一大段距离。吓得半死不活的母亲扑到孩子跟前,一把抱住孩子,泣不成声。

"一些女人操起干草叉和耙子,准备冲上去将蛇碎尸万段,苏伊尔别克长老见势,迅速打消了她们的热情。

"'不管怎么说,这条蛇尝了女人的奶,尝了人奶。母乳——是最圣洁的食物。它要死是它的事。而你们,可爱的女人们,不要平白玷污了自己的手!'说完,他又恐吓了一番蝮蛇。那东西察觉到她们的企图后,迅速溜走了,一眨眼工夫就消失不见了。

"事情就是这样,多亏了母乳,孩子从灰黑蝮蛇的口下幸免于难!这就是俗语'奶水滴落,蛇将退缩'的含义……"

故事讲完后,卡拉拜起身离去。

可他的故事形成一幕幕影像,久久浮现在我的脑海里。

蛇的复仇

"世上有不少记仇的生物,我就遇见过很多……"

卡拉拜漫步于村后的洼地,又讲起了有趣的故事。他习惯在开头故弄玄虚,然后停顿片刻,再娓娓道来:

"噢,真主安拉,我还没有在大千世界中遇到过比蛇还记仇的生物。"

"为什么?您为什么这样想?"我迫不及待地想听故事。

"哎哟,还用说!很久以前,这种爬行动物干了一件匪夷所思的事,震惊了我们……你是知道牧羊人卡斯克尔然的。咦,就是那个卡斯克尔然……那个眼窝特别深、在阿克沙河畔有一座猎屋的吉吉特……"

"是的,知道,我知道。在这一带谁不知道卡斯克尔然呢?然后呢……您接着往下说……"

"这个卡斯克尔然的父亲叫克别克。卡斯克尔然其实冠的是他祖父的名。否则,他名字后面加的应该是克别科夫。[1] 依我看,就算他

---

[1] 哈萨克人没有形成固定的姓氏文化。他们一般会在自己的名字后面加上父亲的名字或者父亲和祖父的名字以示区分,即:本名·父亲名或本名·父亲名·祖父名的命名方式。文中的人物则是运用了本名·祖父名的特殊命名方式。——译注

想叫'索巴凯维奇'[1]也是可以的。那是他的事,他自己听着顺耳就好。这已故的克别克是个锄夫。那时候,根据晚上的统计,谁一天耕作的土地面积最大,谁就能得到大伙儿的尊重,成为别人的榜样。在这场劳动竞赛中,克别克所向披靡……

"渐渐地,'锄夫'的外号被牢牢安在他身上。已故的克别克不仅不反对,还引以为荣。

"勤劳的克别克有个讨人厌的习惯。我提及此——只是因为好笑。有时候,他的行为就像个孩子……

"已故的克别克是蛇最痛恨的仇人。

"耕地里什么最多——当然是蛇。它们钻来钻去,不在这里,就在那里。克别克一瞧见它们,就提着月锄冲过去,将爬行的蛇砍断。可怜的蛇被劈成两半,痛苦地弹跳着、蜷曲着。面对这样的场景,克别克却沾沾自喜:他挂着月锄,笑着驻足观望,久久不愿离去。

"一些同龄人试图训斥他:

"'喂,克别克,你又不是小男孩儿,又不是脑子有问题。为何行事如此乖张?不要再胡闹了。'

"克别克如何能听进去他们的话?

"'呵,这有什么不光彩的?蛇是敌人。它咬人,就该死。它们对人类有百害而无一利。既然如此,我难道不是在行善?!'

"他这样为自己辩护。但其他人的指控也很在理。

"结果,克别克没有停止自己的怪异行为。他照样一发现蛇,就提着月锄冲过去,将蛇劈成两半。

"一次,我们一伙人从田间劳作回来。快到村子的时候,一条深

---

[1] 俄罗斯作家果戈里的长篇小说《死魂灵》中的人物,一位十分好吃的地主。——译注

灰色的蛇截断了我们的去路,那蛇有一米多长,正蜿蜒疾行,试图迅速溜进灌木丛中。面对这种情况,克别克如何能按捺得住?!他拔腿就追,全然不顾我们的呼喊与劝诫。

"追上蛇后,他一锄头下去。长蛇随即身首异处。它的尾部扭曲着、颤抖着,头部却动弹不得了。当时天色已晚,我们都赶着回家。

"日傍西山。我们疲惫不堪地走在回家路上。那种时候,谁还有心思去理会其他事?

"进村后,我们各自回家。很快便将刚才的事情抛之脑后。

"第二天,天蒙蒙亮,噩耗已传遍了整个村子。人们议论纷纷,说锄夫克别克死了。这个消息令人难以置信。惊讶过后,我们匆匆赶往逝者家里。

"我们不敢相信自己的眼睛。

"昨夜是一个寻常的炎热夏夜。晚饭后,克别克吩咐妻子将床铺在庭院中。不一会儿,他便沉沉睡去。'他实在太累了,就让他安心休息吧。'妻子这样想,然后不让孩子们靠近父亲的床。早上,丈夫没有起来。当妻子试图轻轻唤醒他的时候,他的身体已经冰凉。骇人听闻的是:在丈夫的头旁边横放着那条断蛇的头部。它也是死的。

"村里的老人震惊不已:

"'我的老天!……通常来说,蛇是记仇的。去追它干吗?如今发生这样的悲剧!……'

"'噢,太不幸了!蛇真的如此记仇吗?'我们站在那里,目瞪口呆。

"无论多么悲伤也得承认,我们永远失去了忠厚、正派的克别克。他竟在昨天夜里去了另一个世界……

"克别克和复仇蛇的怪谈在村民间传了很久。这才渐渐被人淡忘……

"这就是他们之间的故事。"

变成鸟的妻子

"嘿，孩子，你知道卡拉套山上的卡特恩卡马尔洞吗？"卡列克激动地说。

"听说过。"

"听说过什么？"

"听说，有这样一个洞。"

"还有呢？"

"除此之外，就不知道了。"

"那你听着，卡特恩卡马尔洞的故事非常有趣。"卡列克说道。

* * *

"很久很久以前，这片土地上战争不断，硝烟四起。尤其是在准噶尔入侵时期[1]。"卡列克在故事的开头说。

"如此说来，士兵就隐匿在这些洞中咯？"

卡列克瞟了我一眼，眼神似乎在说："真是个没耐心的笨蛋……"我赶忙闭嘴，专心听他讲。

"据传，准噶尔的军队比较强大，实力在我们之上。我方男儿冥

---

[1] 16 世纪后半期，准噶尔部兴起。趁明、清两个中央王朝权力更替、无暇西顾之机，准噶尔部一面继续向中央王朝纳贡称臣，一面向外扩张势力。与其为邻的哈萨克首当其冲。17 世纪后半期，准噶尔部的势力已经西到巴尔喀什湖以南，北到阿尔泰，直至鄂毕河，占据了哈萨克大片草原。1755—1757 年，清政府在哈萨克及其他各族人的支援下统一了准噶尔部，解除了准噶尔对哈萨克的威胁，哈萨克才得以重返被准噶尔占有的牧地。——译注

思苦想，应该藏在什么地方来躲避敌人的攻击，什么地方才是准噶尔军队无法到达的。最后，他们选择了山崖上的这个洞。你猜，他们想把谁藏在里面？……"

"可能是孩子……"

"不光是孩子，所有无助的妇女和老人都被送进了洞中，他们用大石头掩住洞口。敌人来犯的时候，我方男儿奋起反抗，但还是被迫撤退。敌方惊讶不已，因为我方人员中没有孩子、女人和老人，清一色全是彪汉。这时，一个聪明的准噶尔人说：

"'说到底，他们是将妻儿和老人全部藏起来了。'

"正在这时，一个孕妇开始分娩，聪明人的话顿时得到了验证。孩子的啼哭声从不远处传来。敌军闻声而动，随即上山抓捕藏匿在洞中的人。但是很快他们就撤回来了。与此同时，在远处监视敌军动向的我方勇士感到惊讶不已：'这怎么可能呢？他们怎么这么快就撤回了？这么短的时间内，他们不可能杀光所有人。'准噶尔人又来进攻，我方男儿只得应战，但节节败退。"

* * *

"夜幕降临。夜晚的山林幽暗漆黑。敌军一无所获，只得返回营帐。无所畏惧的我方勇士天蒙蒙亮就赶往山洞。一路上，大家热切期盼着与亲人相见，但又忧心如焚。沿途万籁俱寂，死一般沉静。没有孩子的哭闹，没有女人的私语：'这怎么可能？一眨眼工夫，所有人都被杀了？'无论如何，都要下洞中一探。

"'老天自有安排。真主安拉主宰一切。'一位智者安慰大家说。好不容易抵达山洞，丈夫们、儿子们大惊失色。洞中一个人也没有，只有散落一地的羽毛。士兵们震惊之余，更觉莫名其妙，他们久久呆坐在那里，哀思如潮。

"'我的妻子在哪儿？我的儿子在哪儿？'一个男人椎心泣血地问。

"'都是真主安拉的安排。真主安拉主宰一切……'最智慧的士兵安慰道。

"'不，我们的妻儿能躲到哪里去？他们在哪儿？他们能悄无声息地消失到哪儿去？我无论如何也不相信。'

"'真主安拉知道，但人无法参透主的意志。'一位老兵说。"

* * *

"他们能消失到哪儿去呢？"我不由得问道。

"这就是令人费解之处。迄今为止，还没有一个人能解开这个谜团。"

"所以……"

"也难怪民间对此众说纷纭。有一个说法是：敌军打开山洞的时候，所有女人和孩子都在主的旨意下变成了鸟，飞向了天空。"

"嗯，非常有趣……"

"还有一个说法是：得知敌人寻来，高贵的母亲们哭着喊着向真主安拉祷告，请求她的帮助。霎时间，地面出现一道裂缝，裂缝又生出裂缝，就在这时，洞中的所有人都瞬移去了另一个世界……"

说完，老头儿踟蹰片晌。他暗暗长叹一声，陷入了自己的思绪。

我又思考了一会儿关于这个山洞的问题……

"确实，女人、孩子和老人能消失到哪儿去呢？难道真像传说中那样，变成了鸟？如果他们真的飞向了天空，那一定会在蓝天之上凝望着我们，黯黯神伤。"

我蓦地一抬头，只见一群鸟儿拍打着白色的翅膀，不紧不慢地从碧空掠过。

卡拉套山的传说

"爷爷,听说卡拉套山的传说十分有趣。"

卡拉拜老头儿清了清嗓子,寻了个舒服的姿势坐下,准备给孙子讲故事。

"你去过卡拉套山吗?"

"去过,但老实说,没有深入……"

"既然如此,跟你没什么可说的……"

"为什么?"

"要了解群山的秘密,须得对它的一石一径都了然于心。"

* * *

"你想知道卡拉套山的传说?这就说来话长了。"老头儿清了清嗓子,开始讲故事。

"古老的卡拉套山脉峰峦叠嶂。其中最高的那座山峰叫梅恩日尔克峰,与卡拉套主峰一脉相隔。"

"爷爷,这座山得名于一位即将出嫁的姑娘,是真的吗?"

"是的,这个故事讲的就是一位即将出嫁的姑娘。只不过不是什么美好的故事。它与一支被诅咒的送亲队伍有关。"

"什么诅咒?您指的是……"

"闭嘴,不要打断我。听我从头说起。

"古时,当地有一位赫赫有名的巴依老爷。他有一个心爱的独生女儿。有一天,邻村的小伙儿来向巴依老爷提亲。富有的老爷牛羊成群,为心爱的女儿置办起嫁妆来更是慷慨大方,毫不吝惜自己的财富。

"'说吧,你中意什么,想要什么?我都可以办到。'送亲的吉时将至,巴依老爷兴高采烈地问道。

"'你陪嫁的房子像宫殿一样富丽堂皇,金瓦银墙。一应器具:锅、碗、瓢、盆都镀了金,或者由纯银打造,华丽被褥上的丝线光彩夺目,绢鸣入耳。你的象牙床美轮美奂,雍容华贵。'老爷喜笑颜开地对女儿说。

"那时,送亲队伍已在门外等候,吉时将至。不过女儿却愁眉不展。

"'我的女儿,什么事扰乱了你的心?回答我,你为什么怏怏不乐?'父亲唉声叹气地问道。

"'唉,父亲,您忘了一件事。'

"'究竟还有什么事?'

"'父亲,您忘了给我嫁妆里面的狗碗的把儿镀金……'

"'啊,此话怎讲?'女儿的答话让老爷有些不悦,悲从中来。

"'您伤了我的心。您没有想到这一点。'

"巴依老爷悲愤交加,痛心疾首,诅咒女儿道:

"'啊,真主安拉在上!请您垂聆,我要和我的亲生女儿断绝关系。请将所有嫁妆石化,将整个送亲队伍变成石头。'说完,他转身离开。母亲知道劝不动父亲,只能跑去找女儿,好说歹说,希望她收回对父亲说的话。

"'去求得父亲的原谅,你会活得容易些。'母亲请求道,'否则不会有好下场。'

"'我要是不去呢,他能把我怎么样?'愚蠢的女儿反问道。

"'父亲的诅咒——覆水难收。很快就会应验。啊,真主安拉在上……'母亲说道。

"'管他呢。我不满意就是不满意。'

"'狗用的碗真的那么重要吗?那到底是什么了不得的东西?对你如此重要?'

"'这对您来说或许是小事,不值一提,但对我来说——非常重要。万一将来别人笑话我呢?'女儿回答。

"'你呀,不知好歹的孩子!谁把你教成这副样子的,不要在人前令我们蒙羞!'

"随后,发生了不可挽回的事。不曾想到,人的愤怒与恨意直达神听,瞬息之间,周围的一切都凝固石化。心爱的女儿也永远变成了石头。相传,父亲甚至没有回头看一眼。"

* * *

"是啊,真是一个令人悲伤的故事。"

"是啊,这是一个十分伤感的故事——一个关于被诅咒的送亲队伍的故事,一个关于贪得无厌的新娘的故事。"

"爷爷,这个地方现在还在吗?"

"当然在。你爬上梅恩日尔克峰,从上往下看,借着落日的余辉,你可以看见那里停摆着一支浩浩荡荡的送亲队伍……那就是石化了的圆毛骆驼送亲队伍。"

叼羊手的性情

想当年……在这一带的叼羊手当中,有谁能与库利一争高下,在库利看来,叼羊可不是寻常的比赛,而是妙趣横生、扣人心弦的艺术!

是啊,那是一段快乐的时光!……那时,落入库利手中的白条羊,不是被他攥在手心,就是钳在膝下,别人哪有什么可乘之机。关于这一点,村里近几代擅骑术的叼羊手都是承认的。大家只要一听说库利参赛的消息，就会立刻忐忑起来，失了魂一般，坐立不安，方寸大乱。

唉，韶华易逝……

* * *

库利老了。不再身强力壮，不再所向披靡了。他钢铁般坚韧的手指，曾如猛兽的爪子一般遒劲有力，如今衰弱了，连握在掌心的东西都拿不稳。是的，老了！轮到他成为累赘，向该死的命运——衰老——低头！他曾以为：自己的力量永远不会枯竭，谁都不是他的对手。只要他参赛，那便无人能敌。总之，不抽身繁华，就不会想到喧嚣的尘世终会有归于平静的一天……尽管……

衰老是叼羊手的老朋友了，它是个任性的倔脾气女人。它固执己见，一意孤行。无论你是听命归顺，还是抵死不从，都无济于事。一旦它骑到你头上，那便势不可挡。这就是衰老。

尤其是当老头儿缠绵卧榻、久不出家门时，那些念头更是成了他脑子里的常客，他对此深有感触。要是放在从前，他与这些倒霉事儿八竿子都打不着。幽思、虚妄也不来登他的门。可如今……他却像一只套了绳索的哈巴狗。

心有所思！耽于所思……

就在昨天，库利请求自己的长子道："我已经老了，没力气驰骋赛场了，可我还能在一旁观看，为叼羊比赛加油助威。"儿子同意了父亲的请求，承诺带他去参加庆典和宴饮。儿子说到做到。刚一开赛，老头儿就带着极大的热情与克制投入到激烈的比赛中。"哎，这个怂货，干什么退让，拿住啊！"老头儿生气、郁闷，在远处嚷嚷道。许多不认识老头儿的人觉得他疯疯癫癫，摩肩擦背地将他挤到了人群边缘。对此，库利毫不在意。他一门心思关注着赛场，专心致志地观看着比赛。

"嘿,不是这样的,往那儿拖。晃几下,一边抖动,一边拉扯!"他提高嗓门大吼道。

他不关心自己的话能否传到他们耳中。只要叼羊手表现得好,他就提出表扬,笑得前俯后仰,兴高采烈地夸赞道:"好极了,干得不错,早就该这样了!"

但最近几个月,他完全丧失了这种幸福。他不能正常行走。结实的肌肉变得软绵无力,如今连到邻村观看叼羊比赛的力气都没有了。"他们会把您压死、踩死,您就在家里待着吧。"儿子把他留在家中说道。父亲大发脾气:"啊,你个狗东西,你居然说他们会踩死我……啊,你怎么能诋毁叼羊手的名誉!你……还是不了解我。能踩死我的人,还没出生呢。"他埋怨儿子,冲儿子一顿炮轰。

而昨天,儿子却说:

"父亲,明天村里有叼羊比赛,就在村口。我带您去。"

父亲乐得像个孩子。

"明天什么时候,一大早吗?"他殷勤地问。

"不是,不是一大早,是快中午的时候……"

"哦,好吧。"

临近正午,儿子将父亲扶上马,自己则坐到他前面,然后向村口的比赛场地出发。行至村口,儿子跳下马,将父亲领到不远处的小土丘上。

"您就在这儿看吧……"

父亲道:

"儿子,我在这里能看见什么,这就是个勉强高于地面的小土包,像巫师的坟包一样!实在太低了。你最好把我扶到山岗上去。我在那儿可以看个仔细。"

儿子无可奈何，只得满足父亲的要求。这个地方确实要高些。这下，空地上的壕沟变得像掌心的纹路一样了。只不过……在山岗的断裂处下方，有一个很深的坑。儿子对父亲说：

"您不要挪动位置，不要摔下去了。"儿子提醒道。

"哎，你当我是毛手毛脚的半大孩子吗？"父亲万分委屈地回答说。

片刻后，激动人心的叼羊比赛开始了。库利的儿子也加入到了场上迅猛的人流中。老叼羊手像雄鹰一样注视着全场。

"哎，不要那样，像这样拿……往这个方向拖。这个没用的家伙……"老头儿在高处声嘶力竭地叫喊。

忽然，他看见白条羊落入了儿子手中，于是呼喊起来：

"跑快点儿，扬鞭啊！有人追上来了……把他逼到膝下。不要放松。哎哟，事已至此，啊！……哎哟！……"

老头儿疯狂呐喊。仿佛在赛场上策马奔腾的人是他自己。

"哎……加油啊……狗崽子！扬鞭……扬鞭！不是那儿，抓另一侧。呸！……总是有这样没用的孩子……糟蹋了白条羊，糟蹋了叼羊……"

沉浸在比赛中的库利不安分地缓慢向前挪动，而且不知不觉移动了一大段距离，已经来到了断裂处，悬在那儿。突然……老叼羊手看见儿子手中的白条羊被夺走了，恼羞成怒地吼道：

"啊，我真是白高兴一场，高兴自己生了个儿子……我把你视为自己的传人和血脉……没用的东西！……怂货……"

他就这样气急败坏地叫喊，末了，猛然一起身，冲了出去，然后顺着斜坡滚进深坑。老头儿沉浸在比赛中，下滚的过程中，依然愤愤地喃喃自语："你是我儿子，我对你寄予厚望……"正说着，他"咕咚"一声栽倒在地。电光石火间，这个光明的世界在老叼羊手眼前晃了一下，他感到头昏目眩，晕了过去。

迷迷糊糊中，老头儿觉得天旋地转，可让他感到委屈的不是从高处跌落深坑，而是儿子如此轻易就交出了手中的白条羊。他难受了很久，无法释怀。

他仿佛觉得，弄丢白条羊的不是儿子，而是自己。这就是失败啊……他全身发冷，深受打击，心神涣散，伤心欲绝。

他在马背上过了一辈子，叼了四十年的羊，从未尝过失败的滋味，从未从马背上摔下来过，他感到羞愧难当，无地自容，开始浑身颤抖、发冷……想着想着，他缓缓闭上了双眼。

而在喧嚣、纷乱之处，疯狂的叼羊比赛正在如火如荼地进行。

云雀去哪儿了？

爷爷的花母牛不见了，我们去寻它。

我与爷爷都骑着马。他在前，我在后。

"孩子！"爷爷喊道，"你怎么落在我后面了？不能与我一道，在我身边吗？"

"来啦。"

"你好好赶马，让它精神起来。"

我按照爷爷的吩咐做了。现在，我们并辔而行。

这时，湛蓝的天空流光溢彩，云雀唱着歌儿。爷爷一手勒住缰绳，一手遮住天光，久久地望着唱歌的鸟儿。

"你看见那只拳头大的小鸟了吗？"卡列克说，"你看，它多么怡然地唱着歌呀！然而那些年……"

他打住话头。

事情变得有趣起来,我没有对他的故弄玄虚感到不耐烦,只是静静地等待着……

* * *

"很久很久以前……"爷爷本想这样开头,"这些云雀为了躲避人类,挪了一个又一个的窝,有一段时间,它们甚至完全消失了。"

"这是什么时候的事情?"

"啊,这?这是发生在大饥荒时期的事情……或许你从书上读到过?"

"我的确读到过。那是一九三二年[1]……"

"没错。那真是恐怖、煎熬的灾荒之年啊!我记得,那时我还很小。

"一天,家里半点儿可以充饥的食物都找不出来了,这让我们感到绝望。'我想吃东西,我饿了。'妹妹哭着说。我也忍不住收了收肚子,勒紧裤腰带。但我只能默默忍受,因为哭是没有用的,是可耻的。

"父亲什么也没说,一言不发地出了门,过了一会儿,他回来了。

"'快去做饭。'说完,他扔给母亲一只口袋。

"我们顾不得袋子里面装的是什么,光是'快去做饭'这个好消息就令我们万分欣喜,然后忙活起来。母亲麻利地将它们烤熟,端上饭桌。

"那是肉。一种非常小、极其小的鸟儿的肉。很美味,入口即化,我们还挺喜欢。或许是因为饥火烧肠,我们来不及多想,但我和妹妹

---

[1] 1930—1933 年,在哈萨克苏维埃社会主义共和国内发生了大饥荒。据相关统计,这次饥荒造成的死亡人数达一百五十万,甚至更多。——译注

饱餐了一顿。

"这样的情况发生过不止一次,有好多次。很长一段时间,我们都用这种小鸟的肉来充饥。

"一次,我听见了父亲和母亲私底下的谈话,父亲说:

"'先前倒是还能勉强果腹,可如今,连那些云雀都没了踪迹。'

"'它们飞到哪儿去了?'

"'我怎么知道?可怜的鸟儿一看见人就惊恐地飞走,消失得无影无踪。'

"'该来的还是来了。'母亲惆怅地说道,'人们饿得要死,迫不得已用这种小鸟充饥。'

"'人饿的时候,什么不会吃?老一辈的人道:"饱了什么不说,饿了什么不吃?"'

"他们说的话,很多我都听不懂。但鸟肉可以吃……我听懂了。

"时过境迁。父亲老了,他临终前说:

"'儿子,你要知道今天的美好时光是用什么换来的。我们一定要过得幸福安康。'

"我抓住时机,问出了困扰我多年的问题。

"'父亲,在遥远的饥荒年生,我们是靠小鸟肉活下来的,这么说来,那是什么鸟?'我问道。

"父亲笑了。

"'你还记得?'他又补充道,'那的确是一段艰难岁月。我们别无选择!'

"'那么,那种鸟是……'

"'没错,是云雀。一种常见的田间小鸟……'

"我不知道再说什么,只能安静地坐在他身旁。

"'儿子,'父亲说道,'人生有时会遇到那种时候。不要轻视那段

岁月——那段多姿多彩的岁月。那是真主赐予你们的福气。'

"说完，他离世了……

"父亲走后，每当我在路边看见这种小鸟，内心总会平添一丝伤感与苦楚，我请求它原谅我曾经的过错与暴行，我一边请求宽恕，一边为自己开脱。

"'我们做错什么了！'我暗自心想，'闹饥荒的时候，还有别的法子吗？所有的恶都源于那场饥荒。要让人吃饱，鸟儿注定要被牺牲掉。'"

* * *

爷爷踢了踢马刺。我俩纵马飞奔起来。这一次，爷爷故意甩开了我。我发现，他突然触景生情起来。尽管他是成年人，但其实内心极为敏感、脆弱。我坐在马背上，将云雀看了又看，只见它在瓦蓝瓦蓝的天空下唱着天籁般的歌。

系铃铛的狼

"爷爷，"我说，"爷爷，听说跟您同岁的塔纳塔尔曾用捕狼夹捕获过一只狼，然后又将它放了？"

"啊，没错，"爷爷答道，"确有其事。"

"为什么将它放了？为什么呀？……"

"这就说来话长了……"

* * *

"塔纳塔尔是个真猎人。"卡列克打开话匣子，"他无所不能。"

"那些年,我们看着他在家里饲养野生羚羊,而且他繁育的野生羚羊达十五只之多。还有一次,他将猎来的野生松鸡与家鸡进行配种,试图培育出新的鸡品种。是啊,他就是这样一个人。"

"啊,那关于狼的故事……"

"噢,这事儿说来实在有趣,"爷爷耸了耸肩,说道,"我们村里的很多老人都知道此事,他们是这件事的见证人。可如今,老人们都走了。"

卡列克沉默片刻,心想:"当说到'都走了'的时候,还是应该为自己所剩无几的生命表示惋惜!"稍作停顿后,他又接着说道:

"有一段时间,我们村接二连三遭到狼的偷袭。它们袭击了村子外围寨门处人家的家畜。塔纳塔尔一怒之下在寨门口设置了三四处陷阱。他是真的敢与狼一较高下。

"三天后,一只成年公狼落入了他布置的陷阱。它腿上的伤口看上去血淋淋的,但实则并无大碍。塔纳塔尔领着我来到村口,打算将它带回家。我一望便知,这是一头凶猛、残暴、让人毛骨悚然的荒野猛兽。它目光如炬!与它对视一眼,简直是对心灵的暴击。

"'我们一枪打死它吧。'我说。

"'为什么要浪费一颗子弹?'塔纳塔尔道。

"'那么,我们找一根坚硬的树枝,给那龇牙咧嘴的东西当头来一棒。'

"'不,不这样。'

"'那我们究竟要怎样?'

"'带个活的回家。'

"'怎么带个活的回家?'

"'你看好了。'

"说完,塔纳塔尔穿上皮袄,将长长的套马索绕在左腕上,形成一个环。如此重复两次,然后望着我说,'这样就准备好了。'接着他微微一笑,胸有成竹地朝猛兽的方向走去。这时,狼发出低沉的怒吼声,不肯屈服,它露出獠牙,跑向前方。突然,狼张开血盆大口,猛扑过来。这时,塔纳塔尔迅速将事先准备好的带牵引链的笼头往狼头上一套,驯服了猛兽,然后牢牢控制住笼头的另一端,脱下了皮袄。"

* * *

"塔纳塔尔将狼养在家里整整一个星期。

"狗嗅到狼的气味,受了惊吓,汪汪直叫,不是躲在窝里,就是围着院子乱窜。

"一天,塔纳塔尔说:

"'我想放这只狼自由。'

"'为何?'

"'我有自己的盘算。'

"'什么盘算?'

"'我想在它脖子上系一个铃铛,然后放走它,让它回到广阔的草原。'

"'然后呢?'

"'然后,它就不能再来袭击家畜了。'

"他照做了。

"系上铃铛的狼高兴坏了,以为就此逃出生天,它拔腿就跑。可狼绝对没有料到,它的这份快乐不会维持太久。

"一个月后,在寨门后面的深坑里发现了狼的尸体。

"这件事让我既震惊又难受。于是我去找了塔纳塔尔,想问个明白。

"'这是怎么回事?'我问道,'狼怎么会死在那里?'

"'你还不明白?'

"'我确实不明白。'

"'如果狼戴着铃铛,谁还需要它呢?狼群会远离它。人远远地听见铃声,就会发现它。而它也没有办法单枪匹马地来偷袭我们,因为铃铛会响,没错,就是铃声让它无法实现自己的意图。'

"'呵,'我说道,'这可怜的东西,原来是饿断气的。'

"'不,'塔纳塔尔说,'它不是饿死的!'"

* * *

"系上铃铛的狼既找不到猎物,也找不到野食,它要怎么活下去?唉,亲爱的,狼是多么骄傲的动物,除了死亡,它别无选择。"

"您是说自尊心?噢,这简直不可思议!"

"这没有什么不可思议的。你想想,所有森林猛兽都可以驯养。马戏团里有熊,有狮子,有老虎……所有野兽都能上台表演。但只有狼……"

"我确实没有在马戏台上见过灰狼。"

"这说明,"爷爷说道,"说明对于狼来说,它的自尊心高于一切!"

"如果人也有这样的自尊心……"我情不自禁地说。爷爷立马领会了我的意思,说道:

"你说得对。人要向狼学习,学习它的自尊!"

青蛙雨

爷爷似乎想考验我,三天两头问我一些出人意料的问题。

"天上下什么?"

"嘿，自然是夏天下雨，冬天下雪……"
"还有呢？"
"还能下什么？！我可真不知道了。"
"这样啊，"爷爷说，"看来你是真不知道此事。连听都没听说过。"
"您说的是什么事，爷爷？"
"曾经，天上下过青蛙。"
"？！"

* * *

"古老的民间故事中经常提及青蛙雨。我是从我父亲那儿听说的……

"当时，在今天的锡尔河畔，突然变了天，炎炎夏日里，暴雨骤降。以前的人没有经历过这样可怕的事情，开始恐慌。

"'太奇怪了！'一位老者说道，'天气说变就变。烈日降雨，真是糟糕！'

"'这难道是世界末日的征兆？！'又一位老者道。

"雨连绵不绝地下了一整天。将近半夜才停下来，次日早上又瓢泼而下。正午时分，令人匪夷所思的事发生了。天上除了雨水，还下起了青蛙，就是那种在池塘里游泳的常见的绿色青蛙……

"人们惊恐不已。

"'看吧，我就说这一切不是啥好兆头。'唠唠叨叨的老者叫苦连天地咕哝道。

"'唉，应该宰杀牲口，开坛祭祀，大家都这样说。我们要祈求真主的宽恕。'

"说起来，村民们一整年都是在担惊受怕中度过的。他们等待着某种厄运的降临，惴惴不安，噤若寒蝉。

"老者们一见面就开始聊青蛙雨,翻来覆去地制造恐慌。就连那个凶神恶煞的老头儿也将自己的所见所知和盘托出:

"'世界末日降临之前,就会发生这种诡异的现象。'

"人们委实害怕到了极点。那种恐惧经久不散。

"但生活还是生活!

"就这样过了两三年,人们开始淡忘这段离奇往事,渐渐地,就很少提及它了。"

* * *

"我至今都觉得诧异,"爷爷说道,"为何青蛙会从天而降?"

"大概,是从什么地方飞来的吧。"我说道。

"你再说说,"爷爷道,"难不成青蛙会飞?"

"青蛙本来是不会飞的,"我答道,"但强烈的风,特别是旋风,可能会把水、青蛙和其他一些东西卷到陆地上来。"

"别瞎说!"爷爷突然责备我道,"这一切都是无所不能的主创造的奇迹。"

我思索起来。脑海里浮现出各种各样与之有关的生活现象。但没有爷爷做我的听众,我说了也白说!

我望着瓦蓝瓦蓝的天空。天高云淡……

"这片土地上的美好和乐可以持续到什么时候?上天一定还会不止一次地降下奇迹,使我们惊讶。"我心想。

食人鱼

"我们那会儿还是孩子,住在古老的锡尔河畔。我们家以捕鱼为生，靠鱼肉为食。"爷爷说道。

"看来，那时候的锡尔河鱼儿成群？"

"噢，那是自然！只要扔一竿子，立刻就有鱼儿上钩。"爷爷回答说。

"真棒！那时候真叫人称奇……"

"那时，我们村里发生了一件令人唏嘘不已的事，整个村子为之震惊：一个小男孩被一条巨大的鲶鱼吃掉了。"爷爷极不情愿地忆起往事。

"怎么会？！"我惊讶地问道，"鱼怎么能够抓住并吃掉人呢？"

"现在，我来告诉你事情的来龙去脉……"

* * *

"在谢伊胡恩河（今锡尔河）沿岸的深坑里有一个不大的断陷湖。小湖满盈盈的，离我家也不远。我们一群男孩儿每天都去湖边玩耍，在湖边抓鱼、嬉戏、跳水、游泳。湖不大，我们一眨眼工夫就能绕湖一周。而最让人称奇的是——湖非常非常深。湖底有一个黑影，一只巨大的怪物躺在那里。而我们却以为那是一尊黑色的巨石。

"'我看见那块石头动了一下。'一次，我的绿眼睛伙伴儿说道。

"'得了吧！瞎说什么呢？它又不是活物。'

"'不，它是活物。万一是条大鱼呢？'

"'还真像一条大青鲨呢！'男孩儿调侃道。

"'不，有可能是鲸鱼？'另一个男孩儿说道。

"'为什么你们不相信我呢？'绿眼睛男孩儿气急败坏地说，'我亲眼看见它动了，挪了一下位置，这才告诉你们的。'

"'好，你看见了。你看它睡得正香呢！……'

"大伙儿笑得直不起腰。

"'这个话题到此为止。'

"又过了两三个星期,一次,绿眼睛伙伴儿六岁的弟弟也跟我们一起去游泳。我们顾着较量谁游得快,却没有注意到那孩子竟游向了湖心。正当我们琢磨着如何将他拉回来时,突然,湖底的黑色巨石动了,它浮向水面,张开血盆大口,将小小的孩子一口吞下,随后又没入湖底。我们惊恐地往家里跑。我的绿眼睛伙伴儿哭了一路。

"'阿爸!'他喊道,'阿爸!那条黑鱼吃掉了弟弟……'

"这场意外后,村里的大人迅速在湖边集结,开始挖水渠,试图把一部分水引到别处去。就这样,水位逐渐降低,他们向湖心靠近。这时,原先的石头活了过来,一个劲儿地抖动,狂怒不止。上了年纪的人说,这是一种巨型鲶鱼。最后,他们把巨型鲶鱼拖上岸,将它开膛破肚了。巨型鲶鱼身长两米有余,在它的肚子里果真发现了小男孩儿的尸体。男孩儿的身体完好无损,只是静静地躺在那里,像睡着了一样。男孩儿的父母痛哭不止,哽咽着,当天就将他安葬了。自那天起,我们再也不去锡尔河那处荒废的水域游泳了。"

* * *

"真是个令人悲伤的故事,"我说,"可这么大一条鱼怎么能长时间地生活在那么小一个湖中呢?"

"它们特别经得住饿。甚至可以一个月只吃一顿,然后再睡很久。"爷爷答道。

马之泪

昨天晚上,爷爷卡列克又给我讲了一个意味深长的故事。这个故事让我久久无法入眠。

"故事的开头是这样的：

"曾经，我们的卡列克有一个邻居，名叫帕济尔别克。这位尊敬的帕济尔别克年轻时是远近闻名的马术高手和叼羊好手。后来他老了，不再生龙活虎了，他的"白斑"就成了他日常差遣与驮运货物的马匹。

"对了，这匹马曾经可是一等一的跑马，经常在赛马场上和叼羊场上出尽风头。一次，帕济尔别克在赛马时让它猛烈冲刺，结果导致马腿部重伤，后来，他就放弃了赛马，转而投身于叼羊比赛，现在，他则用它来驮运货物。

"尊重马的人看不惯帕济尔别克的这种做法，真诚而友好地告诫他：

"'你为何要这样？它不是一匹上等的跑马吗？'

"'是又怎样？'帕济尔别克没好气地回答，'我没有其他可以驮运重物的马匹了，不用它用谁？马有什么身份，还不是跟人老了一样？！'

"不幸的白斑从早到晚地忙活，无可奈何地拉车，拖运沉重的货物。邻居们觉得跟帕济尔别克说不通，简直是浪费口舌，于是便放弃了。可怜的白斑只得在这样沉重而艰难的日子里继续煎熬。

"一天，"爷爷突然激动地说道："我走在路上，白斑拖着车箱迎面向我奔来。后面是帕济尔别克。我一看，马已经累得精疲力竭，浑身是汗，它面色铁青，颤巍巍地迈着步子，艰难地拖着沉重的马车。

"可怜的白斑一见到我，就停了下来，似乎等待着与我寒暄。我也站起来。帕济尔别克抬起头，说：

"'嘿，你干吗停下来？！'他朝着马背狠狠抽了一鞭。吓得我心

脏差点儿没跳出来:

"'唉,帕泽克[1],您为何这样?不心疼马吗?'

"'关你什么事?'他横眉瞪眼地望着我说道,'走你的路。这是我的马,你算哪根葱,有什么资格干涉我?……'

"'您难道没有恻隐之心,没有同情心吗?'

"'走你自己的路!'他歇斯底里地大喝道。然后用了双倍的力道挥鞭向马,以示对它的惩罚。可怜的白斑挣扎着跑了两步,接着后脚着地,前脚腾空而起,仰天长啸。我看见泪水从马的眼眶里流下来,吓了一跳。

"我着实吓坏了。那是我生平第一次见到马流泪。我捂住双颊,内心说不出地难受,慌忙从那处离开了。

"回到家后,震惊于自己的所见,我将事情的经过告诉了邻居老大爷。老大爷说:

"'糟透了!马要是当真哭了,那势必会发生灾祸与不幸。你迅速从那处离开,是正确的。'

"我什么也不懂。不知道老大爷究竟是何意。但是没过多久,不幸的消息就传遍了全村。帕济尔别克突然暴毙。他没有生病,头天晚上躺下,第二天早上就没有起得来,也没有醒过来。

"邻居老大爷当时就说:

"'这下出事了,看见了吧,这就叫作马之怒。如果马哭了,那活着的人也不会有好下场,在劫难逃啊。'"

* * *

爷爷卡列克讲完故事,补充道:

---

[1] 帕济尔别克的别称。——译注

"马流泪,人必受其祸。如果有人逼得马儿哭泣,那他也危在旦夕。我不止一次地亲自验证过这一点。"说完,爷爷摘下绣花小圆帽,摸了摸头。

我的眼前则浮现出马腾空而起、悲鸣嚎哭的画面……

狡猾的松鸡

我与爷爷来到山脚下。我俩骑在马背上,准备下马。

"接下来得步行了,"爷爷卡列克说道,"马走不过去,可怜可怜它们。"

"那就走两步吧。"说完,我也跳下马背。

我俩一路攀爬,向着卡拉套山区的堡垒进发。我们肩上背着火枪。

今天的出行是有原因的。昨晚,爷爷说:

"我们好久没去山里了。我有点儿想念那些风景,想念山顶清新的空气。"

我回答说:

"既然如此,我明天有空,我吩咐他们备马……"

爷爷高兴得像个孩子,说道:

"好,那你张罗吧。"

于是,便有了这次登山之行。我担心爷爷脚底打滑,担心他摔倒。可他才不呢!老头儿可没那么弱不禁风。他要是赶起路来,连我都追不上。有时,我踩到光滑的石头表面,还脚底一溜呢。

"山坡上有什么?"我问道。

"有很多松鸡。"

"松鸡是什么?"

"就是普通的鸡,但比鸡稍微小一点儿。它们也下蛋,也带小鸡。"

"啊!"我恍然大悟。

突然,爷爷倏地蹲下。我也跟着蹲下。

"松鸡?"我轻声问道。

"是的,那就是松鸡。"

"我们现在怎么办?"

"我试着摸近些,然后再开枪。"

"好。"

爷爷弓着身子向前走了一段,然后站起身来,瞄准,扣动扳机。枪声在山谷中回响。

"打中了吗?地上有东西吗?"我紧随而至。

老头儿目不转睛地盯着那处。只见松鸡一只接一只地飞走了,仅有一只在跳跃过程中跌落下来,在岩间打转。

"在这儿呢,"爷爷道,"它中枪了……"

"怎么抓住它?"

"得追上它。"

我俩拼命追赶松鸡,松鸡则一瘸一拐地在岩间兜圈子。每当我们快要追上它的时候,它就又跑远了,还一步比一步矫健。

我们就这样追着它跑了一大段路。这时,那只松鸡鼓动翅膀,飞走了,飞得老高了。我跟爷爷惊得下巴都要掉了。

"显然,它没有受伤。"我像个经验老到的猎人一样,轻声自语。

爷爷思索起来。

"您在想什么?"

"没看见吗?我们被骗了。"他由衷地笑道,"不过倘若松鸡的窝在那个地方,那就不奇怪了。这是它的诡计,为的就是把我们从那处引开。"

随后，我们回到先前的地方。爷爷将岩石间的缝隙搜寻了个遍，终于找到了松鸡的窝。窝里有四五个蛋。

"瞧，"卡列克说，"这就是它的窝。"

我刚向鸡蛋伸出手，爷爷就冲我吼道：

"别碰它们！"他说，"它可不是平白无故假装瘸腿的。你以为，它为什么将自己置于险境，将我们骗至另一处？为了孩子，这世间的生灵什么做不出来？"

说完，爷爷背上枪，踏上了下山的路。我跟在他身后。

森林的觉醒

"你知道树与树之间也存在亲缘关系吗？"

"我不懂您的意思……"

"森林里的树木之间也常常关系亲密。"

"这能察觉吗？"

"是的，我曾亲眼所见。"

我与爷爷之间的趣味谈话从这里开始。

* * *

"曾经，在我还年轻的时候，发生了一件事，我至今还依稀记得当时的感觉。那时，我们决定在屋旁修一间畜棚。父亲准备用搁置在院中的废木材盖房顶。我不同意。我说，我去林子里砍一些又长又结实的木材回来。

"'哎呀，用不着，儿子。盖一间小畜棚而已，院中的木材完全够用了。'

"'不，父亲，我还是得去林子里走一趟。'说完，我将斧刃磨得铿亮，然后叫上一位好友，便向森林出发了。森林里的树自然是数不胜数。选哪一棵呢？结实的、粗壮的、细长的，应有尽有。'任选一棵，砍了带走便是。'朋友说道，'我们在林子边上砍一棵树带回去吧。'

"'噢不，在森林中央有更挺、更直、直插云霄的大树，砍它们。'

"一路上还算正常，我与朋友一边用斧头敲击各种树木，一边悠闲地散步，一直深入到森林腹地。但不是这棵树的长度不合适，就是那棵树的粗细不合适。我们好不容易才选出两棵挺拔、端正的白桦树，于是着手砍树。我俩抡起斧子就开砍。咚！咚！忽然，森林里起了风。顷刻间，风声呼啸，天昏地暗，看样子，一场风暴正在酝酿。

"'我心惊肉跳的，趁你我尚且平安无事，我们回去吧？'好友惊魂不定，与我说道。

"但我不想放弃。我仍旧将斧头高高举起，重重落下，深深凿在树干一侧的切口上。

"突然，身旁的其他树木低垂下自己的枝干，向我伸过来，开始打我，'啪啪啪'打在我脸上。'这是怎么回事？'我暗自心想，'难不成树还有脾气……'我猛然发现，这些树摆动着身躯，开始摇晃、抖动，似乎下一刻就要扑向我们。这下，我也吓坏了。这样的狂风确实能够将树木瞬间折断，然后砸到我们头上，让我们当场毙命……

"'我不管你了，我先走了。'好友开始收拾工具。

"这时，林中狂风大作。我们头也不回地向没有树的开阔平地飞奔。最邪门的是，我们刚一跑到平地上，风的呼啸声就消失了，风暴也停息了。周围出奇地安静，就像什么也没发生过一样。"

* * *

"回到村里，我把这件事告诉了父亲，他说：

"'这是森林醒了——这就是森林的觉醒!'

"'您是怎么知道的?'

"'嘿,儿子,森林是万物的主宰。可如果森林在愤怒中觉醒,充满了敌意,那是非常严重的事情。你们很幸运,完整、健康地回来了。通常情况下,你们很难活着回来。'"

* * *

"就是这样,"爷爷微笑着说,"那一次,我差点儿就受到了惩罚,差点儿就没有领会到森林的怒意。自那以后,我再也没去林中砍过树。"

鸡冠鸟

从小,我就经常看见这种头戴冠羽的灰色小鸟——鸡冠鸟——出现在我们周围。它与其他鸟类截然不同,有天渊之别。主要是,它大概是最亲近人类的小鸟了。这种鸟即便飞走,也不会飞远。儿时,父亲一旦发现我们用石头砸鸡冠鸟,就会训斥道:

"你在干吗?"父亲喝道,"你为什么用石头砸它?你难道不知道,这是神鸟?"

"它有什么优越之处?难道鸟还能加封,还能受洗?"

"噢,这就说来话长了。"

* * *

我时常向爷爷打听这种鸟。

"这是神鸟。打死这种鸟的人,或生或死,都不会幸福。"

"怎么说呢?"我询问道,"它为什么如此受人敬重?"

"因为一个传说。"爷爷道,"这个传说由来已久。从前,亚当被逐出天堂的时候,是鸡冠鸟在沙漠里为他辟了一方幽静之处。据传,当死亡天使亚兹拉尔隐匿身影来到人间追捕其灵魂的时候,是鸡冠鸟第一个发现了他,也是鸡冠鸟将这一消息告知了亚当。

"亚当为了感谢鸡冠鸟真挚的善意与热诚的关心,将至高无上的真主安拉的一千零一个美丽的名字教给了它,亚当逐个逐个地教,不曾落下一个。学会了至高无上的主的所有美名,鸡冠鸟变成了智慧的小鸟。它飞上蔚蓝的天空,唱起婉转的歌,歌唱真主安拉神圣的名字,弘扬真主安拉美丽的名字,将真主安拉的美名传颂于世。据说,如果鸡冠鸟能够准确、流利地报出这一千零一个名字,就可以升入天堂。

"可惜啊,善良的小鸟在唱出了真主安拉的一千个美名之后,在最后关头出了差错。这可能是因为鸡冠鸟唱到真主安拉最后一个名字的时候,望了一眼人间,发现自己的影子还留在下方,这一看,心中不免一惊:'我们不但没有播撒光明,积德行善,还将阴暗的影子留在了人间。'它想得出神,竟忘了唱出主的第一千零一个名字……

"就这样,它又落回了人间……"

"爷爷,这就是个传说。"我说道。

"是的,这的确是个传说,"爷爷说道,"即便如此,传说并非无本之木。它是民族智慧的深刻体现,因此流传千古。"

说完,他顿了顿。

"是啊,我们也曾是孩子。少时,母亲常说:'你们若是一不留神把鸡冠鸟砸死了,是会招来灾祸的。不要用石头砸它!'

"'为什么?'我们问。

"'因为这是神鸟。它静静地唱着一支歌:

我叫鸡冠鸟

有信使之翼

害死我的浪荡子

会成为孤儿……'"

唱完这几句,爷爷响亮地清了清嗓子。

"这鸡冠鸟还是诗人呢!"我开玩笑说道。

"作为最智慧的鸟儿,比起主赐予它的异禀天赋,写诗不是什么难事儿。"

听完爷爷的故事,我忆起了童年时光。任你百般挑逗,这种头上一撮毛的鸡冠鸟都不会远离你,一转眼它又出现在你面前,仿佛从未离开,就在你身边蹦跶。

它真的怀着如此深重的温情与爱将人类视为自己的亲密朋友吗?这又是为何呢?!……

机警的骆驼

骆驼中,成年公骆驼是出了名的脾气暴躁,关于它的传说、话本不知有多少。或许正因如此,我才没有留心谛听关于成年公骆驼的事迹。我曾以为,那就是全部了。

今天,我自己也不知道怎么回事,竟与爷爷卡列克聊起成年公骆驼来。

* * *

话题是我挑起的。我本来只是想了解了解骆驼,却不料话锋一转，我们又聊起了这个令人耳朵生茧的话题。

爷爷微微一怔。

"我记得，你从前打听骆驼的时候，若是在那气宇轩昂、步调从容的骆驼队伍中间混入了成年公骆驼，你并不会留意它。"

"怎么会？"我说，"留意的……"

"没错，是得留意。"

"为什么成年公骆驼笨拙不堪？为什么它们行事不机警？"

"不绝对，"爷爷说道，"也有例外。"

* * *

"这件事发生在我的童年。"爷爷卡列克说道，"那时，我们村里有骆驼驮运队。庞然大物虽然外表唬人，可我们这些村里的孩子并不把它们当回事儿。还跑去捣乱，扔石子吓唬它们。这种脖子又长又弯的动物总是一面防范着我们扔过去的石头，一面甩脖子，一面怒吼，一面后退。

"一次，我问父亲：

"'身为庞然大物，它们却胆小如鼠，这是为何？'

"父亲回答说：

"'它们既不胆小，也不怯弱。它们只是进退有度。要是……'

"没等父亲把话说完，我饶有兴致地打断他：

"'它们还能做什么？'

"'骆驼还能用身体压死人，用蹄子踩死人。'

"'发生过这样的事吗？'

"'是啊，当然发生过。春秋两季，成年的公骆驼往往非常具有攻击性，会喷唾沫。对于人来说，这种情况十分危险，骆驼可能会不顾一切地撞向人类。'

"'如果遇到这种情况……'

"'噢,不用大惊小怪,它要是整个身子甩过来,那必死无疑。'

"那时,我们不过是些毛手毛脚、粗枝大叶、心浮气躁的孩子,我不相信父亲的话。老实说,我压根儿没把他的话放在心上,很快便抛之脑后了。

"我们这些孩子不仅在院子里玩耍,有时也漫山遍野地跑。哪怕骄阳似火、暑气逼人,也全然不在乎:会不会热得中暑,会不会流鼻血,会不会血压升高……是啊,我们哪会想到这些!

"那是再寻常不过的一天。我们一群男孩儿在村外玩了很久。正午后,各自回家。我翻过寨门,归心似箭,直往家里奔。偏偏一队骆驼迎面向我走来。我也不害怕,像往常一样肆意恐吓它们,朝它们扔石子,想肃清道路障碍。突然,队伍中一只口吐白沫的骆驼径直向我跑来。我还是拿石子砸它,可它毫无惧意。蓦地……我想起父亲说过的话。

"'天呐,这难道是成年公骆驼?!它真的要用身体压死我?!……'

"我吓得直哆嗦,心脏狂跳不止,说不出话来。手也抖,脚也抖,双脚像是被粘在地上一样,动弹不得。

"那只骆驼目光如炬。眼看着它就要冲过来了。我抬不动腿,跑不起来。它却铁了心给我好看,让我无处遁形,这是我自己看出来的。

"'怎么办?该如何吓跑它?……'我脑海中一团乱麻,失了方寸。

"'倘若我倒地不起,会怎样?!它会把我当成死人,转身离开吗?……'

"我吓得胆战心惊,大气都不敢出。我想哭,想叫,可就是发不出声音。成年公骆驼步步逼近我,它一边走,一边号叫,'嗷嗷'怒吼了两次。我与它四目相对,它眼里冒着火花,仿佛在说:

"'我现在就把你碾成渣。'

"我拿出勇气。回瞪过去……

"'放马过来吧,嘿,既然你要当杀人凶手,当暴君,那就杀了我吧!用身体压死我!你来啊……'我们都直勾勾地盯着对方,眼底透出一丝轻蔑,僵持了很久。

"突然……骆驼吐出白色唾沫,对直往我脸上喷。我眼前一片模糊,伸手抹开唾沫,勉强睁开双眼一看,身旁的骆驼不见了。

"它去哪儿了?上哪儿去了?

"成年公骆驼没有撞向我,它绕过我,迈着碎步离开了。此刻,我清楚地看见,不远处,它正快速赶往自己的队伍。泪水在我眼里打转。不管怎么说,我还是应该感到高兴,我活下来了,或者感到满足,为骆驼的'热情'而满足。

"'谢谢你,骆驼!'我大喊一声。"

* * *

讲完故事,爷爷想起什么,陷入了沉思。

"爷爷,您怎么了?"

"我倒是幸免于难了!可是,邻居家的儿子却被那只骆驼压在身下,踢坏了脑袋……"

"他死了吗?"

"嗯,死了。不久后,那只骆驼也死在了村里老人们的刀下。"

我与爷爷在伤感中结束了交谈。

巴尔萨克

说实在的,我本人并不太赞成在家里养狗。可人们如此喜欢狗,到底是喜欢它什么呢?一个人的时候,我这样问自己,然而百思不得其解。当然，我不是说喜欢狗的人就好，不怎么喜欢狗的人就不好。世事无常，该经历的还得去经历。一切都是主的旨意，我从未想过，有朝一日我也会与狗如此亲近，并且深深地依恋它。

事情是这样的。

* * *

一次，大儿子带回来一只狗崽，一只楚楚可怜、踉踉跄跄、长毛蓬乱的狗崽。起初，我只是远远地好奇了两眼，没与它近距离接触。不过妻子很可怜它，关心它，经常给它喂水，喂食物。

"父亲，它是我从路边捡回来的，这家伙被雨水淋得透湿，冷得浑身发抖，蜷成一团。再这样下去，它会冻死的。我觉得它很可怜，父亲，于是就把它捡回来了！"儿子说。

我回答道：

"没错，应该可怜它。不过这只从路边捡来、无家可归的狗崽会给我们家带来幸福与安宁吗？倘若能够找到愿意养狗的人来监护它，那最好还是把它交到合适的人手中。"

儿子点了点头。

"好的，父亲！我会照办的……"

我记得，我们的谈话到此为止。

但是，要么是没能找到监护人，要么是儿子不愿让小狗离开，它在我们家一待就是两三个月。秋意深浓，天气陡然转凉。以前在院子里肆意撒欢儿、嬉戏的小狗，如今一大早就不见了踪影，蜷缩在某处瑟瑟发抖去了。

清晨，我出门工作的时候，会不自觉地朝小狗的方向张望，它瞧见我，抬头看看，又温顺地垂下眼。

"没从家里带点儿东西给我吗？"小狗尖声乞怜。

渐渐地，我生了恻隐之心。每次出门，我都惦记着给小狗带一些剩菜剩饭，这已经成了我的习惯。我不会空手出门。灰溜溜的小狗也开始习惯我的出现，以前它只会在远处温顺地望着我，而现在，它会淘气地摇着尾巴迎接我。

常言道，"媒人不期而至，冬天说来就来。"室外气温骤降。先是霜雪铺地，接着，天寒地冻。我由衷地为小灰狗接下来的命运感到担忧。该拿它怎么办呢？如果就这样将它丢在外面，小狗会冻着。万一冻死了呢，该怪谁，算谁作的恶？谁？

我考虑再三，最终决定将院中工具贮藏室的门打开。我想，它要是真的觉得冷，可以进去暖和暖和。我应该是准确捕捉到了小灰狗的心思，当天晚上，它就跑进了院中的那个房间。那儿什么都有：纸箱、各种各样的盒子。它可以随便挑一个钻进去，在里面呼呼睡大觉。

* * *

近来，阿斯塔纳的冬天愈发漫长：忽而寒风刺骨，忽而飞雪漫天。总之，这个冬天让我们所有人都冻得够呛。人们开始频繁生炉子取暖，还有人用起了电热炉。尽管如此，坦白讲，大家还是担心一家老小被冻坏身体，翘首以盼春日来临。

对了，我的小灰狗可以说是在那间小屋中度过了整个冬天。我偶尔得闲的时候，也会去那儿转一转，瞧瞧它在不在，可怎么也找不到。可只要我唤两声，它就会从箱子里跑出来，或者从旁边探出头来。见它还活着，我就很开心。我拿出它喜欢的食物，就地放下，迅速离去。

每天，我出门上班时候，小灰狗都会来送我，然后又回到自己房间。我也不曾忘记投喂它。

我们就这样度过了一个冬天！

漫长的冬天渐渐远去，冰寒也徐徐匿了踪迹。

* * *

春回大地，绿草如茵，百花盛开，院子里焕然一新。小灰狗也扔下过冬的暖阁，走出房门，开始在院中留宿。春天还没来临的时候，它就长大了许多。起初，看它的体格，我还以为它是一只杂种狗。可我完全搞错了。初春的时候，小灰狗又高了一头，变壮实了些许，四条腿也长长了。尽管外表还是一只普通小狗，但我坚信，它绝对不是一只杂种狗。它会在夜晚竖耳倾听，冲着散步的路人吠叫。

在这之前，我从未想过给它取名字，可现在，我有了这个想法。叫它什么呢？

很久以前，我还是个孩子的时候，我们村时常有沙狐出没。那妙物可一点儿不畏人，它在附近的山坡上活动，遇人就先打量一番。我亲眼见过它们好多次。父亲说：

"沙狐——是一种草原狐。"

长大后，我和同学一起下夹子，捕到过一只沙狐。它非常顽强、桀骜，牙齿锋利，是只机智敏锐的小兽。它一不留神被捕兽夹夹住了爪子，就将整个爪子咬破了。

给小灰狗取名字的时候，不知怎的，我突然想起了那只机敏的小兽，想起了矮小的沙狐。

不过，我没有给它取名为科尔萨克（沙狐的音译），而是稍微改了一下。

"叫巴尔萨克——会更好些。"我自言自语道。我的想法是：一来，这只狗让我想起了少时抓住的那只沙狐；二来，我希望它像沙狐一样机智、警觉、伶俐。

如我所料，巴尔萨克是一只跑得飞快的猎狗。它不顾自己的职能范围，不让任何人在夜间靠近院子。一旦有人靠近，它就狂叫不止，甚至会大发脾气，攻击对方。

一次，一名醉汉闯进院子。巴尔萨克一见他便跳了出来，冲着他狂吠，还袭击了他。喝醉的人难道会屈服于一条狗？那种情况下，他才不管三七二十一，只想踹狗两脚。巴尔萨克一口咬住那人的小腿，同时将爪子刺入他的血肉。醉汉顿时大叫起来。听见惨叫，妻子跑了出去。

"我的天呐！"妻子晚上说起这事儿时，还惊魂未定。

"我开始害怕这只巴尔萨克了。连醉汉都被它弄得嚎啕大哭……"

又过了好些天。在这期间，我跟巴尔萨克成了朋友。

我一下班回家，它就跑来迎接我，在我跟前淘气、撒娇。

我先进屋，等喝完茶，养足了精神，就到院子里去，它就这样寸步不离地守着我。我上街溜达，它也跟在我身后。

* * *

一天，胸口的疼痛让我感到不安，我不得不去市立医院住院治疗一段时间。能怎么办呢？我只好安排好工作，然后前往医院。我在医院里一躺就是好些时日。先是检查，等确诊后，便开始治疗，时间就这样一晃而过。出院那天，我收拾好行李，离开了医院。儿子开车将我送回家。我刚一下车，巴尔萨克就迎面扑过来，亲热地趴在我面前。

它怎么知道我回来了？难道是嗅到了主人的气味？

我又惊又喜，因为它来迎接我，准确地判断出了从车上下来的人是我。我更加喜欢它了。

"唉，人与人之间的牵挂都不似这般真心实意……是啊，狗的忠诚往往至真至纯，这就是动物对人的忠诚！……"

或许是因为刚出院，我竟感动得热泪盈眶……

*　*　*

今天是星期天。院子里放着一张我亲手做的弧边长椅。椅子上盖着防潮罩子。那是我的安乐椅。我走出房门,在长椅上坐了很久,休息了很久。有时,我靠在椅背上,让自己放松下来。

我依旧慵懒地坐着休息。巴尔萨克在我身旁。这时,邻居家那只支棱着一双细长耳朵的深灰色公狗闯进院子。我大喝道:

"走开!快滚!"

我从地上捡起一块石头,朝狗扔去。深灰色公狗夹着尾巴溜走了。我的巴尔萨克也跟了出去。我想,它定是知道我不乐意,追出去攻击别人家的狗了。

片刻后,巴尔萨克回来了。

临近正午,各种各样的狗开始向我家院子聚拢。那只支棱着细长耳朵的深灰色公狗也在其中,此外还有杂色狗、浅灰色狗、矮小的条纹狗……

我透过窗户看见这一幕,怒不可遏,于是冲进院子,抢起木棍,将它们赶了出去。而我的巴尔萨克似乎与它们站在了一边,也一起跑了。

我完全摸不着头脑,傻乎乎地望着它们。这时,妻子走出屋子:

"你到现在都还没发现。"她说。

"发现什么?"我问道。

"你的巴尔萨克——是只母狗。"

"所以呢?"

"所以,那些公狗来到这里。"

"噢,那么……"

我这才开始琢磨那些细枝末节。"就是说,我的巴尔萨克——是只母狗。而那些公狗……"

"所以说，不要吓唬它们，不要朝它们扔石头，不要赶它们走。"妻子笑道，"想来，它们都是来求偶的……"

说完，妻子又回屋去了。留我呆愣在原地，不知所措。

这时，巴尔萨克回来了。而它的身后依旧跟着那群狗：支棱着细长耳朵的深灰色公狗，杂色狗，浅灰色狗……

我拾起木棍，刚准备开打，只见我的巴尔萨克用哀伤的眼神望着我，仿佛在说："不要伤害它们！求求你……"

我愣在原地，就这样站着，一动不动地站着。眼看着邻居家的狗大摇大摆地在我家院子里闲逛，然后又离开。而巴尔萨克也跟着它们离开……

"巴尔萨克！……"

它听见我的呵斥，猛然回头，望了一眼：

"它们——是我的归宿。"巴尔萨克似乎想说，它迟疑了一秒，然后离开了。

不知怎的，我顿时颤抖起来。

* * *

就这样过了一段时间。

邻居家的狗三三两两地在我家进进出出，然后又消失得无影无踪。巴尔萨克又变得形单影只。

我下班回来，它又寸步不离地守着我，跟我淘气、撒娇。但它与以前不一样了，不似以前那般灵活、机警，它身子变重了，体重增加了。

妻子说：

"可能要生狗崽了……"

听到这个消息，我的心"咯噔"一下……我满怀同情地看着巴尔萨克，它已经开始显怀！生就生吧。只不过，我会像爱我的巴尔萨克一样爱那些狗崽吗？……

巴尔萨克温柔地望着我，目光中透着丝丝忧伤，它似乎读懂了我的想法。

"我的孩子不会成为你的家人，对吗？"

* * *

没过多久，我的巴尔萨克生了。生的不是一只两只，而是整整六只。这下，它成天趴在自己的小崽子身旁，寸步不离地守着它们。

下班回家，我首先问道：

"我们的巴尔萨克没饿着吧？"

今天正好是休息日，我独自坐在院中。巴尔萨克跑过来，它瘦了，毛也掉了。我望着它的眼睛，发现它哀伤的眼神中透着不安。

"怎么了？小狗崽的父亲去哪儿了？它全然不管自己的后代吗？为什么？它为什么不来看看？哪怕是偶尔……"

每当我思考这个问题，就会被一股莫名的恐惧所占有。

白骆驼

渺无人烟、一望无际的荒原上，卡斯克尔别克正骑马飞奔，出神打盹儿之际，他与白骆驼不期而遇。远远地，他便认出了它。那是他的白骆驼……他见多了动物，可以断定，就是它，于是顿觉浑身燥热。

"我为何突然发抖？"卡斯克尔别克心想，"为何一见白骆驼就心生恐惧？"

白骆驼也准确无误地认出了卡斯克尔别克。"没错，是他。"它头一甩，快步走向他。它等的就是这个两条腿的人类。居然让它给遇见了。在这荒无人烟的不毛之地,他无处可躲,无处可藏,它与他面对面。这就是它最大的心愿。

它跳跃着加快步伐,小跑步前进……

卡斯克尔别克没理由犹豫、发呆,他调转马头,挥动马鞭。

他逃跑了。白骆驼奋起直追。

荒漠。白雪。目之所及,天地一线。

一个逃,一个追。一马一骆驼在广袤无垠的草原上奔驰……

* * *

卡斯克尔别克兴奋而忐忑地等待着小白骆驼阿克博塔[1]的降生。他对骆驼母亲很上心,于是连夜将小骆驼带回家,把它从头到脚洗了一遍,收拾得干干净净,让它尽情玩闹。小骆驼也喜欢上了他,深深地依恋着他,一见到他,就温柔地叫唤、摆头、撒娇。

一次,卡斯克尔别克来牵骆驼母亲时,取下了小白骆驼的颈绳,骆驼母亲竟尥起蹶子来。大概是因为不舍,但它只是单腿侧摔,否则他完全可能被摔死。那天以后,卡斯克尔别克不再让小骆驼与骆驼母亲分开。它还处于成长期,还是将它留在母亲身边较好。

阿克博塔长大了,也变壮实了。卡斯克尔别克迫不及待地将它带到牧场上与成年骆驼们一起食草。起初,他没有给它自由,给它戴着铜笼头,拴着它,但最后还是决定放开它。于是,阿克博塔开始与成年骆驼们一道在牧场上自由自在地吃草了。

不过没过多久,平时恬静、温顺的阿克博塔变得非常具有攻击性,开始表现出敌意。一次,阿克博塔狠狠踹了邻居家的男孩儿一脚,重伤男孩儿。邻居好不气恼。

---

[1] 意为"白骆驼"。——译注

卡斯克尔别克当天就抽了阿克博塔两顿鞭子，希望它记住教训。小骆驼蜷缩成一团，躲在畜棚的角落里。

* * *

卡斯克尔别克身下的马儿卡斯卡加速飞奔，白骆驼也调整步伐，提高速度，紧跟其后。他无意中发现，他们之间的距离已越来越近。这下，卡斯克尔别克着实害怕起来。此刻的白骆驼长大了许多，成熟了，变得威风凛凛。它体内充满了力量，不可抑制的力量。如果它追上来，踢翻马匹，那卡斯克尔别克绝对有可能摔死……

想到可能出现的后果，卡斯克尔别克感到心惊胆战。

"唉，这只骆驼对我有什么不满？"他痛心疾首地嘟囔道，"我错就错在——自它出生起，就对它呵护有加，向它伸出了温暖的双臂！或许……它还没忘记我盛怒之下抽它的那两顿鞭子！……"

卡斯克尔别克不停地挥动马鞭。任何人见了他在马背上颠簸的样子，都会为他捏把汗。

* * *

长大一些后，阿克博塔的外表发生了变化。它的毛色从原先的纯白色变成了浅沙色。于是卡斯克尔别克现在唤它博兹塔依拉克[1]。

这头博兹塔依拉克极具攻击性，经常伤害无辜，见人就冲撞。一次，它一旯蹶子，就踏死了一头牛，那头牛是一位没有胡子的老头儿所养，是老头儿唯一的一头牛。没有胡子的老头儿悲痛欲绝，跑来找卡斯克尔别克讨说法！

"你管管你的骆驼！它如果继续这样下去，我们村的牲口就都没

---

[1] 意为"一岁多的白骆驼"。——译注

活路了!"老头儿气结,愤愤说道。

卡斯克尔别克答应赔偿老头儿两三只羊,才好不容易将他安抚下来,然后将他送回家。他刚一送走老头儿,博兹塔依拉克就从角落里探出身子来。

"喔唷,你个狗崽子,瞧你干的好事儿!"他振臂一挥,抽了它两鞭子,博兹塔依拉克顿时狂怒,开始尥蹶子、反抗,还差点儿没摔伤它自己。

几天后,村里的长者们开始商量如何处置博兹塔依拉克。

"最好直接将它卖了。"一位长者说道。

"不如杀了这畜生,将肉卖了。不然它继续这样搞迫害,逢人就撞,到那时又该怎么办?"另一位长者说道。

卡斯克尔别克沉默不语。他极力克制着自己的任性与冲动,可他也不忍弃骆驼于不顾。他与它之间特殊而珍贵的情谊尚存于心。

* * *

白骆驼已近在咫尺。他们之间仅留下一小段距离,扔一木棍的距离。卡斯克尔别克侧身回望,只见博兹塔依拉克步伐坚定、杀气腾腾。

"无论如何我都要追上你,弄死你,一胸脯压死你。"骆驼坚定的步伐昭示着它的决心。

突然,马儿一脚陷进田鼠挖的坑里,失蹄跌倒,跪倒在地,然后又重新站立起来。这时,白骆驼步步紧逼。它用前胸冲撞马儿。马儿仓促起跑,一路摇摇晃晃,跌跌撞撞。卡斯克尔别克也差点儿跌落,不过没有跌落。而后又策马飞奔起来。

白骆驼再次被甩在身后。

一望无际的荒原上只有两个身影:一马一骆驼。卡斯克尔别克低低地伏在马背上,时隐时现。

***

经过漫长的商议，村里的长者们作出了最终决定。

他们决定让博兹塔依拉克在几天后死于刀下。

对了，这些天它不叫博兹塔依拉克，而叫白骆驼。连名字都没能幸免。所有人都曾习惯把它唤作博兹塔依拉克。

卡斯克尔别克精心照料了白骆驼两三天，百般讨好它：爱抚它的脖子，与它玩闹、亲热。

每当回想起它幼时的顽皮与恶作剧，他就忍不住掩面哭泣。这时，白骆驼便疑惑地望着他。

"啊，我的小畜生。你心中感觉到这一切了吗？"

"你为什么用乞求的目光望着我？"卡斯克尔别克暗自心想。

到了约定的时间，三四个小伙儿聚到一起，为宰杀白骆驼做准备。白骆驼仿佛感觉到了即将到来的灾难。一上来就激动不已，开始挣脱脖子上的套索，抵死不从。几个强壮有力的年轻人稳稳地牵制着套索，一边打绳结，一边将它放倒。

突然……白骆驼猛然起身，挣断套索，一路乱闯乱撞，逃跑了，所到之处，畜圈、院子、一片狼藉。小伙儿们大声疾呼：

"噢，天呐，快抓住它！"他们一齐猛地一飞身，追着它跑了出去。

哪知道马又不见了，待他们找来马，骑到马背上，白骆驼已经跑远了……

***

白骆驼再次反超，追上了卡斯卡，它开始猛烈地撞击马儿的右侧，迫使马儿向后仰，卡斯克尔别克与马儿摔了个底儿朝天。这一次，骆驼的撞击力大势猛。马儿摔得七荤八素，无法站起来，发出阵阵悲鸣。卡斯克尔别克整个人匍匐在地，这时，他发现一个不大的洞穴，于是不假思索地钻了进去。

那是一个狼穴。

白骆驼追到洞口。它蹲坐下来……可能在想："你早晚要从里面出来！"

卡斯克尔别克藏身于局促、狭小的洞穴内，洞口很宽，里面却不深。

卡斯克尔别克感觉喘不上气，他在局促、狭小的洞穴内勉强支撑。而且……从远处的角落里传来一股不妙的野兽气味。"我的天，接下来该怎么办？"他暗自心想。这时，对面角落里的两只眼睛放出了凶光。那是一只狼。不过狼不敢靠近卡斯克尔别克。卡斯克尔别克则考虑到自身安全，从侧兜掏出一把小刀，做好应对准备。如果它扑向他，那就只能将刀刃刺入它的头颅了。

但是狼没有，它按捺不动。眼下，它似乎也在为自己的安全考虑，只是隐没在黑暗中，目光如炬：

"哎，你是谁，这是我家。你是从哪儿冒出来的？"它仿佛暴露了自己的秘密。

"唉，"卡斯克尔别克无声地回答道，"如果我没有遇到这种麻烦事儿，又怎会出现在这里？别管我！如果我没来旷野闲逛，没来呼吸新鲜空气……"

* * *

日影渐渐西斜。白骆驼仍然不思离去，堵在洞口。卡斯克尔别克也为此苦恼着，躬身坐在原地。他一动不动，凝神屏气，在闷热的空间中透支力量，渐渐虚弱，几近崩溃！

"怎么办？！"

忽然……他灵光一闪。为什么现在才想到？

他将刀攥在手里。开始缓慢地向洞口移动，然后瞄准白骆驼的胸骨，刺了两三刀。白骆驼口吐白沫，大叫起来，哀号响彻整片旷野。但白骆驼还是纹丝不动。他又狠狠地补了几刀。白骆驼这才挪开胸部，动了一下。

当他再次拔出刀刃，白骆驼嗖地跳起来，步履艰难地挪开了。光线从外面照进来，清新的空气开始涌入洞穴。卡斯克尔别克深吸一口气，动了动肩膀。对面传来一阵窸窣声。狼正盯着他。它大概也想呼吸新鲜空气！不过他一点儿也不害怕狼。最大的麻烦——是外面那头骆驼。

卡斯克尔别克小心翼翼地迈开腿，摸索到洞口，四面打量一番。不见白骆驼。他又走到洞外，仍然不见白骆驼。只有卡斯卡站在不远处。他打了个口哨，招呼它过来。卡斯卡听见主人的召唤，环顾四周，朝主人的方向飞奔而来。

马儿快到洞口的时候，卡斯克尔别克纵身跳上马背。这时，他发现了白骆驼的踪迹，它就在不远处。白骆驼看见卡斯克尔别克出了洞，便又不慌不忙地移步过来。

他想，这下它无论如何也追不上他了，这太难了。但他想错了，白骆驼又追了上来。瞧，它开始用嘴蹭、用牙咬马尾巴。差点儿就又一个身子甩过来，将他与马儿一起毁灭。

这时，两个骑着马的猎人突然出现在山脊上。

"噢，那是卡斯克尔别克啊。"一个人说。

"那是白骆驼啊，它发狂了。"另一个人说。

"既然如此，我们一枪打死它？……"

"打死谁？"

"什么打死谁？我说骆驼。"

"开枪吗？"

"除此之外,别无他法。"

枪声响起。卡斯克尔别克抬起低垂的头,他回头一看,只见白骆驼受到猛烈冲击,翻倒在地。

"噢,我的博兹塔依拉克!……"卡斯克尔别克哭喊道,"我的博兹塔依拉克,你看你都做了些什么!难道是命中注定?噢哟,不幸的可怜虫!……你为何要这样……"

他喘了两口气,然后又开始喃喃自语。

"你为什么这样记仇……"

他模糊了双眼。

蓦地,整个人都笼罩在悲伤与忧愁之中。

狼 群

我独自走在从牧场回村庄的路上,身下是我英勇的坐骑"白斑",身旁是机敏的公狗"牧羊犬",还有什么可怕的!临行前,父亲对我说:

"我们最好还是一起回去,明天再走。"

"不,父亲!我挂念爷爷。"

"路上可能会遇见狼。你不怕吗?"

"我不怕。"

* * *

临近午时,我出发了。山道蜿蜒崎岖。我的白斑熟门熟路,就算我不掌控缰绳,不指挥左右,它也对路线了如指掌。再看看牧羊犬,它一会儿开路,一会儿断后,不时提醒我它的存在。

周围一片静谧,几只鸟儿在啼鸣,偶尔传来几声野兽发出的奇怪声响，幽静得让人沉沉欲睡。梦的王国安静恬然，一再引诱我扑向它的怀抱，但我不能睡，骑马时睡着，有从马背上滑落的风险，会砰的一声栽倒在地。

我沉浸在自己的思绪里，突然，牧羊犬可怜巴巴地尖叫起来，依偎到马儿身旁。我大吼道：

"哎，你这是怎么了？走开，给我走开。"

牧羊犬吠得更大声了，躲到了马儿身后。它因为某种原因感到强烈不安，它似乎在怀疑什么。

在这死一般的沉寂中，狗能嗅到什么呢?！我端坐在马背上，回头探看。这一瞧，吓得我毛骨悚然：三四匹狼尾随着我，而且已经逼近了。

怎么办?！

我手里有双筒猎枪，武器就是我所有的希望。为了震慑狼群，我朝天空放了两枪，狼群果真放缓了脚步，踟蹰不前。我策马就逃。

片刻后，我望向身后，只见狼群再次追了上来，又逼近了。这下，我着实害怕起来。牧羊犬的胆怯更是让我震惊。毕竟，它身边还有我呀！嘿，吠两声也行呀！但它没有，它不进攻、不出击，只是躲在马儿身后，寸步不离地跟在它身边。

我又对着空中放了一枪。

狼群再次放缓脚步，小心戒备着。

它们离我不远。如果我瞄准了开一枪，也许能打中一只。只是……爷爷曾说过：

"狼群非常好胜，如果你打中其中一只，那么剩下的狼就会被激怒，会攻击你。狼即使受伤，浑身是血，已经奄奄一息，也能伤害你。"

我翻来覆去地回想爷爷的话。开一枪，若是打中了自然是好，可万一没打中呢？……万一它们扑向我呢？……

※ ※ ※

  我今天才发现，往日里咫尺之遥的村庄竟如此遥远。平素里从牧场到村庄只需一眨眼工夫，今天却历经了千难万险，仿佛我们古老的村庄突然间搬到了另一个世界。

  牧羊犬尖声叫起来，发出哀怨的吠声。我身下的马儿则惊慌地抖着耳朵，一路狂奔。

  我克制着，尽量使自己保持镇定。我手上有双筒猎枪，子弹充足。既如此，我为什么惊慌、恐惧？！难道跟在我身后的那些灰狼扑过来了，向我发动攻击了？待到无路可退时，我再将枪口对准它们也不迟。它们不也还在犹豫究竟要不要向我发动正面攻击吗？

  这一次，我亲身体验了恐惧的不同层次。起初，我感觉虚弱乏力，浑身发颤。后来，我渐渐适应了自己的处境，便一往无前，无所畏惧。

  "你们是狼，而我是两条腿的人。不管怎么说，我——高于你们。既然你们如此凶猛，那就来吧，再靠近一点儿。我告诉你们，你们的生死由我决定……"

  白斑似乎读懂了我的心思，泰然无畏地大步向前……

※ ※ ※

  这时，一直躲在白斑身后、与它寸步不离的牧羊犬猛冲向前。"它怎么了？"我心想，然后望向前方，发现村庄在不远处依稀可见。

  是村庄啊……爷爷居住的村庄，我们快到村庄了。

  我勒住马儿。将枪杆子对准狼群的方向。想直接瞄准狼的脑门来一枪。我担惊受怕到现在，就冲着我所承受的这份恐惧，就该打死一只。可是……

  先前跟在我们身后的狼群不见了。它们定是嗅到了炊烟的气息，调转方向，溜走了。

"嘿，好家伙！"我自言自语道，"谁更强?！是你们，还是……"

这只狗平素里吠声如雷，动不动就炸毛，撒起欢儿来更是恣意放肆，我突然想起它刚才的行为，瞬间恨透了它……

"胆小鬼！不中用的狗！以为到村子了，就头也不回地抛下了我！……"

* * *

爷爷说：

"孩子，那种情况下，怎能将自己置于险地？你该打死这只狗！趁狼群与它纠缠之际，你可以逃走。"

"不，爷爷，"我说道，"我怎么能打死牧羊犬呢，它可是我一手带大的。"

"哎哟，我的小天使，"爷爷叹了口气说，"是主救了你。要不然……"

这时，牧羊犬向我走来，摇了摇尾巴，趴在我身旁。它温柔地望着我，仿佛在乞求我的原谅。

我抚了抚它的背。

"怎么会不原谅呢?！跟你生什么气？要独自与四匹狼搏斗，需要一颗强大的心。我怎会不理解你？我理解的……"

布谷鸟为什么哭泣?

小时候，我经常看见这种白翅鸟——布谷——在我家院子周围徘徊。它栖落在树梢或围栏尖端，一个劲儿地咕咕叫：

"布——谷！布——谷！"

那时，我并没有特别关注它。只是随口问父亲道：

"这种鸟叫什么名字？"

"啊，这是布谷鸟。"我记得，父亲用冷冰冰的语气不痛不痒地回答我。

许多年过去了，我又见到了这种白翅布谷鸟。它还是从前的模样，声音也没有变化。

"布——谷！布——谷！"

"哎呀，它为何总是重复自己的名字？大概是它不会发出其他的声音！……"

我正想东想西时，背后传来爷爷亲切的声音。

"你在想什么呢？"

"想布谷鸟……"

"噢，那是一种不幸的小鸟。"爷爷说，"如若有人问我什么鸟最可怜，我一定会说，是布谷鸟。"

"您为什么这样认为？"

"这其中自有原由。"

"什么原由？"

"这就说来话长了。"

* * *

爷爷卡列克向我讲述了这个故事。

"这布谷鸟，"爷爷说，"这种鸟不将蛋放在自己巢中，而放在其他鸟的巢中。"

"怎会如此？这是为什么？"

"谁知道呢？总归从布谷鸟被叫作布谷鸟的时候，它就是这样生活的。与其他鸟类相比，它甚至不会正确地啼鸣。只会像这样不停地唤自己的名字。"

"这我知道。"

"那些年，"爷爷继续说道，"我亲眼见证了一件趣事。我们农庄养了几十只鸡，其中一只将自己的蛋下在栅栏外侧的那排干草垛里。几乎没人知道这件事。有一天，那只花母鸡带着五六只小鸡崽来到院子里。有趣的是——在这些小鸡崽当中，有一只十分与众不同的鸡。它个头大、嘴喙长，就连行为举止也大不一样。你奶奶百思不得其解：

"'噢，这只小鸡一点儿也不像我们家母鸡下的崽。'她指着它，反反复复说了好几次，我也注意到了它。

"过了一段时间，那只小鸡崽生出了羽毛，长出了花花绿绿的翅膀。那时我就确信，它不是鸡崽，显然，是那布谷鸟偷偷将自己的蛋放进了鸡窝，它是布谷鸟的蛋孵出来的。

"老太婆不大乐意喂它谷物，总是一边恐吓它，一边轰开它。打死它又太可惜！

"一次，我看见那只老布谷鸟落在围栏尖端。它有气无力地唤着自己的名字，像结巴一样，偶尔使使劲儿。

"我远远望着它，发现它眼里噙着泪水。"

"难道布谷鸟也会哭泣？"我心想。我再次被自己的思绪与突如其来的感触带走。

"当然会哭泣。它怎能不哭泣？如果是它自己剥夺了自己的幸福，那是所有鸟类都拥有的幸福，它能不痛苦吗？"

我冷不防地咳了两声，布谷鸟打了个激灵，挥挥翅膀，飞走了。

* * *

"我想，"故事的结尾，爷爷说道，"布谷鸟——是所有鸟中最不幸的鸟。谁知道呢？这种鸟当真是被真主安拉诅咒了吗？……"

我顿时又陷入了自己的遐思，满脑子都是白翅布谷鸟。远处传来它的叫声："布——谷！布——谷！"

你真的悲伤吗，布谷鸟？

羚羊母亲

这个温馨又动人的故事是很久以前爷爷卡列克讲给我听的。不知为何，我当时并没有放在心上，很快便忘记了。可今天，回想起爷爷，埋藏在记忆深处的往事又浮现在我眼前。

* * *

"我头天骑马来到卡拉套山谷中的邻村。"故事的开头，爷爷说道。"我在邻村住了一宿，办完事情后，第二天中午启程回村。平日里，我爱走那条蜿蜒的小路，但这次我选择瞻山势而攀高。正值春回大地之际，阳光灿烂，百花盛开，世界一片流光溢彩。我顺着山势而行，沉醉在盎然春意中，我翻过山坡，正准备骑着马下山。

"这时，远处的自流泉强势映入我的眼帘，吸引了我，那是由城里来的钻探工人挖掘的一处泉水。泉水喷涌而出，汇成道道细流，解决了我们村、邻村的家庭用水问题和农业用水问题。自流井——是时代的东风。有了它，我们仿佛感受到了新世界的光明，将根深蒂固的旧习抛之脑后了。

"自流泉的水不同于一般泉水，它春无潮信，秋无枯水，也浇灌不了我们的心灵。它一年四季不间断地流溢，汇流成溪。这股自流泉不仅养活了附近村落的牲口，也灌溉了这一带的野生植物群，同时解了人们的口舌之烟。

"我沉浸在自流泉的遐思中，徐徐下山，行至泉水附近时，突然瞥见有小动物在远处若隐若现。

"'那是羚羊？也太小了吧。只见它行动迟缓、笨拙，想喝点儿水吧，你瞧它那样儿，差点儿没摔倒！'

"我又靠近了观察。

"可真好玩儿，那么丁点儿大的动物竟还不止一只，有两只。但是它们一点儿也不像：一只用四条腿行走，而另一只……没错，另一只好像是人类的小孩儿。而且，似乎是个很小的婴儿。

"'啊，怎么回事儿？……这孩子为何会自己跑来村子附近的自流泉？'

"这个念头让我感到不安。

"'真是了得啊，'我心想，'这孩子是那笨蛋牧羊人凯拉特拜家的。他本人非常爱孩子，大概是出门放牧的时候将孩子放了行囊里，然后回去的时候连看都没看一眼（他经常喝多），真是好样的……'

"我适才反应过来。

"一个孩子是牧羊人凯拉特拜的孙子，另一个则是刚出生的羊羔子。他俩佝偻着身子去喝水，结果双双栽进了水洼里。

"我无暇观赏，骤然调转马头，想跑过去搭救，不料，一只高大的羚羊母亲从形似驼背的山坡后面飞驰而出。它一个箭步冲过去，叼起他们，先温柔地爱抚了自己的小羊羔，舔了舔，嗅了嗅，然后又亲了亲另一个孩子。

"我勒住缰绳。

"'羚羊母亲会怎样对待人类的孩子呢？它会丢下他、自顾自地带着自家小羊羔离开吗？'

"不，羚羊母亲没有这样做。它将婴儿护在怀里，摇一摇，逗一逗，然后带着两个孩子往山下村子的方向走去。

"我偷偷跟在它们身后，当然是远远地跟着咯。我沿着没有风的方向前行，避开有风的地方。我知道，羚羊是嗅觉非常灵敏的动物。你要是顺风而行，它一下就能发现你。

"羚羊母亲带着可爱的小羊羔与婴儿昂首阔步地向村子迈进。我骑马跟着他们，羚羊的善意与热心令我惊奇又感动。

"突然……凯拉特拜的长子库拉克拜从村口的平房里跑了出来，开始举枪瞄准羚羊母亲。

"我大喝一声，扬鞭飞奔向前。

"'嘿，孩子，住手！快停下，听见没？！'

"听见我的喊声，库拉克拜立刻停下了动作。我拼命冲到他跟前，一把夺过他手中的枪：

"'瞧瞧，没教养的东西！'我敲了敲他的后脑勺说道，'不懂事的糊涂小子……'

"'大爷，怎么了？我做错什么了？'库拉克拜一头雾水，怯生生地望着我，支支吾吾地说道。

"'哎，你睁大双眼看清楚了没？羚羊妈妈把你落在林间的儿子送回来了。'

"'是吗，真的假的？'库拉克拜抓了抓后脑勺说道。

"随后，我开始搜寻羚羊母亲的身影。

"我看见它在远处，由于担心小羚羊跟不上，它正慢腾腾地往山坡上跑。'人们会将我的仗义相助视为对他们的奖赏与恩赐吗？'它看上去既伤心又失落。"

* * *

许多年前，爷爷卡列克给我讲了这个故事。那时，我还很小。当时不明白这个故事的深意。但今天我觉得，值得写下一首史诗来歌颂羚羊母亲的小小功勋。可我们……我们能写出羚羊母亲的高尚与美好吗？能生动描绘、如实再现羚羊母亲的一举一动吗？唉，我怎么不相信我们能做到呢？我们无法写出……

"像羚羊母亲那样爱孩子，这才是真正的英雄气概。"我心想……

布拉拜诗话

自然界的故事

顽皮的松鼠

我不止一次来到这片令人沉醉的自然之地。确切地说,每年我都会忙里偷闲,设法来这里度过一段时间。我喜欢大自然,喜欢清新的空气。但主要还是——来这里调整调整睡眠,放松紧绷的神经。

我喜欢在清晨沿着湖边长时间徒步,许多在这里休息的人都对此习以为常了。这是我的习惯!当人经过这样的休整之后,再回到办公桌前,会感到浑身充满能量。

今天也是如此……

我和往常一样,天不亮就起床,然后拄着手杖,沿着蜿蜒的栈道迤逦而行。我独自一人。妻子和女儿还沉浸在甜甜的梦乡之中。我没有叫醒她们。她们有自己的作息时间。

突然……一只土黄土黄的松鼠从路旁一棵挺拔的松树上蹦跶出来,吸引了我的目光。这不是第一次了——它每天都如此淘气。它一边瞅着我,一边自己玩闹。呵,简直无法忽视它!

可让人惊奇的还不是它在枝头、在林间玩闹蹦跶的那股灵巧劲儿,而是……

好几次,我发现,这只土黄色的淘气鬼出现在特定的地方,它时而在前面领路,时而跟在我身后,直至将我送到特定的某处,它才停下自己灵动的脚步,仿佛示意我继续前行一般,留在原处。

  起初,我并没有在意它的这些举动,不过后来,我突然领悟了——这样说吧,它确实没有对自己的居住领地,也就是它自己为自己划定的居住领地,放任不管。在返程的路上,它又不辞辛劳地来护送我。我放慢脚步——它就停下来。我继续前行——它也一样。

  我不由思索起来。

  或许,松鼠认为,这一片是它的私人财产、它的居住领地?它在自己的地界上以这种方式迎来送往?或许,它是在看着你,以防你触犯树木、毁坏枝条、摘取树叶,一句话,提防你做出破坏大自然的多余之举?……

  这样的想法令我心神一动。

  第二天,当我再次遇见那只顽皮的松鼠时,我热情地冲它眨了眨眼。

  "我知道,我知道你的意思!你不要紧张,没有必要!我不想伤害任何人、任何事物,我只是来休假的。"我低声说道。它似乎等待的也正是这个答复,于是便一蹦一跳地消失在我视线中了……

鸟医生

  我又像往常一样,拄着手杖,沿栈道而行。我心无旁骛地快步向前,沉浸在自己的思绪中。

  突然……一只小黑鸟飞到我面前,一把抓住树干。我来过这一带很多次,但这还是第一次见到如此奇怪的小鸟。我驻足打量,惊讶不已。有意思的是——它也不时回头看我。

  小鸟身形不大。看上去比乌鸦还小,它通体乌黑,头戴一顶若有若无的红色鸟冠。

我仔细端详,心想,这究竟是什么鸟儿呢?

我反复思量。

"没错,是啄木鸟!"我用手杖指着它,高声宣布。鸟儿被我猛烈的动作惊起,飞走了。我为惊吓了啄木鸟而懊悔不已。

不过又能怎么办呢?继续前进吧。

返程的路上,远远地,我就听见前方有细微的声响。我侧耳倾听。没错!咚,咚,咚!……我又确认了一次,的确没听错,于是我加快步伐,在蜿蜒的栈道上阔步前行。

我渐渐靠近声源,声音越来越大,越来越清晰。咚,咚,咚!

我来到了那个地方。我经过一棵棵松树,寻找着那只啄木鸟。终于找到了!它正用鸟喙啄食凹凸不平的树干,就是生病的松树的树干。腐烂的树皮掉落了一地。咚,咚,咚!或许,它能将导致松树病变的害虫一口吞下。

"真是名副其实的'鸟医生'啊!"我心想,"瞧,既找到了自己的食物,又热心地除掉了树上的一切害虫。我觉得,对于整片松林来说,这一只啄木鸟比一群哑哑叫的乌鸦更有用!……"

我拄着手杖,缓缓靠近它。啄木鸟也回头打量我,仿佛在说:"无论你怎么卖力敲击,你的手杖也远不及我的嘴喙子!"

我也是这样想的。

鱼卫士

我给自己另外找了个消遣。那就是去博罗沃耶湖垂钓。

昨天,我与一位在此地休假的资深垂钓者闲聊了一番。他的讲述让人啧啧称奇。啊，瞧他说的！甚是有趣！

　　或许是这番闲聊促使我买来钓竿并来到湖边。我投下鱼饵，哼唱起来。儿时的调子在脑海里浮现。

　　我像树桩一样坐在那里，眼睛死死盯着鱼漂。根本没意思，这有什么值得昨天那位滔滔不绝的？我所有的注意力都集中在鱼漂上。

　　没有，一条也没有。该死的。哪怕有一条上钩也好呀！

　　突然……在不远处，出现了一条白头鱼。这已经不是一次两次了。希望出现了，还差一点点，眼看着它就要上钩了！

　　唉，就不是那回事儿。鱼似乎在捉弄我。它总是凭空冒出来，展露一下鱼鳍，又迅速隐匿踪迹。它仿佛想告诉我什么事情，让我知晓什么。

　　我沉思起来。

　　"噢，它意欲何为？它在向我暗示我的做法不对？它是此处的'鱼卫士'？我百思不得其解。"

　　看吧，它又出现了。似乎赶来说明什么？

　　我又沉思起来。

　　"是啊，我做的事不高尚。鱼是无辜的，待我钓到鱼之后，我该如何处置它们？它们妨碍谁了吗？是谁遭受了祸害？"

　　当鱼第三次出现的时候，我迅速起身，用手势安抚它，说道："够了，够了！我懂了。我再也不来了，不会来了。我说话算数！"

　　说罢，我收起钓竿，依依不舍地离开了。

　　我仿佛看到了鱼儿在水中欢畅起舞。

长寿松

　　这儿什么最多？嘿，那当然是松树与云杉。白桦也成片成海。当人们凝望着大自然的鬼斧神工，会情不自禁地凝思起来。

来到这里的人会忍不住想多呼吸呼吸新鲜空气，在这里尽可能地多逗留一段时间，远离尘世的喧嚣与生活的千篇一律……

我们家有一个传统，每次来到这里，我们不会呆坐在房间里，相反，会与小女儿和孙子们一道长时间漫步于林中。

但这次未能如愿。孙子们今年要参加升学考试，考试的形式与往年不同，所以他们没能与我一道前来，准备考试需要很多时间。女儿也有自己的事情要忙，她宁愿看书打发时间。

我又独自沿着栈道缓步徐行。脑海里冒出了各种各样的想法。

高傲的松树好像有些看不起人，它们时而迎接我，时而送别我。一棵接一棵，一棵接一棵……

忽然……在一棵我看来最高大粗壮的松树前，我不由止住了脚步。

"竟有如此这般苍劲的松树。"我喃喃自语道，"也不知它活了多少年了，嗯？"

我遐想联翩。

"你可知，这棵松树活了不下一百年，或许更久。它活过了许多代人。是逝去岁月的见证者！是活生生的历史面孔啊！它拥有多少不可言说的历史记忆?！遗憾呐……它就这样屹立在这里，最后带着记忆离开！……"

我自问自答道：

"是啊，我知道，知道的。它当然有一百岁，甚至超过了一百岁。我特意停下来与它进行思想交流。可它会回应我吗？"

松树仿佛听见了我的话——粗壮的枝干微微颔首，树叶沙沙作响。

我又陷入了沉思。

"这里有松树、云杉以及白桦，它们不仅仅是逝去岁月的见证者，也是活生生的历史经历者。看着它们，我们就能追忆往昔、谈论往事！"

我不急不缓地继续前行。身后，松树仿佛对我说道："谢谢你理解我。"

古木巍然，树叶飒飒……

湖之泪

晨光熹微。

我像往常一样出门散步，享用清晨清新的空气。我每呼吸一次，身心就仿佛得到一次净化。

这儿可真是山明水秀啊！毋庸置疑，大自然——是人类心灵的医生、能量的源泉！置身于这样的美景之中，没有人能无动于衷！

我决定稍作歇息。

我凝望着博罗沃耶湖，心想：这小小的一方湖什么没有经历过？真想恢复它最初的样子！也许，先辈们曾在这里游泳，享受真正的自然之水？可如今……

今不如昔！湖水越发浑浊。湖岸野草丛生，藤蔓滋长。曾经的宝地化为了泥沼，浅滩变成了烂泥。

这是什么导致的呢？湖自己变成了这副模样？当然不是！这一切都归咎于人类的麻木与残忍，还有就是对自然的索求无度。人的生命活动正在毁灭湖。人怎么可以顺手将垃圾丢入自己与孩子以及其他人嬉戏玩闹的湖中？

博罗沃耶湖如今的状态糟糕到难以形容。人非草木，岂能眼睁睁看着它恶化，放任它不管？

"啊，博罗沃耶！悲伤的负荷压在我身上，使我心神黯淡！啊，博罗沃耶，曾经的诗之源泉、文之滥觞，你究竟会消失在何方？如今我们还能咏叹什么、抒写什么？……"

我不知凝思了多久。总之很久……

湖仿佛感受到了我的存在，猜到了我的心思：它漾起粼粼微波，泛起层层涟漪……

高傲的鹿

我们沐浴着微风，行驶在林间的羊肠小道上。司机年轻、活泼，是个健谈的人。一路上，他滔滔不绝。是的，你只需附和他。

我们绕过一个接一个的弯道，刚一驶进直道，突然……在远处，一只昂首阔步的扁角鹿闯入了我们的视线。我们之间的距离也不算太远。

鹿没有表现出一丝慌乱。它高傲地凝视着我们，不时顿首，似乎在宣示自己对这片土地的主权。我请司机放缓车速。

可小伙儿脾气还挺暴躁！

"这样，我们撞它一下，把它当猎物抓起来，怎样？"他对我说。

"不，不需要。"

"好吧，那我们给它一枪，我后备箱里有猎枪。"

"不行，这样做是不对的！"

"我不懂，那怎样做才对呢？您要我怎么做？"小伙儿急躁起来。

我请他冷静下来，然后解释道：

"你看，那是一只姿态优美的扁角鹿！它甚至不知道害怕我们！从它的角度来讲，这——就是勇气！而我们，作为礼貌而善良的人，应当尊重、珍视这样的态度，不是吗？"

"嘿，话都被您说了！可现在是抒情的时候吗？"

他还嘀咕了些什么，可我没有听清。我全部的注意力都集中在那只鹿上！

只见它抬起头，高傲地望了我们一眼，然后不慌不忙地走到了路旁。

"多可惜呀，它就这样走了！"司机目送着我们的"旅行者"，心有不甘地嘟囔了很久。

片刻后，鹿下到密林深处，消失了。

某一瞬间，高傲的鹿回头看向我们，似乎想说："啊，再见了，善良的人！如果所有人都对我们仁慈一点，就像今天的你们一样，没有残忍的狩猎，没有暴虐的戕害，我就不会害怕人类！"

"再见！……"

"您在跟谁告别，嗯？"直爽的司机喊道。

这时，我才猛然回过神来。

的确，我们高傲的鹿已经走远了。我在想什么呢？跟谁告别？

"开车吧。我们走。"我对司机说。

小伙儿愁容满面，一声不吭地转动方向盘……

我又坠入了思想的深渊。

陷入沼泽的骏马

（来自陌生老头的故事）

在这里，什么人都有可能遇见。

既有老的，也有小的——大家一起在晚间散步。晚饭后，我们也向着新鲜空气进发。这是我们欣赏自然美景、享受周遭芬芳的时间！妙，妙不可言！每个人都别具一格，各自成趣！我们每一个人都是一个"密码盒子"！只有找到合适的钥匙，掌握正确的方法，才能打开它。

这两三天下来，有一个人引起了我的兴趣，他高高的个子，身材匀称，留一头淡黄色的头发，独自出行，看上去有些年纪了。可我还没有找到时机与他真诚地交谈交谈。

机会说来就来。

别伊斯库尔来自我国西部地区，年长我几岁。

"年轻时，我曾是饲马员，"他打开话匣子，"这样说吧，叼羊手要比赛，我们为他们培育良驹……"

"有趣……"我饶有兴致地回答说。

"我想讲的正是……"

"您怎么不说了？怎么了？"

"我仔细想了一下。"

"想到什么了？"

"不是'什么'，是'谁'！"

"我没明白您的思路……您说的是什么人？"

"不是……我只是想起了我那匹叫作'白斑'的跑马。"

"好吧，您接着讲，不要折磨我了……"

"它不是一匹普通的公马，而是货真价实的千里马：白斑就是白斑！起初我们参加赛马，后来又参加叼羊比赛。"

"哇，您的千里马简直无所不能！"我附和道。

"你干吗挖苦我，嗯？难道我是因为过得好才让跑马去参加叼羊比赛的吗？"

他又沉思起来……这一次我尽量不去打断他。

"有一次，我的跑马陷入了村子尽头的那片沼泽，陷得很深。我的一个儿子随即骑了一匹马，决定奔向沼泽。听到这个消息后，我拼了命地赶过去。可马喉咙以下的部分已没入泥泞中，陷在沼泽里。它不时向我们投来乞求的目光。怎么办？我都这把年纪了，怎么才能把我的跑马从沼泽里拽出来呢？情况刻不容缓。我对儿子吼道：'去把在村子附近吃草的那群马赶过来，让它们在这周围跑起来！'儿子满脸惊讶，自然是一头雾水。但还是按照我的吩咐做了。哦哟，你是没看见我那匹跑马目睹一群马从它身旁奔腾而过的眼神！马儿紧张地挤了挤耳朵，使了两三次劲儿，便欢畅地将自己从泥泞的深坑中拔出来了。然后跟着马群疾驰而去……"

我被这个故事深深吸引，不知道能不能相信他。

"这是真实的吗？"

"那还用说！你当我是什么人？我为何要胡说，嗯？"

"也就是说，您的跑马受到马群的激励，爆发出了力量？"

"哪儿还需要爆发出什么力量？！真正的良种跑马一看见马群就会兴奋起来，充满不可抑制的力量。兴许你明白？我也未必能解释清楚……"

* * *

别伊斯库尔还给我讲了一些引人入胜的故事。我都可以讲述。但，就这样吧，就此打住。

松树姑娘

我每天都从这里路过，却从来没有留意过它。今天，我伫立良久，不敢相信自己的眼睛！

我眼前矗立着一棵美轮美奂的松树——像婀娜多姿的妙龄少女。

可如果不是别伊斯库尔大哥别有意趣的一番提示，我今后也不会注意到。

"你散步的时候，有没有仔细观察过路旁的一棵树，确切地说，是一棵松树，哪怕只有一次？"他说道。

我沉思起来。什么树？什么松树？我有点儿摸不着头脑。

"我不知道您在说什么，大哥？"

"你呀……"

他的声音很轻，显然对我的回答有点生气。他的眼神告诉我，他不想继续与我交谈下去……非常明显……

"别伊斯库尔大哥，抱歉。我想说的是……"

"不必多言。"

"怎么了？我做错什么了吗？请您务必告诉我！"

"我以为你心思敏锐，是个内心浪漫的人，可是，我竟看错了。"

"可别这样说。我不是那种麻木无情的人！"

这时，别伊斯库尔大哥转过身来，目光炯炯。他的眼神暗含深意，我相信我没看错。不管怎样，他的将信将疑与那资深批评家的派头尽显眼底……

"松树……"他继续说道，"路旁的松树深深触动了我。它似乎是一位姑娘？"

"什么？姑娘？！"我惊呼道。

"没错，没错，像姑娘！我告诉你，就是姑娘……哼，你呀……"

说完，他迅速离我而去。

……今天，我打定主意要找到别伊斯库尔大哥盛赞的那棵松树。瞧，就是它。我仔细端详起来。

噢，真是怪事儿！我以前怎么就没发现呢？！我怎么能每天都冷漠地从它身旁经过呢？！是啊，这真是一处绝妙的景观！松树不是树，而是一位如假包换的美丽少女！你看她那窈窕的身姿！让人情不自禁地想拥抱她。

我欣喜若狂地凝视着她，久久不忍离去。

千真万确！松树姑娘！

那时常出现在你梦中的倩影。就是她呀！梦寐以求的姑娘！

我沉浸在幻想中，久久伫立在松树姑娘面前，浮想联翩……

译后记

对于中国读者而言，哈萨克斯坦文学既熟悉又陌生。这大概是因为：哈萨克斯坦文学与我国的哈萨克族文学同宗同源。它们共同享有哈萨克民间文学与经典文学留下的绚烂遗产。我国哈萨克知识界有一个共识：哈萨克民间文学或经典文学不分国内国外，是一个整体，二者到了近代才有了不同的发展。

哈萨克民间文学以口头形式世代相传。哈萨克"阿肯"（即吟游诗人）在民间文学的创作和传播中扮演着重要角色。因为他们，许多久远的哈萨克诗歌、民歌、童话、神话等流传至今。尽管哈萨克民族及其语言形成于十五世纪左右，但哈萨克民间口头文学的源头可以追溯到更早的时候。据考，公元六到八世纪，生活在哈萨克草原的突厥部落已经拥有相当出彩的口头诗歌创作技巧。随着时间的推移，其内容与体裁也变得丰富起来，内容涉及神话、历史、情感、宗教、哲学、生活等方方面面，体裁则包括了传说、史诗、民间故事、民歌等，细分起来，有四十多种。像民歌中流传最广的阿肯对唱（一种即兴创作比赛），以及年龄歌、谎言歌、动物歌等都是十分具有哈萨克民族特色的文学体裁。

书面文学在哈萨克的出现得益于宗教传播。哈萨克先民的信仰以多样性和包容性著称。到了九世纪初，居无定所的牧民继续崇拜着腾格里天神，而定居下来的人则开始信仰伊斯兰教。在伊斯兰教传播期间,书面文学开始在城镇发展,且在居民的文化生活和僧侣的创作中占据重要地位。但由于当时的文学语言没有得到统一,所以直到十九世纪下半叶,随着哈萨克标准语的形成,哈萨克书面文学才在与俄罗斯文化和欧洲文化的对话中破土而出。这一时期的作家阿拜·库南巴耶夫是哈萨克书面文学的奠基者,也是哈萨克经典文学的代表。二十世纪的作家穆合塔尔·阿乌埃佐夫以阿拜为原型,创作了长篇历史小说《阿拜之路》,这部小说深受哈萨克人民喜爱,同时也为阿乌埃佐夫赢得了世界声誉。

我国学界对哈萨克经典文学,尤其是库南巴耶夫及其作品,展开了比较系统的译介和研究。相比之下,学界对哈萨克斯坦当代文学的译介和研究则显得十分薄弱。新世纪以来,被翻译成汉语的哈萨克斯坦当代文学作品屈指可数。所幸,在"一带一路"国家倡议的带动下,中哈文化交流日益活跃,为我们进一步了解哈萨克斯坦当代文学提供了契机。

若尔泰·茹马特,哈萨克斯坦作家、记者,一九五七年出生于哈萨克斯坦西南部的克孜勒奥尔达州。茹马特发表的作品有数十部,其代表作有《自由的呼唤》《心之煎熬》《永恒的悲歌》等。他多次获得由哈萨克斯坦作家协会和文化部颁发的奖项,是哈萨克斯坦当代文化生活中最具影响力的代表之一。他的多部剧作被搬上哈萨克斯坦国家剧院舞台,还有不少作品被译成英语、俄语、土耳其语等。

本书收录了茹马特最受读者欢迎的数篇短篇小说,较为全面地展现了茹马特的创作风格与特色。《永恒的悲歌》包含了十六个独立单元,每单元篇幅不大,但内容深刻。哈萨克斯坦翻译家、文学批评家格罗利德·别利格尔评论茹马特说:"作为作家,他特别偏爱本民族的历史、文化、思想,他能够准确抓住过去和现在发生在社会深处的变化,看到长久以来传统方式与陈旧概念的崩溃,察觉人们带着不安的心所进行的思想探索,感知到陷入陌生社会环境的年轻一代的心理缺失。"别利格尔精确概括了茹马特现实主义作品的特点。《永恒的悲歌》主要反映了作者对社会问题和人性特点的哲理性思考。

西方价值观的冲击是当代哈萨克斯坦面临的最尖锐的社会问题之一。这也是茹马特作品中常见的主题。在《Sam 和 Samiha》这则故事中,女主人公萨帕尔古丽来自农村,受到传统而保守的家庭教育,她性格内敛、脚踏实地,通过自己的努力不仅在城市获得了一席之地,还收获了令人羡慕的爱情。她的丈夫萨特姆赛则与她完全不同,是个富有、自信、接受过"精英教育"的年轻人。在这段婚姻关系中,丈夫的西式做派深刻影响了妻子。他们甚至把自己的名字也改成了英文名。妻子在迎合丈夫的过程中,内心既迷茫又煎熬。作者详细刻画了女主人公的心理活动,让读者看到她内心的变化,看到人是如何在社会环境的影响下一步步失去自我,看到西方文化是如何一步步侵袭哈萨克民族文化。

表现价值观冲突的作品还有《美痴》《永恒的悲歌》《政治与啤酒》等。在这类作品中通常有两位背景、性格、思想截然不同的主人翁。他们有自己的行为准则,对某些问题持有完全不同的看法。茹马特鼓励读者将不同的价值观进行比较,去理解东西方文化的差异和新旧观念的冲突。人类社会的发展总是带来新的世界观和价值观。每个民族都以自己的方式对此作出反应,并向世界展示。或许,无所谓谁对谁错,毕竟人与人不同,民族与民族也不同,但无论如何,将一个民族的价值观侵略性地强加于另一个民族的价值观是绝对不合理的。

价值观的问题在茹马特的创作中占有重要比重。作为哈萨克斯坦当代作家的代表,他经常思考民族性与世界性的问题。同时,对于人与自然问题(《海明威 克里姆拜 心之煎熬》)、种族歧视问题(《奥莉加与"伏尔加"》),茹马特也给予了相当程度的关注。

茹马特对人性的思考与他对社会的观察是紧密联系在一起的。作者在揭露现实的同时,刻意塑造了哈萨克斯坦当代社会的人物群像。茹马特笔下的主人翁大多是普通人,有到大城市打拼的农村女孩儿(《Sam 和 Samiha》)、绝望迷茫的未婚妈妈(《产房里的波洛涅兹》)、怀才不遇的作家(《永恒的悲歌》)、互生嫌隙的兄弟(《庸俗》)……他擅长描写人物内心世界,表现人物情感变化,所以其笔下的各种人物形象都极具说服力。茹马特的主人翁大多是悲剧性的。他们敏感、脆弱,拥有崇高的理想和思想原则,不能忍受现实社会的粗俗与残忍,他们用心去感受世界,却在生活中经历波折,在思想上饱受煎熬。茹马特揭露现实,批判现实,但他也明白现实社会发展的复杂性,所以对于自己的主人翁,他通常抱着同情的态度,理解他们的懦弱、迷茫、天真。就算是对《人老心不老》中老不正经的卡哈尔曼、《吹牛》中爱编故事的库拉西普、《作文》中不切实际的萨德尔别克……茹马特都是宽容的,他的嘲笑与讽刺充满善意。

《自然的欢歌》由《循迹老猎人》和《布拉拜诗话》两部分构成,描绘了草原游牧民族的风采和特色。在《循迹老猎人》中,作者借老猎人之口,讲述了流传于卡拉套山区的民间故事。哈萨克人世代经营草原牧业,天生与大自然亲近,老猎人讲的故事也大多与动物有关。它们有的阐释动物的习性与特征,包含着哈萨克民间朴素的动物学知识:狸猫残忍(《兽行》)、羚羊善良(《羚羊母亲》)、狗害怕狼(《别拿心脏开玩笑》)、鹰桀骜不驯(《神枪手与鹰》)、蛇有仇必报(《蛇的复仇》)、狼高傲不羁(《系铃铛的狼》)、骆驼受到刺激会喷唾沫(《机警的骆驼》)、布谷鸟将自己的后代交给其他鸟类孵化和抚育(《布谷鸟为什么哭泣》)……有的讲述狩猎经历,同时暗含着作者对生命的感悟。这类故事的主人翁往往被动物的顽强、机智或某种特质震撼,

译后记

最终选择放下猎枪，敬畏生命（《羚羊的孩子也是孩子》《库迈与狼》《"阿凡提"老头儿》《羚羊的荣誉》《狡猾的松鸡》）。有的故事记叙人与动植物之间的纠葛，反映人与自然的关系（《马之泪》《森林的觉醒》《巴尔萨克》《白骆驼》《狼群》《羚羊母亲》）。有的故事从神话和传说中吸取养料，透露着哈萨克人对宗教、历史、生活、自然现象的理解与想象（《变成鸟的妻子》《卡拉套山的传说》《青蛙雨》《鸡冠鸟》）。还有的故事描绘世俗生活，回忆过往经历，是对哈萨克民间习俗、民族心理的生动描绘（《婴儿与蝮蛇》《叨羊手的性情》《云雀去哪儿了？》）。《布拉拜诗话》主要讲述了主人翁与布拉拜山区的"居民"（松鼠、啄木鸟、鱼、松树、鹿等）之间发生的故事。这些故事篇幅短小，好似一曲曲或轻快或忧伤的布拉拜民歌。

在茹马特的作品里，尤其是在动物故事与狩猎故事里，人与生灵万物同在一片草原生活，动物的习性与人的品性巧妙地联系在一起，他们相互为伍，彼此发生纠葛。"人与自然同一"的思想得到了充分体现。这是深受萨满文化影响的哈萨克民间故事的鲜明特征。茹马特是"人与自然同一"思想的倡导者，他希望构建人与自然和谐共生的关系。

作为茹马特的译者，我一开始便被其作品中包罗万象的生活图景吸引。如果说《永恒的悲歌》是对哈萨克现实社会的写照，那《自然的欢歌》则更多的是对作者理想生活的勾勒。农村与城市、传统与现代、东方与西方、道德与堕落、善良与罪恶……都是茹马特试图探讨的话题。而哈萨克瑰伟绮丽的自然风光、灵动奇趣的动物世界、古老奇异的神话传说，则增添了这本书的可读性。我相信，中文读者也一定会被作家的深刻与睿智所折服。

最后，我想借此机会向该书成形过程中所有给与我帮助的人表示由衷的谢意。特别感谢郑体武老师和谢周老师对我的信任，将翻译此

315

书的重任交托于我。感谢叶莲娜·鲍尔德列娃老师在翻译过程中提供的语言帮助。感谢上海外语教育出版社陈妍宏老师精益求精的编辑工作。由于这部作品最初是从哈萨克语翻译成俄语，再从俄语翻译成汉语，同时又由于译者学养有限，翻译经验不足，拙译中难免有谬误和不妥之处，或者没有传达出原作的深意、神韵和风格。在此恳请同行和读者批评指正，译者不胜感激。

唐丁仪

2023 年 1 月，重庆